Ria Wolf
Spezial

Beloved Escort
Lügen

Beloved Escort

Lügen

Ria Wolf
Spezial

Roman

Beloved Escort - Lügen
Ria Wolf

© 2017 Marita Böttcher, 33829 Borgholzhausen
Buchcoverdesign © 2017: Sarah Buhr / www.covermanufaktur.de
Lektorat/Korrektorat: J.F. Nowack, 07407 Rudolstadt
© 2017 Herstellung und Verlag: BoD – Books on Demand, Norderstedt.
ISBN: 9783746046570

Hinweis:
Dieser Roman enthält detaillierte erotische Szenen m/f/m, m/f, m/m und in entsprechenden Situationen expliziten Sprachgebrauch. Diesbezüglich empfindlichen Lesern empfehle ich, dieses Buch nicht zu lesen.

Sämtliche Personen und Handlungen in diesem Roman sind frei erfunden. Markennamen und Warenzeichen, die in diesem Buch erwähnt werden, sind Eigentum ihrer rechtmäßigen Besitzer.

1. Kapitel

Lukas
Leise pfiff Lukas die Melodie mit. Der Kaiserwalzer. Zum Glück mit rockigen Rhythmen unterlegt. Das ließ sich gut anhören, passte zu dieser feudalen Location und dem Anlass, zu den eleganten Abendkleidern zwischen prachtvollen Marmorsäulen und unter protzigen Kronleuchtern aus edlem Kristall. Dieses exklusive Ambiente entsprach seinem Geschmack, die spießig-langweilige Stimmung absolut nicht. Das tolle Orchester bemühte sich bisher vergeblich, mehr Schwung zu verbreiten. Auf der Tanzfläche tummelten sich zwar etliche Paare, doch alle wirkten, als hätten sie einen Stock verschluckt. Mittlerweile kamen Lukas die Gesichter der gut zweihundert Gäste so vertraut vor, wie sein eigenes Spiegelbild. Wenn er noch länger Zeit mit diesen Betrachtungen totschlagen musste, hielt er bald alle für Verwandte.

Der Blick, den er von Phil durch Lücken im Gedränge der Leute einfing, drückte ebenso wenig übersprudelndes Vergnügen aus. Zudem wurde die Luft im Saal immer stickiger. Die Melange aus Sommerschwüle, Unmengen diverser Parfümsorten, Aftershaves und natürlichen Körperdüften benötigte eigentlich eine bessere Klimatisierung. Wenigstens kühlte die weiße Marmorsäule seinen Rücken und der Luftzug an diesem Platz machte das Atmen auch erträglicher. In seinem schwarzen Einreiher jetzt schon zu schwitzen wie ein Schwein, konnte er nicht gebrauchen. Eine Poolparty wäre heute wesentlich reizvoller. Auf dem Dach dieses Hotels gab es einen großen Pool. Vielleicht würde die Jubiläumsfeier mit dem Ansteigen des Alkoholspiegels ja dorthin verlegt. Darauf beabsichtigte er allerdings nicht, zu warten.

Eine schwarz-weiße Federboa wischte mit leichtem Druck über seinen Ärmel. Wer trug heutzutage noch solche Dinger? Die Frage beantwortete sich umgehend.

Geschmeidig wie eine Raubkatze trat die Trägerin dieses Accessoires um seine Säule, blieb vor ihm stehen und prostete ihm mit ihrem Sektglas zu, bevor sie es an die kirschroten Lippen setzte. Ihre grauen Augen mit Smoky-Eye-Effekt senkten den Blick in seinen. Diese Dame war ihm bisher unter den Gästen entgangen. Womöglich eben erst eingetroffen, und unmissverständlich auf Abenteuersuche.

Ihren schlanken, hochgewachsenen Körper umschmeichelte ein hautenges schwarzes Paillettenkleid. Die dreieckige, durchsichtige Gaze des Ausschnitts gab den Blick auf die Hälfte ihres wohlgeformten Busens frei. Wo der blickdichte Stoff begann, sah er sogar schon die Ansätze ihrer dunklen Nippelhöfe. Sehr auffällig und gewagt für eine spießige Feier, aber eine reizende Waffe gegen Langweile.

Aus den Augen der scharfen Blondine glühte ihn Lust an. Spielerisch ließ sie ihre Lippen über den Glasrand gleiten, ihre freie Hand strich von der Hüfte zum Dreieck, wo ihre Schenkel aufeinandertrafen, dann zu ihrer Brust hinauf. Mit ihren Fingern rutschte das dichte Gewebe beiseite und offenbarte, was darunter hart aufgerichtet auf Zuwendung hoffte. Ein anregender Anblick, auch wie sie langsam an der Spitze ihres Zeigefingers saugte.

Das verfehlte nicht die beabsichtigte Wirkung, seine Mitte kam in Stimmung. Die hob er sich aber lieber für das Silberfischchen auf, das sich gerade an den hochglanzpolierten Kirschbaumtresen stellte. Sein Freund Phil wusste schon subtil eine Lücke zu nutzen, die ihn an die Seite des kurvigen Neuzugangs brachte. Endlich war ein Ende der Langweile abzusehen. Lukas schenkte der Blondine vor sich ein Zwinkern, schnippte eine verirrte, weiße Feder von seinem Revers und setzte sich in Richtung Tresen in Bewegung.

Das brünette Haar war raffiniert hochgesteckt. Über den drallen Brüsten lag mattsilberner Seidentaft in losen Falten, der an ihrer Figur herabfiel, wie flüssiges Metall. Ein BH oder Ähnliches zeichnete sich darunter nicht ab. Eingeengt zwischen der kräftigen Schulter seines Freundes, der mit dem Barkeeper plauderte, und den Rücken mehrerer Mittfünfziger, die in die tanzende Menge schauten, wirkte sie sehr zerbrechlich, obwohl ihre Taille beginnende Fülle zeigte. Der roséfarbene Lipgloss in Verbindung mit dem hellen Teint verlieh ihr einen Touch von Unschuld.

Sie erschauderte sichtlich, als Phil ihr diskret in den Nacken blies und wandte sich zu ihm um. Nach kurzer Musterung hoben sich ihre Mundwinkel zu einem kleinen, zufriedenen Lächeln, bevor sie ihm mit neutraler Miene den Rücken zudrehte und zuhörte, was der Kerl zu ihrer Rechten ihr mitzuteilen hatte. Für den unsichtbar lehnte ihr Schulterblatt allerdings an Phils Arm.

Leger ließ Lukas eine Hand in der Hosentasche, stellte sein leeres Wasserglas auf einem Stehtisch ab, und bahnte sich langsam einen Weg durch die Tanzpaare. Das silberne Kleid war nicht nur hinreißend, sondern auch praktisch. Die Stoffbahnen des Rockteils kreuzten vor ihrem Schoß. Gelegentlich zeigte sich zwischen den langen Falten ein sonnengebräuntes Bein bis knapp übers Knie. Ob sie ein Höschen trug? Nachdem sie kurz mit den Schultern gezuckt hatte, widmete der rechte Mann seine ganze Aufmerksamkeit wieder der Männerrunde auf seiner anderen Seite und den schwingenden Möpsen in der Nähe tanzender Frauen.

Mit dem Fuß seines Sektglases strich Phil seelenruhig an der Wirbelsäule des Silberfischchens entlang. Der Rückenausschnitt war dafür mehr als tief genug. Lukas war überzeugt, dass sich das Glas kühl und feucht auf ihrer warmen Haut anfühlte. Ihre Schultern hoben sich ein wenig, ihre Zungenspitze benetzte die Lippen, und als sie Luft holte und anhielt, spannte der Stoff über ihren Brüsten.

Lukas schlenderte durch die nächste Lücke inmitten der Tänzer, nahm zur Kenntnis, dass Phil einen Fuß auf die Reling unten am Tresen gestellt hatte und ein voller, silbern überzogener Po dezent an dessen Oberschenkel rieb. Lukas zwängte sich an den Platz zwischen dem Fischchen und dem rechten älteren Kerl. Der fuhr mit gerunzelter Stirn herum. Lukas hob nur eine Augenbraue und sah auf den um einen halben Kopf Kleineren herunter. Er wusste, dass seine blauen Augen anderen das Blut zu Eis gefrieren lassen konnten, wenn er das wollte.

Auch jetzt verfehlte es nicht die beabsichtigte Wirkung. Unsicherheit flackerte über die Züge seines Gegenübers und wechselte zu Neid, als er Lukas' gesamte Erscheinung scannte. Dann richtete er die Augen mit einem warnenden Blick auf die Brünette. Lukas gab sich den Anschein von gelangweiltem Gleichmut und sah über die Schulter des Kerls in die Menge, als interessiere ihn jede andere Frau im Saal mehr. Der Bluff funktionierte. Der Mittfünfziger drehte sich wieder um und führte die Unterhaltung mit seinen Bekannten fort.

Lukas bestellte einen Sekt, schaute den Tänzern noch ein paar Minuten zu, um den Schein zu wahren, bevor er sich gemächlich der schon von seinem Freund belagerten Brünetten zuwandte. Er gab dem Keeper ein Zeichen für einen zweiten Sekt. Das Ziel seiner Absichten reichte mit dem Scheitel grade bis an seine Schulter. Unter gesenkten Wimpern musterte sie ihn vom Kopf bis zur Hüfte.

Er brauchte sich keine Sorgen machen, nicht zu bestehen. Wer dunkelhaarige Fotomodels wie David Gandy mochte, konnte auch ihn nicht ignorieren. Phil ebenfalls nicht. Seit er die Haare nachblondierte, wurde er häufiger mit dem Schauspieler Chris Hemsworth verwechselt, obwohl er schmalere, strengere Gesichtszüge hatte.

Lukas reichte ihr das perlende Getränk und prostete ihr stumm zu. In ihren braunen Augen glitzerte es erfreut auf. Synchron nippten sie an ihrem Sekt, dann beugte er sich vor und flüsterte dicht an ihrem Ohr: „Wie darf ich Sie ansprechen, bezaubernde Dame?"

„Lilly", hauchte sie in hellem, faszinierenden Timbre.

„Langweilt Sie die Party, Lilly?"

„Ziemlich."

„Gehe ich recht in der Annahme, dass der Kerl hinter mir Ihr Mann ist?"
Sie nickte kurz. Mit einem Seitenblick versicherte sich Lukas, dass der Keeper nicht mehr zu nah bei ihnen stand, um lauschen zu können.
„Es ist eine Schande, dass Ihr Mann Ihnen nicht genügend Aufmerksamkeit schenkt." Dabei ließ er den kühlen Fuß seines Glases wie zufällig über ihren Busen streichen. Er hatte gut gezielt, denn er spürte die Erhebung ihrer Brustwarze. Leise schnappte sie nach Luft, hielt aber ganz still und zeigte keine Ablehnung, als er es wiederholte. Ihr Blick grub sich intensiv in seinen.
„Soll ich lieber gehen?"
Eine dunkle Locke wippte beim seichten Kopfschütteln an ihrer Wange. Lukas machte sich etwas breiter, schirmte ihre Vorderseite mit seinem Körper vor den Augen anderer ab. Kalt und feucht von seinem Glas ließ er den Mittelfinger zwischen Stoff und ihre Haut gleiten. Ihre Knospe reagierte umgehend mit harter Aufrichtung. Langsam rieb er darüber, bis Lillys Nasenflügel unter stockenden Atemzügen bebten.

Das Gefühl ging ihm so durch und durch, dass sein gutes Stück prompt dem Beispiel ihrer Brustwarze folgte. Glossfeuchte Lippen öffneten sich zu einem leisen Keuchen. Sie zuckte leicht zusammen, erbebte und warf einen Blick über die Schulter zu Phil. Lukas vermutete, dass der ihren Hintern kraulte oder wieder an ihrer Wirbelsäule entlangstrich. Lauernd behielt sein Freund ihn im Auge.

An Lillys Hals und an ihrem Dekolleté bildete sich Gänsehaut. Im Schutz der Tresenseite glitten Phils Finger um ihre Hüfte zu ihrem Venushügel und rieben in kleinen Kreisen darüber. Ihre Schenkel spreizten sich ein wenig und ihr Po drückte sich nach hinten.

Fordernd, dennoch sanft zwirbelte Lukas ihre Knospe. Flatternd senkten sich Lillys Lider, ihre Zungenspitze benetzte die Unterlippe und ihr Becken begann sich unter Phils streichelndem Druck leicht zu wiegen. Lukas nahm noch einen Schluck aus seinem Glas, behielt die Leute in ihrer Nähe mit einstudiert-gelangweilter Miene im Auge, ließ von ihrem Nippel ab und schob seine Hand durch die Falten des Gehschlitzes unauffällig zu ihrer Scham. Er stieß auf einen String, der kein echtes Hindernis darstellte. Feuchte Hitze empfing ihn. Er reizte ihre Lustperle, fühlte mehr und mehr Nässe über seine Fingerkuppen rinnen. In seinem Schritt begann es begehrlich zu pulsieren.

Ein gurgelnder Laut drang aus Lillys Kehle, bevor sie leicht in die Knie sackte. Die Frucht war reif zum Pflücken. Auch spießige Jubiläumsfeiern ließen sich im Handumdrehen unterhaltsam gestalten. Phil nickte in Richtung Saalausgang. Wenn sie die Dame nicht sofort an ein isoliertes Plätzchen brachten, würde sie in den nächsten Sekunden die übrigen Gäste vergessen und an ihrer Erregung teilhaben lassen. Zweifellos auch ihren Ehemann.

„Fahrstuhl?", flüsterte Lukas in ihr Ohr.

Sie hechelte mit flachen Atemzügen nach Luft und nickte. Phil schob die Hände in seine Hosentaschen und schlenderte durch den Saal davon. Lukas führte Lilly an den Rand der Tanzfläche und nahm mit ihr eine Haltung ein, die kein Aufsehen erregte. Zu den Klängen eines Foxtrotts tanzte er mit ihr auf den Ausgang zu. In dem Gedränge sollte nicht auffallen, wenn sie aus dem Raum schlüpften.

Bei den Aufzügen wartete Phil bereits und hielt die Türen des linken auf. Lukas lenkte ihre erhitzte Dame hinein und drückte die Fünf. Sobald die Türen schlossen, zog sein Freund Lilly von hinten in die Arme, ging wegen seiner Größe etwas in die Knie und versenkte seine Finger ohne Umweg in ihrem Schoß. Lukas schob den Stoff über ihren Brüsten zur Seite und behielt ihre Reaktion im Auge. Unsicherheit flackerte in ihrem Blick auf, unterlegt von Lust, die Phils Stimulanz hervorrief. Lukas stoppte den Fahrstuhl zwischen zwei Stockwerken.

„Einer oder beide, Lilly?"

Ein kurzes Zögern, dann: „Beide!"

Das war eine klare Ansage. Er beugte sich hinunter, leckte über ihre Haut und harten Nippel, sog sie abwechselnd tief in den Mund und startete den Aufzug wieder. Spitz keuchte Lilly auf, rieb ihren Unterleib an Phils Hand und drängte ihre bloße Fülle Lukas entgegen. An ihren Reaktionen spürte er genau, wann Phils Finger in ihr versanken. Ihr Becken begann hektisch zu wippen.

Zeitgleich mit dem Ping des Lifts zog Lukas den Seidentaft über ihre Blöße und Phil seine Finger aus ihr. Man wusste ja nicht, ob im Korridor ungebetene Zaungäste warteten. Vom Erregungsrausch schwankend stand sie zwischen ihnen, klammerte sich an seinem Arm fest. Phils Hand stützte sie vorsichtshalber noch am Rücken. Der Flur war menschenleer. Sein Zimmer lag leider am Ende des Ganges. Damit Lillys wackelige Beine sie nicht unnötig aufhielten, nahm Lukas sie kurzerhand auf die Arme. Phil eilte voraus, entriegelte die Zimmertür und hielt sie auf. Dummerweise war nur noch dieses kleine Einzelzimmer zu bekommen gewesen. Nun ja, immer noch besser als eine Besenkammer.

Er ließ ihre Eroberung quer auf das schmale Bett fallen, raffte ihr das Kleid bis zur Taille und drückte ihre Knie hoch und so weit auseinander, wie es ihr Becken erlaubte. Ein Zupfen genügte und der String war nicht mehr im Weg. Sie war komplett blank rasiert. Ihre von Erregung angeschwollene Scham glänzte vor Nässe. Phil öffnete sein Jackett, dann seinen Hosenschlitz und holte seinen harten Freudenspender heraus. Im gleichen Zug legte er Lillys Brüste frei, knetete sie genussvoll und beugte sich schließlich vor, um sie zu lecken. Sein gutes Stück streifte dabei über ihre Stirn und Wange.

Lukas zögerte auch nicht länger, kniete sich zwischen ihre Beine und ließ seinen Daumen fest auf ihrer Klit kreisen. Eine wahre Flut von Liebesnektar benetzte ihre Pforte, wollte ihn willkommen heißen. Langsam stieß er erst einen, dann zwei Finger in sie hinein. Ekstatisch fing

Lilly an, sich unter dem Ansturm auf ihre intimen Zonen zu winden. Ihre Hand schloss sich um Phils Schwanz und zog ihn so hektisch zu ihrem Mund, dass Phil ein Quieken herausrutschte. Das ging augenblicklich in ein wohliges Stöhnen über, als seine Spitze zwischen ihren Lippen eintauchte.

Lukas' Schoß sehnte sich ebenso nach Zuwendung. Er zog seinen harten Schaft auch nur durch den Hosenschlitz hervor. Auf Shorts hatte er verzichtet, wie Phil wohl ebenfalls. In der Jacketttasche angelte er nach einem Kondompäckchen, riss es mithilfe der Zähne auf und streifte sich das Gummi über.

„Sollen wir dich gleichzeitig stoßen, Baby?"
Sie quetschte neben Phils gutem Stück ein ‚ja' heraus.
„Okay, sag, wenn es dir doch zu viel wird."

Ihr voller Mund erlaubte nur ein dumpfes ‚Umpf', aber es klang, als befürchte sie nicht, überfordert zu werden. Er leckte über ihre Perle und stieß zur selben Zeit mit den Fingern in sie, bis sie unverkennbar kam. Sie grunzte abgehackt, ihr nasses Zentrum zuckte unter den Wellen des Orgasmus. Ohne sich von dem scharfen Anblick lösen zu können, richtete Lukas sich auf, legte ihre Beine über seine Arme und hob ihr Becken an. Bis zum Anschlag führte er seine pulsierende Härte in sie ein.

„Gott, ja! Ja! Genau so! Kräftiger!", schrie Lilly auf.
Dem kam er gern nach. Zurückhaltung fiel ihm stets ein bisschen schwer, vor allem, wenn er die feuchte, weiche Wärme erst einmal um sich spürte. Er ließ jede Zügelung fallen, stieß sich in Lilly und trieb sie auf den nächsten Höhepunkt zu. Von seinem Rhythmus mitgerissen, saugte sie so gierig an Phils bestem Stück, dass der ein leises Fluchen von sich gab. Aber er grinste selbstgefällig dabei und versank so tief in ihrer Mundhöhle, dass sie eigentlich einen Würgereiz bekommen müsste. Wie es aussah, hatte sie keine Probleme damit. Gut, zu wissen.

Für Lukas war es das erste Mal, dass er eine Frau zusammen mit einem anderen vernaschte. Für alles gab es eine Premiere. Ihn beschämte ein wenig, wie sehr ihn der Anblick eines fremden geleckten Schwanzes anspornte. Phil hatte auf einem seiner Billardabende davon geschwärmt, wie ihn das in Höchstform brachte. Der war nicht bisexuell, mochte es nur gern, wenn Frauen an vielen Stellen gleichzeitig durch den lustvollen Wahnsinn trieben. Außerdem meinte er, die Damen bliesen eine deutliche Spur besser, wenn sie dabei gestoßen wurden. Ob das stimmte, erfuhr er womöglich gleich noch selbst.

Die Hitze um sein erregtes Fleisch und in seinen Adern tränkte Lukas' Hemd mit Schweiß. Trotzdem steigerte er sein Tempo. Lilly stand auf der Schwelle zu ihrem nächsten Orgasmus. Phil gab ihren Mund frei, zwickte sie in die Nippel und nickte ihm zu. Nach drei weiteren harten Stößen schrie sie ihren zweiten Höhepunkt langgezogen heraus. Es fiel Lukas nicht leicht, sich unbefriedigt aus ihr zurückzuziehen, doch mit 08/15-Sex wollte er ihre hübsche Dame nicht langweilen. Sicherlich erwartete sie auch mehr, wenn sie sich auf zwei Kerle einließ.

In wortlosem Einklang, als hätten sie es schon unzählige Male zusammen getan, streifte Phil sich ein Kondom über, Lukas seines ab und brachten die noch vom Kommen Beseelte in knieende Position. Lukas platzierte sich vor ihr, strich ihr zärtlich eine Haarsträhne von der feuchten Wange und umschmeichelte ihre Lippen mit kleinen Küssen. Phil ging hinter ihr in Stellung, hielt ihre Hüften fest und holte etwas winziges Blaues aus seiner Jackentasche. Es verschwand fast vollkommen in seiner Hand. Lukas konnte sich denken, was es war. Behutsam versenkte sich Phil in Lillys Anus.

Sie japste bei diesem erneuten Ansturm überrascht, aber begeistert auf. „Oooh Gooott … jaa."

Es gab wohl keinen Mann, der das nicht gern hörte. Sie grinsten sich an, während Phil ihr Zeit gab, sich an sein Ausmaß zu gewöhnen. Er konnte jedoch nicht lassen, ihre ermüdete Erregung mit einmal Vollpower des kleinen Vibrators an ihrer Klit abermals aufzupuschen. Lilly quiekte auf, ihr Hintern vollführte einen Hüpfer, dann drängte sie Phil ihre Rückseite heißblütig entgegen. Mit einem zufriedenen Schmunzeln fing er an, sie zu stoßen.

Lukas griff sanft in ihr Haar und lenkte ihre Lippen zu seiner Schwanzspitze. Wie ausgehungert verschlang sie ihn, so tief sie konnte, saugte unerwartet kräftig, dass ihm der Schweiß von der Stirn zu tropfen begann.

„Langsam, Baby, langsam. Ich brauche ihn noch."

Verdammt, war ihr Ungestüm herrlich, erzeugte ein viel intensiveres Gefühl, als übliches Blasen und drohte, jede zivilisierte Manier in ihm aufzulösen.

Phil rammte sich mit einem Mal so heftig in sie, dass sie nach vorn kippte und Lukas spürte, wie er in ihrer Kehle anstieß. Sie gab einen gurgelnden Laut von sich, machte aber euphorisch weiter. Phil ließ sich gehen und schüttelte sie immer resoluter durch. Wie es ihr mit vollem Mund gelang, so kehlig zu stöhnen, blieb Lukas ein Rätsel. Bei der Gier, mit der sie ihn auszusaugen versuchte, würde er nicht mehr lange durchhalten. Sein Höhepunkt stand im Startloch.

Phils Schnaufen und angespannten Miene nach rollte auch dessen Finale heran. Seine Wangenmuskeln zuckten unter dem roten Schimmer erhitzter Haut. Er hielt den kleinen Vibrator wieder an Lillys Klit. Ihr Körper erstarrte für einen Wimpernschlag, dann durchlief ein sichtbares Beben ihre Glieder, das mit einem erstickten Schrei bei Lukas' Schwanz ankam. Phil bleckte die Zähne und gab einen tiefen kurzen Brüller von sich. Hinter Lukas' Lidern blitzte es hell auf, als er sich in Lillys Mund ergoss und er genoss, wie sämtlicher aufgestauter Druck aus ihm strömte.

Ihr erschöpftes Silberfischchen wirkte wie eine zerzauste, nackte Venus in zerwühltem Geschenkpapier. Lukas zog den Ausschnitt über ihre Brüste und bemühte sich, ihre Scham mit den Seitenteilen des Kleides zu bedecken, was ihm wegen ihrer gespreizten Schenkel und der Art, wie sie auf dem Stoff lag, nicht adäquat gelang. Er legte ihre kraftlosen Beine ordentlich zusammen, schob einen Arm unter ihre Kniekehlen und den anderen unter ihre Achseln.

„Halt dich an mir fest, Baby", raunte er ihr zärtlich zu. Sie kicherte leise, krallte sich an seinem Rücken ins Jackett. Er hob sie an und legte sie anständig ins Bett. Phil hielt die Decke bereit und deckte sie bis zum Hals zu, dann holte er aus dem Badezimmer eine Kleenexbox und reichte Lilly eines der weichen Tücher. Lachend schob sie die Decke etwas tiefer, nahm das Papiertuch und wischte sich den Samen von den Mundwinkeln.

„War das nach Ihrem Geschmack, Madame?" Lukas strich ihr sanft über Stirn und Nase.

„Ihr seid genial", seufzte sie zufrieden. „Nimmst du mir auch nicht übel, dass ich es heute mit einem zweiten Kerl ausprobieren wollte?"

„Meine Eitelkeit kann das verschmerzen und dein Wunsch ist ohnehin Befehl."

Sie sah Phil an und klopfte auf die andere Seite des Bettes. Gehorsam setzte er sich Lukas gegenüber und stützte sich mit einem Ellenbogen neben Lillys Schulter ab. Fürsorglich nahm er ihr das Tuch aus den Fingern und tupfte verschmierte Lippenstiftreste um ihren Mund fort.

Hoffnungsvoll sah sie zu Lukas auf. „Bei dem, was ihr mich heute kostet, ist doch eine zweite Runde inbegriffen, Aramis?"

Wie alle Kundinnen, kannte auch sie nur sein Escort-Pseudonym. Das bewahrte ihn privat vor liebestollen Nachstellungen. Er machte diesen Job nach wie vor sehr gern. Der bot ihm viel Abwechslung, was Unterhaltung mit den unterschiedlichsten Frauen und Sex anging, und es war ein verdammt gutes Gefühl, bei jeder Kundin den richtigen Nerv zu treffen. Sie glücklich und zufrieden zurückzulassen. Sein Honorar spielte dabei keine gravierende Rolle mehr, sein Vermögen hatte mittlerweile erfreuliche Ausmaße. Aber immer häufiger sehnte er sich danach, seinen Klarnamen lustvoll heraus geschrien zu hören, von einer Frau, die ihm mehr bedeutete als all seine Kundinnen bisher. Bevor der oberflächliche Aramis die Persönlichkeit von Lukas Garner ganz auslöschte. Oder war es dafür längst zu spät?

Lillys Frage überraschte ihn. Eine Verlängerung konnte man vor Ort zwar noch absprechen, allerdings hatte sie die Option schon bei der Buchung mit ‚nicht nötig' markiert. Wohl in der Annahme, dass ein Durchgang mit zwei Männern sie ausreichend forderte. Und normalerweise gab es keine Gratisverlängerung. Er drückte ihr einen kleinen Kuss auf die Nasenspitze.

„Lillybaby, bist du sicher, dass dir eine weitere Runde mit Zweien nicht doch zuviel wird?"

Sie schnalzte mit der Zunge. Die Fältchen um ihre Augen vertieften sich unter ihrem neckendem Lachen.

„Ihr habt mich auf den Geschmack gebracht und ich will speziell heute mehr davon. Die scheiß Feier für meinen Mann zieht sich doch noch eine Ewigkeit. Zwischen den ganzen scheinheiligen Höflichkeiten will ich mich auf ein nächstes Highlight freuen können."

Hm, sie war eine Stammkundin, an der er schon sehr gut verdient hatte. Einen Bonus konnte er ihr ruhig gewähren. Fragend sah er zu Phil. Jeder seiner Männer entschied selbst, ob er einen Auftrag annahm. Phil hatte seinen zugesagten Part erfüllt und an dieser gewünschten Extrarunde würde er nichts verdienen.

Der grinste nur und zuckte mit einer Schulter. Klar, gerade Phil kamen solche Dreiergeschichten entgegen, also stand einer Gratisverlängerung dieses Termins nichts im Weg. Lukas streichelte Lillys Wange.

„Du bist heute unersättlich, meine Schöne. Okay, weil du es bist, bekommst du eine Extraeinlage. Möchtest du wieder neben deinem Mann ver- und entführt werden?"

Sie gab ein Schnauben von sich. „Am liebsten möchte ich direkt vor seiner Nase gevögelt werden, damit er sieht, dass ich sexuell noch kein totes Gleis bin. Aber dann würde er sich scheiden lassen und mir keinen Cent zahlen."

Bei ihren vorherigen Dates hatte sie ihm schon ihr Herz ausgeschüttet. Deshalb wusste er, dass ihr Mann ständig jüngeren Frauen nachstellte, sie selbst nicht mehr anrührte, aber aus Besitzdenken auch keinem anderen gönnte.

„Die gleiche Szene macht ihn vermutlich doch stutzig", überlegte sie laut. „Ihr könntet zunächst abwechselnd mit mir tanzen und ich überlege mir derweil eine Neue."

„Da du unbedingt in Smokings vernascht werden wolltest, sind wir jetzt allerdings ein wenig derangiert, Baby."

Der Gedanke, noch ein paar Stunden in dem klatschnassen Hemd herumzulaufen, war nicht besonders reizvoll. „Wir müssen uns erst wieder gesellschaftsfähig herrichten. Trockenlegen, verräterische Spuren von den Anzügen beseitigen. Es wird etwas dauern, bis wir unten auftauchen können."

Sie warf die Decke von sich und robbte auf dem Po zum Fußende. „Ich belege das Badezimmer als Erste. Meine Renovierung dauert länger."

Als sie im Bad verschwand, entledigten sich Lukas und Phil synchron der Jacketts. Die feuchten Hemden zogen sie aus und hängten sie an die Griffe des angekippten Fensters. Der Luftzug würde kaum zum Trocknen ausreichen, aber man durfte ja hoffen. Da es außer zwei unbequemen Sesseln und dem Bett nichts gab, worauf man sich entspannt niederlassen konnte, legten sie sich nebeneinander auf Letzteres. Phil begann, mit der Fernbedienung durch die Fernsehprogramme zu switchen. Die Muskelpakete an seinen Schultern brauchten ärgerlich viel Platz. Den kunstvoll tätowierten Phönix auf Phils Haut, hatte er schon häufig beim Schwimmen in seinem Pool gesehen. Doch es faszinierte ihn immer wieder, wie die großen Schwingen bei jeder kleinen Muskelbewegung ein geisterhaftes Eigenleben entwickelten. Sein Freund hatte ihm die Bedeutung nie verraten, aber es hatte eine. Dafür kannte er Phil gut genug.

Gegen ihn kam Lukas sich fast mager vor, was er nicht war. Er betrieb auch Kraftsport, doch nur für durchschnittlich gute Formen. Zu massige Muskeln fand er hinderlich. Aber für Frauen, die sich speziell nach so etwas sehnten, war es gut, ein paar solcher Muskelprotze im Bestand zu haben.

„Rutsch doch mal ein Stück. Ich hänge halb über die Kante."

„Wenn ich rutsche, falle ich aus dem Bett", brummte Phil. „Weshalb hast du auch so einen Schuhkarton gemietet? Hat dich der Geiz gepackt?"

„Nein, Lillis Buchung kam so kurzfristig, da war nichts Größeres mehr frei."

Lukas rummste seine Schulter gegen Phils. „Jetzt rutsch endlich! Mir steht rangmäßig mehr Platz zu, als dir."

„Ach, plötzlich lässt du den Chef raushängen. Das ist nicht nett."

„Nur, wenn mir eine Bettkante die Wirbel knackt."

Für so ein luxuriöses Hotel war das Bett eine Zumutung, die Matratze viel zu dünn und weich, der Rahmen zu hoch. Phil rutschte zwei Zentimeter zur Seite. Besser als nichts. Ein merkwürdiges Gefühl, so eng mit einem halbnackten Mann im Bett zu liegen. Ganz wohl war Lukas dabei nicht. Klar, neben dem Krankenbett seines Vaters schlief er auch ab und zu. Im Sessel. Aber das war sein Vater. Sein Vater! Fuck! Peter, der Pfleger, wollte um vierundzwanzig Uhr nach Hause. Das würde er mit der Extraeinlage und der zweistündigen Heimfahrt nicht packen. Er rollte sich vom Bett, fischte das Smartphone aus dem Jackett und warf sich wieder auf seine Hälfte. Dabei traf er auf Phils Arm, weil der den Moment genutzt hatte, sich auszubreiten.

„Autsch."

„Sorry." Er hob seinen Rücken etwas, damit Phil sein Gliedmaß befreien konnte, und tippte eine Nachricht an Peter: ‚Wird vermutlich 2 Uhr'. Die Antwort kam kurz darauf: ‚Shit, aber ich bleibe'.

Erleichtert atmete er durch. Ein Glück, dass Peter so eine pflichtbewusste Seele war. Es kam leider viel zu oft vor, dass Lukas von Verlängerungen der Termine aufgehalten wurde.

Nach geraumer Weile tat sich was an der Badezimmertür. Lilly blieb im Türrahmen stehen und ließ den Blick lange über ihre Körper schweifen.

„Was für ein Anblick, Jungs. Ich glaube, bei der nächsten Runde will ich zwischen euren nackten Bodys enden."

Das konnte ja heiter werden, auf dieser schmalen Pritsche.

2. Kapitel

Anni

In vier Wochen also. Der Brief mit dem Termin fühlte sich an, als wolle er ihr die Finger verätzen.

Ein vertrautes Klopfzeichen an ihrer Wohnungstür war eine willkommene Ablenkung und kündigte Bernie an. Er wartete natürlich nicht auf eine Antwort. Wäre auch Quatsch, denn durch die dicke Feuerschutztür drang kein verständliches Wort. Mit Bernie strömte der immer präsente beißende Ölgestank des Heizungsraums herein. Kellerschicksal. Dafür kostete sie das geräumige ‚Zimmer' nicht viel.

Bernie trug ihre neongrüne Plastikschüssel vor dem Bauch und gab der Tür mit dem Fuß einen Schubs, damit sie weiter aufschwang.

„Hab dein Geschirr mitgespült."

„Danke." Sie ließ den Brief in der Schublade ihrer Schuhkommode verschwinden, nahm einen Lippenstift aus dem Glasschälchen und schrieb den Termin oben links in die Ecke des Garderobenspiegels.

„Ich würde ja sagen, gern geschehen, aber das dreckige Zeug war mir in der Spüle im Weg. Und da ich nicht in deinen Essensresten rumfingern wollte, hab ich eben heißes Wasser drüberlaufen lassen."

Heißes Wasser drüberlaufen lassen war Bernies übliche Art, Geschirr abzuwaschen. Das hieß, sie musste die schwere Schüssel später wieder in die Waschküche schleppen, um bei ihrer nächsten Mahlzeit nicht auf die Essensreste der letzten zu stoßen.

Es klirrte Unheil versprechend, als er die Schüssel auf ihrem kleinen Klapptisch neben der Kommode abstellte. Anni bekam ein schlechtes Gewissen. An das Geschirr hatte sie gestern Abend gar nicht mehr gedacht. Sie war zu müde gewesen. Ärgerlich für Bernie, wenn sie den spärlichen Gemeinschaftsplatz blockierte. Auf die Deckel von Waschmaschine und Trockner konnte man auch nicht

ausweichen, weil darauf Wäschekörbe standen. Bernies und vom Vermieter. Ihre eigene Schmutzwäsche bewahrte sie lieber bis zu ihrem Waschtag hinter dem Vorhang neben ihrem Bett auf, seit sie den Verdacht hatte, dass ihr Vermieter benutzte Höschen aus ihrem Korb klaute.
Bernie schob die Hände in seine Jeanstaschen und sah sich das rosafarbene Datum auf ihrem Spiegel an.
„Ist das ‚der' Termin?"
Sie nickte und zog ihre Trekkingschuhe an.
Seine Fingerspitzen strichen über ihre Schulter. „Wird schon alles gut gehen, Honey."
Warum sollte es das? Bisher war alles in ihrem Leben schiefgelaufen.
„Wenn du es sagst. Was treibt dich her? Haben wir wieder den gleichen Weg?" Das würde ihr einige Kraftanstrengung ersparen.
„Ja. Ich fahre gleich über den Berg nach Bielefeld. Wenn du in fünf Minuten fertig bist, nehme ich dich mit."
Bernie war einfach ein Schatz.
„Du hast schon wieder zu viel Pampf im Gesicht. Ohne siehst du hübscher aus, Anni. Viel natürlicher."
Ja, natürlich: leichenblass oder schmutzwassergrau. Im Prinzip wäre ihr das für ihr Nachmittagsprogramm egal, aber zwischen all den herausgeputzten, verwöhnten Schnepfen outete sie sich dann noch mehr als Außenseiter. Sie tauchte am Reitstall schon als Einzige mit dem Fahrrad auf, einer teuren, immer auf Hochglanz polierten Investition, um den Schein von Wohlstand zu wahren. Selbst wenn sie sich ein billiges Auto samt dem dazugehörigen Führerschein leisten wollte, ließe sie es lieber zuhause stehen, weil es zwischen den Edelkarren der anderen wie eine bunte Kuh herausstechen würde. Das Fahrrad verteidigte sie damit, dass sie einen Fitnessfimmel hätte.
Wie die hohe Ausgabe für ihren Drahtesel kniff auch jeder unnötige Euro für ihre Reitkleidung. Die könnte sie in Billigshops für ein Viertel des Preises haben. Doch die

teure Markenware gehörte ebenso zum Blenden, um wie eine von ihnen zu wirken. Das machte die Tussis und die Herren Doktoren ‚von und zu' unsicher, ob sie nicht doch mehr Kohle auf dem Konto hortete, als die. Pinos Wohlbefinden rechtfertigte jedes Bluffen. Der Haflingerwallach war das Einzige, was ihr von ihrem früheren Leben geblieben war. Das Einzige, was sie mit ihrer Liebe überschütten konnte und von dem sie bedingungslos wiedergeliebt wurde.

„Du weißt, warum ich das mache, Bernie." Sie nahm ihre Jacke vom Haken. „Wenn die rausfinden, dass ich ein armer Schlucker bin, der in ihrem auserlesenen Kreis herumschleicht, setzen die Pino und mich vor die Tür. Für seine alten Knochen braucht er aber regelmäßig Sauna und Solarium. Die anderen Ställe haben das alles nicht."

Schulterzuckend öffnete Bernie ihre Tür, hielt sie mit einem Fuß auf und wartete mit den Händen in der Hosentasche, dass sie in die Gänge kam.

„Deswegen deine Natürlichkeit hinter dicker Schminke zu verstecken, finde ich trotzdem idiotisch."

Er brauchte das auch nicht zu verstehen. Anni schubste ihn auf den Gang und schloss ihre Tür ab. Bernie ging an seinem Kellerzimmer vorbei, das direkt neben ihrem lag, zum Fahrradraum.

Anerkennend pfiff sie durch die Zähne, als er ihren Drahtesel die Treppe hochschleppte. Unterhalb seiner abgewetzten Bikerjacke zeigte sich ein breiter Riss in seiner maroden Jeans, durch den man den schwarzen Slip an seinem Knackarsch sah. Zur Antwort wackelte er übertrieben mit dem Hintern.

„Willst du damit einen bestimmten Kerl in den Wahnsinn treiben, Bernie?"

„Zur Zeit ist leider kein Bestimmter in Sicht. Bei den Typen, die mir die letzten Wochen über den Weg gelaufen sind, mache ich es mir lieber selbst."

Ups, das hörte sich ziemlich frustriert an. Bei seinem Aussehen war sie davon ausgegangen, dass er eher die Qual der Wahl hätte. Es ärgerte sie immer noch ein bisschen, dass dieser Eyecatcher vom anderen Ufer war und ihr der Kronleuchter erst beim Anbaggern durch seine unverblümte Aufklärung aufgegangen war. Da wohnte ein Traummann wie auf dem Präsentierteller nebenan, nur durch eine Wand von ihr getrennt, und ausgerechnet der hatte nichts für Frauen übrig. Wäre ja auch zu einfach gewesen.

Zum Glück hatte sich die peinliche Beklemmung zwischen ihnen schnell wieder gelegt. Nicht zuletzt, weil Bernie ein einfühlsames Wesen besaß und ein genialer Kummerkasten war. Wenn sie daran dachte, wie sie versucht hatte, ihn anzumachen, weil sie endlich von einem ansehnlichen Vertreter seiner Gattung von ihrer Jungfräulichkeit befreit werden wollte, wünschte sie sich jetzt noch ein Loch, um darin zu versinken. Das war so typisch für ihre allgegenwärtige Pechsträhne. Aber bevor ihre ohnehin bescheidenen Zukunftsaussichten in vier Wochen eine steile Abwärtstendenz zeigten, wollte sie wenigstens einmal mit einem Mann geschlafen haben. Mit einem schönen Mann. Vielleicht musste sie sich das von der Backe putzen, wie so viele Wünsche.

Bernies Mobilität bestand aus einem Roller. Mit Geld sah es bei ihm noch dürftiger aus, als bei ihr, weil er sich nicht mit regelmäßigen Arbeitszeiten anfreunden konnte. Gelegenheitsjobs hielten ihn über Wasser.

Er wedelte mit der Hand, dass sie schon vorfahren sollte, und stülpte sich den Helm über. Ein eingespieltes Ritual, genau wie ein paar Minuten später das Knattern seines Rollers hinter ihr, der kleine Ruck, als sein rechter Fuß gegen ihren Gepäckträger stieß und ihr ab dem Moment das Trampeln abnahm. Nach einer Viertelstunde bog sie in die Einfahrt des alten Gutshofes ‚Garner' ein, wo Pino auf sie wartete, und Bernie fuhr mit einem kurzen Winken seines Weges.

Ein unbehaglicher Schauer rieselte ihr den Rücken runter, als sie das Zentrum des Hofes erreichte. Nicht nur einige der vertrauten, versnobten Autos standen auf dem

Stallparkplatz. Vor dem Gartenzaun des Haupthauses reihten sich heute wieder drei schnittige BMW, ein Porsche, zwei AMG und zwei Mercedes-Limousinen auf. Alle in glänzendem Schwarz. Die dazugehörigen Besitzer standen und saßen auf der Terrasse. Selbst auf die Entfernung von geschätzten fünfzig Metern konnte sie erkennen, dass die Männer, teils in Anzügen, teils mit Jacketts oder Lederjacken zu Jeans, pure Augenweiden waren. Kein Wunder, dass die Pferdebesitzerinnen wie eine Schar Schnattergänse vor der Tür des Stalles herumlungerten. Einige hatten banale Beschäftigung mit hinausgenommen, wie Trensen und Putzkästen, die sie vorgaben, zu sortieren. Andere glotzten ungeniert zu der Schönlingsparade. Sogar die Frauen, die in festen Beziehungen waren. Wenn so viele von den reichen Fatzkes hier versammelt waren, fürchtete Anni immer besonders, aufzufliegen. Obwohl das im Grunde genommen Quatsch war. Weder ihre Stallkolleginnen noch diese Kerle würden je einen Fuß in den Billigklamottenladen setzen, in dem sie vormittags arbeitete oder ihren Vermieter besuchen.

Einmal im Monat tauchte dieser Edelkonvoi der Bilderbuchkerle hier auf. Gesehen hatte Anni bisher höchstens zwei drei Profil- und Rückansichten, die zur Haustür geeilt und dahinter verschwunden waren. Heute schien der Hausherr das Treffen nach draußen verlegt zu haben und brachte seine Stallmieterinnen damit völlig aus dem Häuschen.

Von den hochgewachsenen, schnittigen Kerlen sahen fünf sehr dunkelhaarig aus, doch ‚er' stach für sie unverkennbar hervor. Er, Lukas Garner, der Eigentümer dieses Anwesens. Anni schätzte, dass nicht nur ihr eigenes Herz den Rhythmus rapide beschleunigte, wenn er sich draußen sehen ließ. Selten kam sie ihm näher als jetzt. Nur wenn er wegfuhr oder wiederkam, hatte sie durch das Autofenster gelegentlich einen Blick auf ihn werfen können. Aber er fuhr stets über den Hof, ohne ihr oder einer der anderen Frauen irgendwelches Interesse zu schenken. Er hielt sich generell von seinen Pferdeeinstellern fern.

War er auch schwul, wie Bernie? Womöglich war das da auf der Terrasse ein regelmäßiges Treffen von Gleichgesinnten? Frauen waren jedenfalls nie in dem Konvoi zu sehen gewesen. Für die Absichten der einen oder anderen ledigen Stallkollegin, die damit liebäugelte, Lukas einzufangen, mochte das ein dicker Stolperstein sein.

‚Guten Flug auf die Nase', wünschte Anni ihnen in Gedanken, nicht ohne eine gewisse Schadenfreude. Das wäre eine kleine Genugtuung für deren Gehässigkeiten, was ihren Pino betraf, nur weil er kein Edelreitpferd mit Stammbaum war. Dafür hatte ihr schon als ‚schäbiger Waldschrat' beschimpfter Liebling wenigstens einen engen Freund in dem Wallach von Lukas gefunden. Nicht, dass sie den Hausherrn jemals hätte reiten sehen. Gentleman hieß der schicke schwarz-braune Vierbeiner und verteidigte Pino gegen die übrigen Stallbewohner, die sich genauso blasiert verhielten, wie ihre Besitzer.

Sie selbst begnügte sich damit, Lukas möglichst unbemerkt anzuhimmeln. Zukunftspläne mit einem attraktiven Kerl im Bett, der ihr viele genauso hübsche Kinder machte und ein trautes Familienleben bescherte, brauchte sie ohnehin nicht schmieden. Und selbst, wenn nicht alles gegen so eine Zukunft spräche, müsste sie sich nach einem geeigneten Kandidaten eher in ihrer eigenen sozialen Schicht umsehen. Ein reicher Schönling wie Lukas kratzte doch sofort die Kurve, wenn er dahinterkam, womit sie ihr Geld verdiente und wie sie lebte.

„Vielleicht betreibt der Garner nebenbei noch eine Modelagentur oder ist selbst eins", tuschelte Suse von Schillberg in vernehmlicher Lautstärke.

Diese Möglichkeit war natürlich nicht auszuschließen. Warum sollte er sein gutes Aussehen hinter einem Schreibtisch vergeuden. Tatsächlich hatte Anni noch nie darüber nachgedacht, was er beruflich machte. Bisher war er für sie einfach der reiche Hofbesitzer. Aber es hieß, der

Hof wäre bis vor ein paar Jahren sehr heruntergekommen gewesen, als sein Vater noch alles in der Hand hatte. Später soll der Vater nur noch gelegentlich auf der Terrasse gesessen und Lukas das Zepter übernommen haben. Und von da an soll es mit dem Anwesen steil bergauf gegangen sein.

Anni hatte keine Ahnung, wie es hier früher aussah. Aber bis auf eine baufällige Scheune, die etwas versetzt hinter dem langen Pferdestall stand, und ihr genau so fehl am Platze vorkam, wie sie selbst, sah alles nobel aus. Von einer höher gelegenen Waldlichtung hatte man einen wunderschönen Ausblick auf diesen roten Fachwerkhof, bei dem besonders das Haupthaus mit den modern verglasten Giebeln ein Blickfang war.

Sonst würde sich die Crème de la Crème der Pferdebesitzer auch kaum darum reißen, hier Boxen für ihre Edelrösser zu bekommen. Sie selbst hatte einfach nur Schwein gehabt, dass gerade eine frei gewesen war, als sie sich erkundigte. Umpf, auf die Frage des Stallmeisters nach ihrem Stammbaum hatte sie sich als Tochter eines Chefarztes in Heidelberg ausgegeben, der zufällig denselben Nachnamen trug. Danke, Professor Doktor Körner! Ohne deinen Titel hätte Pino hier niemals einen Platz erhalten.

Anni merkte, dass sie die Männer genauso gebannt begaffte, wie die anderen Tussis, riss sich von dem Anblick los und stellte ihr Fahrrad ganz dreist neben einem schlammgrauen Mercedes 600 ab. Immerhin stand ‚Porsche' auf dem silbernen Rahmen. Ein älteres, gut gepflegtes Modell. Während bei den Autos mit Argusaugen die Baujahre gescannt wurden, interessierte das bei einem Fahrrad zum Glück niemanden.

Sie setzte den gruppenkonformen arroganten Gesichtsausdruck auf und schob sich an den Schnattergänsen vorbei in den Stall. Pino, ihr alter Clown, stand schon mit den Vorderfüßen auf seiner Steinraufe und glotzte erwartungsvoll über das Gitter in den Gang. Das war seine Art, die Größe der anderen Pferde übertrumpfen zu wollen. Als er sie sah, wieherte er laut zur Begrüßung. Ja, hier ging es ihm saugut. Trotz seiner Arthrose und seines hohen Alters war er fidel und verspielt, wie ein Fohlen. Allein das war jeden einzelnen der monatlich sechshundert Euro Miete wert. Der stolze Gentleman in der Nachbarbox begrüßte sie ebenfalls freudig, wenn auch mit einem gefassteren, leiseren Singsang. Beide bekamen ihren üblichen Begrüßungsapfel, bevor Anni sich ans Werk machte, ihren Liebling für den ausgedehnten Spaziergang in den Wald herzurichten. Reiten mutete sie seinem alten Rücken schon lange nicht mehr zu. Asche auf ihr Haupt, dass sie dem Spott der Weiber mit der Lüge begegnete, sie hätte noch ein vielversprechendes Springpferd in Warendorf stehen.

Eine halbe Stunde später drang das Geschnatter noch immer durch jede Öffnung in den Stall. Eingepackt in seine schwarze, mit Goldbiesen eingefasste Decke, nahm Anni Pino beim Führstrick, um ihre tägliche Waldrunde zu beginnen. Die Nachmittagssonne spiegelte sich glitzernd in einigen Pfützen auf dem Pflaster. Ihre Wärme genügte heute nicht, die Regenspuren des Vormittags ganz zu verdunsten.

Wie für eine Stutenschau standen ihre Stallkolleginnen in den Sonnenstrahlen und achteten darauf, dass sie nicht der kleinste Schatten einer Konkurrentin verdeckte. Was auch immer sie sich von diesem affigen Verhalten versprachen, Anni fand das einfach nur peinlich für ihr Geschlecht. Aber womöglich war es ja auch genau das, was die Männer anzog? Schließlich war sie die Einzige hier, die noch nie einen Kerl gehabt hatte. Was außer Bernie und dem, der sie vielleicht mal entjungferte, niemand erfahren brauchte. Immerhin war sie schon dreiundzwanzig. Es genügte, wenn sie sich selbst damit aufzog.

Die Herrengesellschaft schien in Aufbruchstimmung zu sein. Ein BMW fehlte bereits und eine der Mercedes-Limousinen rangierte langsam aus einer Parklücke. Zu behaupten, sie wäre nicht neugierig, welche heiße Schnitte am Steuer saß, wäre nur eine weitere Lüge. Aber stehenbleiben und gaffen kam nicht infrage. Sie kehrte den Weibern und dem Zentrum ihrer Aufmerksamkeit den Rücken und visierte den Feldweg zum Wald an. Pinos Nase als ungeduldiger Antrieb an ihrem Steiß. Hinter sich hörte sie das leise Rauschen von Reifen auf den nassen Pflastersteinen. Um genug Platz für den Edelschlitten zu lassen, wich Anni nach rechts aus, zur Reithalle. Dabei machte sie einen Bogen um eine große Pfütze, die durch eine Ablaufrinne zu tief für ihre Trekkingschuhe war. Im selben Moment sah sie links von sich schwarzen Lack glänzen, eine hüfthohe Wasserbreitseite auf sich zuschwappen und spürte einen gewaltigen Stoß im Rücken, der sie von den Füßen holte.

Knie und Hände brannten höllisch auf dem rauen Steinboden. Pinos gelber Strick schlurrte vor ihrem Gesicht, wie eine Schlange über den Boden, während seine Nase samtweich über ihre Stirn strich. Scheiße, tat das weh! Was war eigentlich in den letzten hundertstel Sekunden passiert? Vorsichtig setzte sie sich auf die Fersen zurück und schaute auf ihre aufgeschrammten Handballen. Zwei große Hände legten sich sanft um ihre Handgelenke. Ein weißer Kragen und eine dunkelblaue Krawatte tauchten in ihrem Blickfeld auf.

„Haben Sie sich verletzt, kleine Lady? Das tut mir so leid. Kommen Sie, ich helfe Ihnen auf."

Das war ja der Hammer! Um genau zu sein, Thors Hammer. Vor ihr hockte Chris Hemsworth. Oder zumindest jemand, der dem verdammt ähnlich sah. Ein interessanter amerikanischer Akzent hatte in seiner Stimme auch mitgeklungen. Wie paralysiert ließ sie sich von ihm auf die Beine ziehen und registrierte nur vage das Taschentuch, mit dem er das Blut von ihren Händen tupfte. Ein faszinierendes Grinsen huschte um seine Mundwinkel.

Er zwinkerte ihr zu. „Wenn Ihre Atemnot nicht von den Schmerzen kommt, fühle ich mich jetzt sehr geschmeichelt, Süße."

Er legte einen Finger unter ihr Kinn und drückte leicht. Annis Zähne trafen geräuschvoll aufeinander, als ihr bewusst wurde, dass sie ihn mit offenem Mund angestarrt hatte. Wie peinlich. Hinter sich hörte sie Laufschritte herankommen. Rechts von ihr tauchte ein weiterer Anzug auf, ein Kinn mit Grübchen über wohlgeformtem, sonnengebräuntem Hals. Besorgte blaue Augen unter gepflegten dunklen Augenbrauen. Thor, du kannst einpacken. Lukas Garner persönlich steht neben mir. Ich glaube, ich falle gleich in Ohnmacht. Hoffentlich nicht in die Pfütze.

„Geht es Ihnen gut? Verdammt, Phil, konntest du nicht besser aufpassen?"

„Mein schlechtes Gewissen plagt mich sowieso schon, also nicht nötig, mir noch einen einzuschenken."

Anni kam sich wie eine Marionette vor, als Lukas ihre Hände zu sich heranzog und betrachtete.

„Das muss ausgewaschen, desinfiziert und verbunden werden", bestimmte er im Kommandoton.

Endlich bekam sie Lukas' Stimme mal zu hören. Tief und weich, trotz der Strenge darin. Kribbelfaktor hoch zehn, wie der ganze Kerl.

„Wie geht es Ihren Knien?"

Knie? Welche Knie? Oh, vermutlich meinte er die Puddingteilchen in der Mitte ihrer Beine. Wenn sie jetzt drüber nachdachte … ja, sie taten beschissen weh.

„Gut. Alles gut", brachte sie krächzend raus.

„Nichts ist gut. Solche Unfälle sollten überhaupt nicht passieren!" Lukas warf Thor, alias Phil, einen bösen Blick zu. „Wo warst du mit deinen Gedanken, dass du vergessen hast, wie leicht Pferde erschrecken? Hättest du ausreichend Abstand gehalten, hätte das Tier sie nicht umgerannt!"

Ihr Pino hielt es für an der Zeit, sich einzumischen. Außer ihr konnte er niemanden leiden und jetzt versperrten ihm auch noch zwei Fremdlinge die Sicht auf sein Frauchen. Anni sah, wie seine gebleckten Zähne nach Thors Schulter ausholten, wohl wissend, wem er diesen Schrecken zu verdanken hatte. Ein scharfes ‚Na' von Lukas ließ seine Schneidezähne verdutzt in der Luft zusammenklappen. Hoppla, Hofherr Lukas hatte nicht nur alles im Blick, sondern eine herrische Ausstrahlung, die sie fast mundtot machte und Rotzlöffel Pino strammstehen ließ. Beides gelang sonst kaum jemandem.

Da jetzt schon zwei Säuger versuchten, auf Thor herumzuhacken, begann er, Anni leidzutun. Klar hätte er auch mit mehr Abstand vorbeifahren können, aber er war mit Augen und Gedanken vielleicht bei einer der Schnattergänse gewesen.

„Sei gnädig mit deinem Sohn, Odin", brabbelte sie mehr zu sich selbst. „Sein Hammer bahnt sich eben kompromisslose Wege."

Es wurde mucksmäuschenstill. Zwei Augenpaare sahen sie verdutzt an, dann lachte Thor, lauthals. Und hinter ihr stimmte ein ganzer Männerchor in das Gelächter ein. Ein Blick über die Schulter verriet, dass die gesamte Schönlingsgarde sich bei ihr eingefunden hatte. Gesäumt von eitel grinsenden Pferdebesitzerinnen, die sich diese Gelegenheit, den Kerlen näherzukommen, natürlich nicht entgehen lassen konnten. Geheucheltes Mitgefühl war ein guter Grund zum Andocken an starke Schultern.

„Ihr kennt euch?", fragte Lukas etwas verkniffen.
Wie kam er denn da drauf? „Nein. Wieso?"
„Weil du dich mit seinem Hammer auskennst, Süße", belehrte sie eine fröhliche Männerstimme aus dem Hintergrund.

Äh, ja. Eigentlich hatte sie seinen Wagen gemeint. Mist. So was konnte auch nur einer alten Jungfrau wie ihr passieren.

„Habe ich nicht deutlich gesagt, nicht im Umkreis von fünfzig Kilometern?", knurrte Lukas den armen Thor an.

Wenn er glaubte, der schöne Halbgott hätte was mit ihr gehabt, konnte der kaum schwul sein. Also doch kein Schwulentreff. Aber wieso sollte er sich innerhalb des besagten Radius nicht vergnügen dürfen? Und weshalb nahm Lukas sich das Recht raus, ihm das vorzuschreiben?

In einer Unschuld bekundenenden Geste breitete Phil die Hände aus. „Ich kenne diese entzückende Lady nicht. Ehrlich." Verschmitzt grinste er sie an, nahm ihre Linke und zog sie vorsichtig mit dem Handrücken an seine Lippen. „Aber ich möchte sie gern mit einem Abendessen entschädigen."

Lukas' Finger schlossen sich um ihr Gelenk und zogen ihre Hand fort, bevor Thor einen Kuss darauf platzieren konnte. „Vergiss es, Phil!"

Was passierte hier eigentlich gerade? Sie war noch nie so dicht dran gewesen, von einem blonden Halbgott zum Essen eingeladen zu werden. Auch wenn der neben Lukas nur als zweite Wahl durchging. Und da der Hofherr ihr wohl kaum selbst so ein Angebot machen würde, war es nicht fair von ihm, ihr diese Chance zu versauen. Sie zwinkerte Thor zu. „Ich nehme die Einladung an."

Lukas zog sie aus dem Kreis der Zuschauer. „Werden Sie nicht. Er hat keine Zeit für so was."

Spielverderber. Wie es aussah, war er Thors Boss. Vielleicht Odin in Frauenherzen killender Verpackung?

Mit der Rechten hielt er sie fest, mit der Linken schnappte er sich Pinos Strick und drückte ihn Suse von Schillberg in die Hand. „Festhalten, bis die junge Dame wieder hier ist!"

Anni wusste jetzt schon, dass das in die Hose ging. Gelegenheit, den neuen Ärger zu vermeiden, bekam sie nicht. Sie fühlte sich in Richtung Haus gezerrt. Na ja, nicht richtig gezerrt, eher unnachgiebig geführt. Wohin eigentlich? Sie vermisste gerade ein gewisses Mitspracherecht, fand es aber reizvoller, mitzugehen, statt sich zu wehren. Hinter sich hörte sie ein weibliches schnippisches ‚das hat sie ja geschickt eingefädelt'. Und ein lautes ‚Autsch! Dämlicher Gaul'! Irgendeine Stelle würde bei Suse von Schillberg morgen schön blau schillern. Freudentanz, ick mach dir im Stillen.

„Demnächst werfen sich Ihre Einstellerinnen bestimmt reihenweise vor ‚Ihr' Auto, Herr Garner."

„Schon möglich. Ich werd's mit reichlich Distanz zu vermeiden wissen."

Er war sich also bewusst, dass er genial aussah. Wenigstens anstandshalber hätte er fragen können, warum das jemand tun sollte.

„Weshalb? Sind Sie schwul?" Direktes Fragen ersparte weiteres Rätselraten. Diese Gelegenheit war zu günstig, um sie verstreichen zu lassen.

Er blieb so abrupt stehen, dass sie aus ihrem Vorwärtsschub herumgerissen wurde. Seine Augen waren nur noch schmale Schlitze. Unter seinem kalten Blick fühlte sie sich ein klein wenig schrumpfen. Urghs, anscheinend hatte sie mit beiden Füßen den Fettnapf getroffen.

„Ganz bestimmt nicht. Ich ziehe nur klare Grenzen. Ich dulde keine hormonelle Unruhe auf meinem Hof."

Hormonelle Unruhe? War das ein Witz? Aber er zeigte nicht mal den Ansatz eines Lächelns. „Dann sollten Sie im Taucheranzug rumlaufen oder einen blickdichten Zaun zwischen Haus und Hof ziehen."

„Das ist lächerlich."

„Ja. Aber zu glauben, dass euer Anblick, insbesondere Ihrer, nicht allein schon für hormonelle Unruhe sorgt, auch."

Er gab ein unwirsches Brummen von sich und zog sie weiter, zu einer Nebeneingangstür des Haupthauses. Irgendwie hatte sie immer von einer romantischeren Begegnung mit ihm geträumt. Da roch sie aber auch nie nach Stall, trug ein aufreizendes Cocktailkleid und wurde von ihm mit Blumen umworben. Natürlich ließ sie ihn ziemlich lange zappeln, bis er sich ihr nähern durfte. Das war ein bisschen was anderes, als wie ein Maultier abgeführt zu werden. Doch seine Finger um ihrem

Handgelenk glichen einer warmen, weichen Fessel, die fast hypnotisch auf sie wirkte. Ein schönes Kribbeln breitete sich von der Stelle, an der er sie berührte, in ihren gesamten Arm aus.

Er angelte ein Schlüsselbund aus der Hosentasche und schloss die Seitentür auf. Anni fand sich in einem weiß gefliesten Waschraum wieder. Die helle Sterilität biss ihr in den Augen. Lukas zog sie zu einem Waschbecken. Neben dem Spiegel hing ein Erste-Hilfe-Kasten. So dicht an seiner Seite überwog der Duft seines Rasierwassers den von Waschmittel und Weichspüler. Sie kannte sich mit Aftershaves nicht aus, doch es passte zu seiner eleganten Erscheinung. Im ersten Moment dominierte es männlich-herb und umschmeichelte dann mit einer weichen, holzigen Note ihre Geruchsnerven. Wenn es nicht zu blöd aussähe, würde sie den Duft mit ein paar tiefen Atemzügen inhalieren.

Trotz seiner unterschwelligen Gereiztheit fühlte sie sich von ihm erstaunlich sanft behandelt. Unter dem warmen Wasserstrahl tupfte er Blut und Schmutz vorsichtig von ihren Händen. Es tat unglaublich gut, so umsorgt zu werden. Seit dem Tod ihrer Eltern musste sie ihre Schrammen selbst verarzten.

Ihr Scheitel reichte Lukas gerade bis zur Schulter. Seine Konzentration richtete sich vollkommen auf das, was er tat. Vielleicht kam sie ihm nie wieder so nah. Diskret ließ sie ihren Blick über seinen Hals und sein markantes Profil streichen. Unter seinem Ohr pulsierte eine Ader. An seiner Wange zuckte ein Muskel. Wie es sich wohl anfühlte, von diesen festen Lippen geküsst zu werden? Bestimmt nicht so matschig nass, wie der Kuss von dem Typen in der Kneipe, von dem sie geglaubt hatte, dass er einen passenden Kandidaten für ihre Entjungferung abgeben könnte. Mit dem Kuss war ihr für den restlichen Abend jede weiterführende Absicht flöten gegangen.

„Und? Wie fällt Ihr Urteil aus, Prinzessin?"

Ups. Erwischt. Vor Schreck bekam sie einen Schluckauf. „Verboten … ‚hirgh‘ … gut. Ich wäre wohl die millionste Frau, die Sie … ‚hirgh‘ … nicht von der Bettkante schubsen wollte? ‚Hirgh‘."
„Die Zweimillionste."
Selbstgefälliger Sack. Allerdings zeigte sich auf seiner Wange ein rosiger Schimmer, der seiner Anmaßung die Spitze nahm. Komplimente schienen ihm noch nicht ganz selbstverständlich zu sein. ‚Hirgh‘.

Ein unerwartetes Lächeln zeigte seine strahlendweißen Zähne und verteufelt süße Lachfältchen in den Augenwinkeln. Zu dem Scheiß Schluckauf drohte ihr jetzt auch noch eine Schnappatmung. Dieser fast überirdisch schöne Anblick ließ alles um sie herum in einem Wattebausch versinken, aus dem nur seine Augen und sein Lächeln auf sie herunterstrahlten. Ihre Nasenflügel wurden sanft mit Daumen und Zeigefinger zusammengepresst.

„Luft anhalten, Prinzessin."
Sie konnte nicht anders, als gehorchen. Der nächste Hickser hatte etwas von einem unanständigen Rülpser, was sein Lächeln noch breiter gestaltete. Aber bevor sie vor Luftnot oder seiner Präsenz ohnmächtig wurde, hörte der Schluckauf tatsächlich auf. Der Druck an ihrer Nase löste sich, auch wenn die Berührung nicht ganz verschwand.

„Atmen", befahl er leise.
Während sie langsam Luft in ihre Lunge sog, fuhren seine Fingerspitzen hauchzart über ihre Wange.

„Und ausatmen", streifte sie die hypnotische Stimme, wie eine seichte Brise.
Ihr Gesicht begann an jeder Stelle aufzuglühen, die er berührte. Sein Blick folgte der Spur seiner Finger, hatte etwas Gefesseltes an sich. Dann bildeten sich steile Falten über seiner Nasenwurzel.

„Sie essen nicht genug. Halten Sie übertriebene Diät, um möglichst kein Gramm zuzunehmen?"
Leider löste sich der Wattebausch langsam auf. Der Ausdruck von Lukas' Augen nahm etwas Sachliches an.

Schade. Das war der traumhafteste Moment ihres Lebens gewesen.

„Ja." Das war eine glatte Lüge, wie alles, was sie den Leuten hier von sich erzählte. Sie aß, was ihr gefiel, nur nicht sonderlich viel davon, weil ihr die eigenen Zukunftsaussichten auf den Magen schlugen. So reichte ihr eine Dose Suppe für zwei bis drei Tage. Für ein sparsames Leben war das sehr hilfreich. Ha, ha. Irgendwie wollte es ihr gerade nicht gelingen, ihre Bedrückung wie so oft mit Galgenhumor zu überspielen. Jedenfalls nicht innerlich.

Kopfschüttelnd widmete Lukas sich wieder ihren Händen, trocknete sie und klebte Pflaster auf die Schrammen.

„Ich verstehe euren Schlankheitswahn nicht. Weiche Rundungen sind doch viel angenehmer, als bei jedem Griff auf Knochen zu stoßen."

„Und das sagt ein Mann, an dem vermutlich kein Gramm Fett zu viel zu finden ist. Außerdem gibt es leider zu viele Vertreter Ihrer Gattung, die Pummelchen nicht mögen."

„Vielleicht redet ihr Damen euch das auch nur ein, weil ihr vor euren eigenen Augen nicht bestehen könnt, wenn ihr nicht eurem Idealbild entsprecht."

„Das könnte jetzt eine Endlosdiskussion werden. Die sollten wir besser fortführen, wenn Sie ein dünnes Model zum Traualtar führen." Mal ignoriert, dass sie das kaum miterleben würde.

„Könnte eine unterhaltsame Hochzeitsfeier werden, sofern mich denn jemals der Entschluss packt, zu heiraten. Sie stehen dann garantiert auf meiner Gästeliste, Prinzessin."

„Anni reicht. Bei mir zerspringen gläserne Schuhe regelmäßig."

Er warf den Kopf in den Nacken und lachte tief aus der Brust heraus auf. Wow, was für ein geiler Klang! Ob sie jetzt, wie Bernie oft eine Heldin kommentierte, während sie Filme ansahen, den Ich-will-ein-Kind-von-dir-Blick draufhatte? Bloß nicht! Sie schloss vorsichtshalber die

Augen und rieb sich die Lider, als denke sie nach. Für ein Kind blieb ihr sowieso keine Zeit, aber wenn Lukas derjenige wäre, der ihr beibog, wie sich Sex anfühlte, ginge für sie ein Wunschtraum in Erfüllung. Ihn einfach zu fragen, ob er Lust hatte, mit ihr zu schlafen, erschien ihr allerdings grottig plump. Statt eines ‚Ja' bekäme sie bestimmt die Gegenfrage zu hören, ob sie noch alle Latten am Zaun hätte. Immerhin wollte er hormoneller Unruhe auf seinem Hof aus dem Weg gehen. Nein, ihr gefiel es besser, wenn sich ihre Wege jetzt mit einem ausgelassenen Lachen trennten. Dann brauchte sie nicht vor Scham in der nächsten Pfütze abtauchen, wenn er mal über den Hof fuhr und sie zufällig wahrnahm. Den Rest hob sie sich für ihre Träume auf.

„Wenn ich das nicht mit eigenen Ohren hören und sehen könnte, würde ich es nicht glauben", erscholl es amüsiert von der Tür.
Synchron drehten sich Anni und Lukas um. Thor lehnte leger am Rahmen.

„Was nicht glauben?", hakte sie nach.

„Dass Lukas so lachen kann. Sonst muss man mindestens fünfzig Cent bei ihm einwerfen, damit man wenigstens ein trockenes Schmunzeln erhält."
Tatsächlich war dessen Heiterkeit nun auch wie fortgewischt. Dafür wollte sie Thor am liebsten vors Schienbein treten.

„Halt die Klappe, Phil", gab Lukas knurrig von sich. „Weshalb stehst du da überhaupt rum?"

„Wollte sehen, wie es der kleinen Lady geht, bevor ich abhaue."
Fragend wölbte Lukas eine Augenbraue hoch, als er sie ansah. Sie hob ihre bepflasterten Hände und wackelte mit den Fingern. „Gut. Alles gut."

„Und die Knie?", fragte Thor.

„Wenn ihr pusten wollt, schneide ich mir sofort Löcher in die Hose." Sie zwinkerte Lukas zu. „Wo ist die Verbandsschere?"

Beide Männer begannen, herzhaft zu lachen. War das ein schönes Gefühl, Mittelpunkt der Aufmerksamkeit von gleich zwei tollen Kerlen zu sein. Obwohl die von Lukas ihr schon genügen würde. Der machte leider eine auffordernde Geste zur offenen Tür.

„Okay, Prinzessin, es war mir eine Ehre, Ihnen behilflich zu sein. Nun müssen wir uns um unsere Termine kümmern."

Sein Zwinkern besänftigte den Stich etwas, jetzt vor die Tür gesetzt zu werden. Aber diese außergewöhnlichen Minuten konnte ihr keiner mehr nehmen.

3. Kapitel

Lukas
Anni. Annarosa Körner. Die Kurzform war ja niedlich, aber wer strafte sein Kind mit so einem überholten Vornamen? Er hätte die Frau zu dem Namen auf sechzig oder siebzig geschätzt.

Im Grunde interessierten ihn die Gesichter zu der Namensliste der Pferdeinsteller nicht. Die Administration des Reitbetriebes oblag seinem Angestellten Johann Sneeft. Es genügte, wenn der die Leute kannte. Das Vermieten der Boxen und die Reitanlage war in erster Linie ein Alibigeschäft. Es machte die Menschen im Umkreis glauben, er würde damit sein Geld verdienen und mit Investments vermehren. Beides traf zu, aber nur, weil er den Grundstein für sein Vermögen mit Escort-Leistungen gelegt hatte. Ohne dieses lukrative Geschäft hätte er die Hofsanierung in so wenigen Jahren nicht finanzieren können. Schon gar nicht in dieser luxuriösen Ausstattung. In zweiter Linie sorgte der Reitbetrieb dafür, dass der große Hof nicht verwaist dahinvegetierte. Die leblose Stille hatte an seinen Nerven gezerrt.

Lukas strich eine Falte aus der Decke auf den Knien des Vaters und lehnte seine Schulter wieder an das Rad des Rollstuhls. Die teuer aufgearbeiteten Dielen unter seinem Hintern und den blanken Fußsohlen waren eine Wohltat, genau wie der Duft nach Holz und Bohnerwachs. Früher hatte er sich hier oft einen Holzspan in Arschbacke und Hände getrieben und den Platz trotz flirrenden Staubes mehr geliebt, als jeden anderen im Haus. Den Ausblick auf die bewaldeten Hügel, die Wiesen und Felder und auf das Hofinnere. Damals musste er sich allerdings mit einem runden Eulenfenster an dieser Giebelseite begnügen. Jetzt drangen die goldenen Strahlen der Spätnachmittagssonne mit jeder Minute großflächiger durch das bodentiefe, verspiegelte Glas, legte sich wärmend auf ihre Gesichter. Das war ihre Zeit. Jeden Tag. Selbst wenn trüber Dunst und

Regen den Blick auf die bewaldeten Bergzüge verwehrten. Der Aufwand für das Verglasen des Giebels war jeden Cent wert gewesen. Vielleicht nahm der demente Geist seines Vaters die schönen Gebäude und das Treiben dazwischen gar nicht mehr wahr. Ebenso wenig, wie den Wald, den er so liebte. Lukas wollte lieber glauben, dass sein alter Herr sich an dem Anblick erfreute, auch wenn er es nicht zeigen konnte.

Manchmal fühlte sich Lukas wieder wie der kleine Junge, der von hier aus den Vater bei der Arbeit beobachtete. Wie der mit Mutters Hilfe die Kühe zum Melken von der Weide holte oder mit vollbeladenem Heuwagen zur Scheune tuckerte. Und er sah noch genau vor sich, wie sein Bruder mit ihrem alten Hund durch die Pfützen tobte.

Sicherlich wäre es einfacher gewesen, den Hof zu verkaufen und sich die Kosten der Restauration nicht ans Bein zu binden. Aber er hatte es nicht über sich gebracht. Fünf Generationen ihrer Familie hatten das Anwesen bewirtschaftet. Sein Vater war mit ganzem Herzen darin aufgegangen, hatte davon geträumt, einen Blickfang daraus zu machen und alles zu modernisieren. Bis zum Unfalltod von Mama und Markus. Auch ihm selbst hatte deren Tod vor zehn Jahren den Boden unter den Füßen weggerissen. Nichts war mehr, wie es sein sollte. Nur die Sorge um seinen alten Herrn und das Bedürfnis, ihm mit dem Aufbau des Gehöftes einen Wunschtraum zu erfüllen, erdeten ihn, hielten ihn in der Spur. Ihm graute vor dem Tag, an dem er auch den Vater gehen lassen musste.

Lukas rieb seine Stirn an der schlaffen, runzeligen Hand auf der Lehne. Was gäbe er darum, sie wie früher durch sein Haar streichen zu spüren, das vertraute Lachen noch einmal zu hören. Was käme hiernach? Es hieß, für alles, das endete, kam etwas Neues. Was für eine Lebenslüge! Er hatte so viele Menschen kennengelernt. Und obwohl er einige davon schätzte, weckte keiner tiefere Gefühle, die ihm den Verlust der Familie erträglicher machten, die klaffende Lücke in seinem Herzen schließen konnten.

Würde er damit zurechtkommen, bis zu seinem eigenen Ende allein hier zu sitzen, weil er sich mit weniger nicht zufriedengeben mochte? Es war unwahrscheinlich, dass er Nachwuchs in die Welt setzte, der den Stammbaum fortführte und sich eines Tages über das Erbe dieses Anwesens freute.

Selbst wenn er jemals einer Frau begegnete, für die er von eigenen Escortterminen Abstand nehmen und sie womöglich sogar heiraten wollte, bliebe immer noch seine Vergangenheit. Welche Frau käme schon damit klar, dass er sich verkauft hatte? Sicher nur eine, der sein Geld das Wichtigste war. Eine scheiß Basis für eine Familiengründung. Diesen Abschnitt seines Lebens einer potenziellen Heiratskandidatin um des lieben Friedens willen zu verschweigen, kam andererseits nicht ansatzweise infrage. Früher oder später würde sie es herausbekommen. Lügen hatten verdammt kurze Beine.

Vielleicht war es besser, nach dem Tod des Vaters doch alles zu verkaufen und in das bisher kaum genutzte Apartment in Hannover zu ziehen. Das Buch der Garner-Generationen einfach zuschlagen und den Erinnerungen voller Familienglück den Rücken zu kehren.

Erstaunlich, dass er hier gestern eine lange vermisste Leichtigkeit gespürt hatte. Sonst konnte er das alles nur während seiner Termine verdrängen. Anni. Irgendwie hatte diese hübsche kleine Maus einen Nerv berührt, der das für ein paar Minuten auslöste.

Aufgefallen war sie ihm schon öfter. Wenn er mit seinem Vater auf den Hof hinunterschaute, oder an ihr vorbeifuhr. Sie hob sich von den anderen Pferdefrauen ab. Nicht nur, weil ihr Haar an einen Wasserfall aus Honig erinnerte. Alle Frauen da unten hatten ihr gewisses Etwas. Nein. Sie kam als Einzige mit einem Fahrrad, ihr Pony passte so gar nicht zu den ganzen Rassepferden und … auf irgendeine Weise war sie eben anders.

Ein Glucksen stieg ihm in der Kehle hoch, als er an den Moment in der Waschküche dachte, an ihre freche Art, zu flirten. Das war meilenweit entfernt von subtilem, aber unmissverständlichem Werben um Aufmerksamkeit. Weit weg von verführerischen sinnlichen Signalen, wie sie ihm seit Jahren begegneten und die er selbst anwandte. War das überhaupt ein Flirten gewesen? Sein Impuls, unbedingt ihre Wange berühren zu wollen, war ihm noch immer rätselhaft. Sonst tat er so etwas nur, weil es zum Aufbau von Intimität zwischen einer Kundin und ihm gehörte.

Unwichtig! Keine privaten Annäherungen auf seinem Hof. Wenn er den Frauen da unten seine Aufmerksamkeit verweigerte, kamen sie auch nicht auf die Idee, in seinem Leben herumzuschnüffeln oder ihm mit Eifersüchteleien nachzustellen. Deshalb begann der Wirkungskreis seines Escort-Service frühestens fünfzig Kilometer von hier. Er hatte keinen Bock, auf seinem Hof einer Kundin über den Weg zu laufen, die sich womöglich mehr von ihm erhoffte oder aus dem Nähkästchen plauderte und damit den guten Ruf seines Anwesens ruinierte. Kaum einer der vornehmen Einsteller würde sein Pferd auf der Anlage eines Callboys wissen wollen. Auch keiner seiner Männer sollte hier als solcher erkannt werden. Der Sitz seines Escort-Service war offiziell in Hannover, was die Wahrscheinlichkeit senkte, von einer Dame aus dieser Region gebucht zu werden. Oder von einem Herrn, denn auch für solche Neigungen hatte er schließlich Mitarbeiter. Hier im Umkreis gab es genug ähnliche Services, derer sich Interessierte bedienen konnten.

So attraktiv einige der Pferdebesitzerinnen auch waren, für ihn bestand nicht die geringste Gefahr, mit seinen eigenen Regeln zu brechen. Sex hatte er in seinem Job bis zum Abwinken und keinen zusätzlichen Bedarf.

Wo blieb Anni? Sonst konnte man die Uhr danach stellen, wann sie mit ihrem Haflinger losmarschierte und wiederkam. Ihre Runde dauerte stets zwei Stunden. Er kannte die Wege des Waldes wie seine Westentasche, war sie oft mit Vater und Bruder gegangen, nutzte sie nach wie vor für seine Joggingrunden. Deshalb konnte er sich gut vorstellen, welche Route Anni wählte. Sie war jetzt schon eine Viertelstunde überfällig. Hatte sie heute einen anderen Weg genommen oder war ihr etwas passiert? Sie sollte nicht allein im Wald herumlaufen. Überall gab es Spinner, die nur auf einsame Wanderinnen warteten.

Er spürte, wie sich seine Nackenhaare aufstellten, seine Finger tasteten nach dem Smartphone in der Hosentasche, um Johann Bescheid zu geben, dass er Gentleman für ihn sattelte. Es wurde ohnehin Zeit, dass er sich mal wieder aufs Pferd setzte, bevor er noch verlernte, wie das ging.

Beim Wiehern seines Wallachs ruckte gut hundert Meter voraus der Kopf des Haflingers herum. Erleichtert atmete Lukas durch. Anni stand vornübergebeugt an der Schulter des Ponys. Es ging ihr gut. Ihr Haar fiel wie ein Vorhang fast bis auf den Boden und verdeckte ihr Gesicht. Als ihr Pony zu zappelig wurde, ließ sie dessen linken Vorderfuß los und sah ihm ebenfalls entgegen. Er bemerkte, dass das Tier den Huf nicht fest auf den Boden stellte.

Neben Anni hielt er sein Pferd an. Ein Strauß Wiesenblumen lag am Wegrand. Weiße Margeriten, gelber Hahnenfuß und roter Mohn, der sich wie große Blutstropfen seiner Blütenblätter entledigte.

„Ich bin ja so was von baff, Sie hier zu sehen. Dazu noch auf Ihrem Pferd. Ich dachte schon, Sie hätten mit Reiten nichts am Hut und das schicke Tierchen nur proforma."

„Heute war mir danach. Was ist mit dem Huf?" Irgendwie mochte er sich nicht die Blöße geben, sie wissen zu lassen, dass er nach ihr gesucht hatte. Vielleicht bildete sie sich zu viel darauf ein und prahlte damit vor ihren Stallkolleginnen, obwohl es gar nichts zu bedeuten hatte. Das hatte es doch nicht, oder? Auch wenn er sich, außer um seinen Vater, schon lange um niemanden mehr solche Sorgen gemacht hatte.

„Pino hat sich einen Stein eingetreten. Das Scheißding sitzt so fest in seinem Strahl, dass ich es nicht rausbekomme. Hab vergessen, vorsichtshalber einen Hufkratzer einzustecken."

Lukas stieg von Gentleman ab und drückte Anni die Zügel in die Hand.

„Lassen Sie mich mal ran, damit Sie den Hof erreichen, bevor es dunkel wird. Und es wäre schön, wenn Sie Ihr freches Pony davon abhielten, dabei in meine Kehrseite zu beißen." Er beugte sich hinunter und nahm den Pferdefuß auf. Ein eckiger weißer Kalkstein hatte sich tief in die Rille des Hufstrahls gedrückt. Das musste dem Tier gewaltige Schmerzen bereiten. Hinter sich hörte er ein sehnsüchtiges niedliches Seufzen.

„Und wenn ich mich nicht beherrschen kann? Bei dem knackigen Anblick droht sich jedes Gebiss selbstständig zu machen."

Freches Biest und scheiß Kopfkino! Der Gedanke, wie ihr süßer Mund über seinen Hintern strich, ihre kleinen Zähne leicht zukniffen, während ihre rosige Zunge seine Haut liebkoste, sandte eine unwillkommene Hitzewelle durch seinen Schwanz. So viel dazu, dass keine Frau von seinem Hof einen Reiz auf ihn ausübte. In der hautengen Reithose kam er sich wie nackt vor. Jede Kontur seines Arschs war bestimmt gut zu erkennen. Und wenn er sich nicht zusammenriss, die Ausbuchtung vorne erst recht. Anni sabotierte zunehmend seine vertraute Haltung. Warum reagierte er auf sie so viel intensiver, als auf die anderen heißen Stallmieterinnen?

„Willst du mich angraben, Prinzessin? Vergiss es gleich wieder. Weder du noch deine Freundinnen auf dem Hof wecken mein näheres Interesse." Er hörte ein leises ‚Schade auch' hinter sich wispern. „Und sollte ich doch gleich etwas unaufgefordert an meinem Hintern spüren, lege ich dich übers Knie."

Im selben Moment beschlich ihn der Wunsch, sie wäre frech genug, seinen Befehl zu ignorieren. In seinem Hirn herrschte heute ein ganz schönes Durcheinander. Oder es war, wie man so gern spottete, heute tatsächlich zu seinem

Schwanz auf Wanderschaft gegangen. Scheiße, er war doch kein pubertierender Idiot mehr.

„Eingebildete Sahneschnitte, ich hab's nicht nötig, dich anzugraben. Wäre nur ein Vergleichstest zu den anderen Knackärschen gewesen, zwischen denen ich mich morgen Abend entscheiden muss."

Vergleichstest? Klar, wie sollte es auch anders sein, als dass bei dieser süßen Maus die Kerle Schlange standen. An Abwechslung mangelte es ihr bestimmt nicht. Und das störte seinen Gesamteindruck von ihr gerade empfindlich.

„Mein Hintern steht deiner Versuchsreihe nicht zur Verfügung." Aus seiner Hosentasche zog er den Schlüsselbund hervor. Das Schweizer Messer daran hielt auch einen kleinen Schraubenzieher bereit. Vorsichtig pulte er damit den Stein aus dem Huf. Ein zufriedenes Schnauben des Ponys folgte dem Auslösen.

„Kann sein, dass er durch den Druck ein Hufgeschwür bekommt, Prinzessin. Wenn der Huf warm wird, ruf den Schmied." Er drehte sich zu ihr um. Ihr Kopf ruckte aus akuter Schräglage hoch. Betont unschuldig grinste sie ihn an.

„Hast du den Anblick genossen?"

Ihre Schultern zuckten kurz in die Höhe. „Ja. Kannst du mit den Pobacken Nüsse knacken?"

„Ist das Bedingung, um bei deinen Vergleichen gut abzuschneiden?"

„Nein. Pures Randinteresse."

„Ich werde es dir zuliebe nicht ausprobieren, freches Biest." Er stieg auf sein Pferd, zog den Fuß aus dem linken Bügel und hielt ihr um seinen Rücken herum die rechte Hand hin. „Komm schon, setz dich hinter meinen Sattel. Ich lasse dich nicht mit einem lahmen Pony im Wald alleine."

In ihren Augen blitzte es begeistert auf. Hoffentlich interpretierte sie in sein Angebot nicht mehr hinein, als es bedeutete.

„Fehlt nur noch deine schillernde Rüstung, Prinz Charmebolzen."

Er nahm das Strickende von ihrem Pony entgegen. Mit Hilfe des freien Steigbügels und seiner Hand schwang sie sich hinter ihm auf den Pferderücken.

„Träum jetzt bloß nicht noch davon, wie ich als Happy End dieser Begegnung mit einer Rose quer im Mund vor dir auf die Knie gehe."

„Statt einer Rose traue ich dir eher ein Stück Stacheldraht zu. Darf ich meinen Arm um deinen Luxuskörper legen oder entsorgst du mich dann in die Brennnesseln?"

„Mach schon, sonst landest du darin, auch ohne dass ich nachhelfen muss. Wie willst du dich sonst auf dem glatten Fell halten?"

„Den ‚Charme' nehme ich zurück. Wenn du welchen hast, dann gut getarnt."

Die Idee, sie mit auf sein Pferd zu nehmen, musste einem geistigen Kurzschluss entsprungen sein. Es schaffte viel zu viel Nähe innerhalb des fünfzig Kilometerradius. Der Arm um seine Rippen wärmte ihn innerlich, was er bei seinen Kundinnen nie spürte. Annis Umarmung vermittelte ihm intimere Nähe, als eine Fremde zu vögeln. So sollte es sich anfühlen, wenn er die Frau fürs Leben gefunden hatte. Könnte Anni diejenige sein?

Vergiss es, Lukas! Sie ist die Tochter eines Chefarztes. Ein Prinzesschen. Vermutlich würde sie gern mit dir ficken, vielleicht sogar eine engere Bindung anstreben. Aber wenn sie von der Art deines Geschäftes erfährt, sieht sie sich nach einem akzeptableren Mann um. Gewöhn dich also gar nicht erst an sie. Mist. Wie ihre Hand über seinen Bauch strich und dieses zarte Reiben zwischen seinen Schulterblättern ließ ihn scharf werden.

„Was treibst du da an meinem Rücken?"

„Meine Nase juckt und ich hab keine Hand frei."

„Nett, dass du zum Dank deinen Schnotten an mir abwischst."

„Kein Schnotten, nur ein trockenes Jucken. Wie kann ich mich für deine Hilfe eigentlich erkenntlich zeigen?"
Indem du mich noch etwas tiefer streichelst. „Indem du gleich am Waldrand absteigst, wo der Weg zum Hof hinunterführt."
„Du willst nicht, dass man uns zusammen sieht."
„Gut kombiniert. So bist du keinem blödsinnigen Gerede ausgesetzt."
Ihr Daumen hakte sich unter seinem Gürtel ein, was ihre übrigen Finger verdammt nah an seine Erregung brachte. Konnte sie Gedanken lesen? Scheiße, sein Schwanz pumpte sich in Richtung ihrer Finger auf. „Mein Gürtel muss nicht festgehalten werden."
„Das ist nicht so anstrengend, wie Festklammern."
„Du hegst nicht zufällig andere Absichten?"
Ein abfälliges Schnauben streifte seinen Rücken. „Bring mich nicht auf dumme Ideen. Nein. Kerle hinterrücks begrabschen, finde ich zu primitiv. Ist jetzt dein Wunschtraum zersplittert?"

Sie konnte definitiv Gedanken lesen. Was würde er tun, wenn sie wirklich dreist zwischen seine Schenkel griff? Scheiße, so wie sie ihn sabotierte … es genießen … und sie wahrscheinlich auf dem Gras am Wegrand flachlegen. Ganz gegen seine Regeln. Sie war die erste Frau seit gefühlten Ewigkeiten, die dieses spontane Bedürfnis in ihm hervorrief.

Er löste ihren Daumen von seinem Gürtel und drückte ihre Finger gegen seinen Bauch. Zierlich und weich schmiegten sie sich perfekt in seine Handfläche. Es würde sich bestimmt wie eine streichelnde Feder anfühlen, wenn sie …

„Oft reitest du nicht, oder?"
„Merkt man das?"
„Du sitzt ein bisschen verkrampft."
Ja, zum Kuckuck noch mal, woran das wohl lag! „Stimmt. Nicht oft."
„Warum hast du dann ein Pferd?"

„Es gehörte meiner Mutter. Mein Vater hatte Gentleman extra für sie gezüchtet und ausgebildet."

„Ich hab sie, glaube ich, noch nie gesehen. Wohnt sie nicht mehr hier?"

Eine Mischung aus Grauen und Trauer walzte stechend durch jeden seiner Muskel. „Sie ist vor vielen Jahren gestorben ... zusammen mit meinem Bruder. Seit dem Verlust geht es auch meinem Vater immer schlechter. Er liebt dieses Pferd und die Erinnerung daran, welche Freude es Mutter bereitet hat."

Warum erzählte er ihr das? Sonst sprach er mit Fremden nie über Familiäres. Jetzt sprudelte es aus ihm heraus, als hätte er Sabbelwasser getrunken.

Annis Finger verwoben sich mit seinen. Ihre Hand mit dem Pferdestrick schlang sich von der anderen Seite um seine Taille, und wenn er sich nicht täuschte, presste sie ihr Gesicht zwischen seine Schulterblätter.

„Das tut mir unheimlich leid", hörte er sie in sein Polohemd nuscheln.

Diese tröstende Umarmung bereitete ihm im ersten Moment Unbehagen. Es war so ungewohnt geworden, von einer Frau nicht aus einem erotischen Antrieb heraus umschlungen zu werden. Den letzten derartigen Trost hatte er von seiner Mutter erhalten, als er sich mal ein Knie aufgeschrammt hatte. Aber Annis Umarmung milderte das Stechen um sein Herz. Für diesen Augenblick nahm sie ihm das Gefühl, seinen Kummer allein tragen zu müssen. Es war, als lösten sich Bleigewichte von seiner Seele.

Allerdings wusste er jetzt nicht so recht, wie er mit dieser nicht auf Erotik basierenden Zutraulichkeit umgehen sollte. Wenn er das weiter duldete, legte sie das vielleicht als Signal aus, noch vertraulicher werden zu dürfen.

Er räusperte sich. „Nun, ich ... ähm ... danke. Es ist lange her." Vorsichtig rollte er mit den Schultern und löste seine Finger aus ihren.

Sie verstand die Zeichen. Der leichte Druck ihres Gesichts verschwand von seinem Rücken. Es war erschreckend, wie sehr er diese Nähe sofort vermisste, wie einsam er sich schlagartig wieder fühlte.

Im Rhythmus des wiegenden Pferderückens begann sie plötzlich ein Lied zu singen. Nicht besonders talentiert, aber laut. Ein Lachen stieg ihm unweigerlich die Kehle hinauf. Es war keiner der aktuellen Ohrwürmer, was bei ihrem Alter verständlicher gewesen wäre, sondern ein altes Volkslied. Das Wandern ist des Müllers Lust. Und es beschwingte nicht nur sein Herz, auch die Schritte seines alten Gentleman ließen sich von dem Lied mitnehmen. Gut einen Kilometer später musste er ihr Unterhaltungsprogramm leider unterbrechen.

„Da vorn, hinter dem großen Ilex, führt der Weg zum Hof hinunter. Es ist besser, du steigst jetzt ab. Ich werde noch eine kleine Runde durch den Wald drehen, damit wir nicht zusammen ankommen."

„Meine Güte, Prinz Stacheldraht, du bist so schön, die Mädels werden dir schnell verzeihen, das Aschenbrödel gerettet zu haben."

„Aschenbrödel ist für dich wirklich nicht angemessen. Wenn du damit nach Komplimenten fischen wolltest, vergiss es. Und jetzt steig ab. Wie ich vorhin schon sagte, es ist für ‚dich' einfacher, wenn man nicht über uns tratscht."

Über den Pferdehintern rutschte sie hinunter, was ihm für ein paar Sekunden das Herz stillstehen ließ. Gentleman zeigte jedoch keinen Ansatz, ihr dafür einen Tritt zu verpassen. Frech grinste sie ihn an und machte einen altmodischen Hofknicks. Ob sie wusste, wie süß sie dabei aussah?

„Danke für deine Hilfe. Ich werde die Erinnerung daran wie einen Schatz hüten." Theatralisch legte sie eine Hand auf ihr Herz.

„Übertreib nicht so albern. Das lässt dich kindisch wirken." Trotzdem brachte sie ihn damit zum Lachen. Innerlich. Er hatte sich gut genug im Griff, sie das nicht merken zu lassen, sonst würde sie seinen Tadel niemals respektieren.

„Du solltest dir öfter erlauben, kindisch zu sein, Prinz Stacheldraht. Das Leben ist ernst genug. Ein paar Albernheiten sind eine entspannende Abwechslung."

Mit einem spitzbübischen Zwinkern warf sie ihm eine Kusshand zu, winkte kurz und machte sich, ein neues Lied pfeifend, mit ihrem Pony auf den Weg. Seine Belehrung war sichtlich an ihr abgeprallt. Ungewohnt. Sonst nahmen Frauen bitterernst, was er sagte, um ihm zu gefallen.

Durch das Blattwerk des Ilexbusches sah er ihr nach. Sie hatte es nicht eilig, den Stall zu erreichen. Immer wieder blieb sie stehen und pflückte einen neuen Strauß aus Wiesenblumen zusammen, während ihr Haflinger das Gras dazwischen vorzog.

Ihm stach wieder ins Auge, wie extrem schlank sie war, um nicht zu sagen, fast unterernährt. Etwas mehr Fleisch auf Hüften und am Po stünde ihr gut, würde für harmonischere Proportionen zu ihrem recht vollen Busen sorgen. Wäre sie seine Maus, gäbe es keinen Diätplan mehr. Er würde sie mit Leckereien füttern, bis alles zusammenpasste. Der Überschuss an Kalorien verbrannte dann bei ihren ausgiebigen Liebesspielen.

Spinn diese Gedanken gar nicht erst weiter, Lukas Garner. Ein unkomplizierterer Mann als du soll sich um ihre Formen kümmern.

4. Kapitel

Anni

Hör auf, in einer Endlosschleife von gestern zu träumen, Annarosa Körner! Traumschlösser haben die Angewohnheit, wie Seifenblasen zu zerplatzen. Die Nadel für deine Seifenblasen wurde schon bei deiner Geburt mitgeliefert. Außerdem, nur weil Lukas wie ein Ritter in schillernder Rüstung zu Hilfe kam, interessiert er sich nicht eine Spur mehr für dich. Aber es war unbeschreiblich schön gewesen, ihn im Arm zu halten. Als gehörten sie zusammen, wie das Yin und das Yang. Er strahlte solche Ruhe und Kraft aus, dass sich ihre Probleme darin in Luft aufzulösen schienen. Ach Scheiße, niemand konnte das. Auch kein Prinz Stacheldraht, selbst wenn er wollte.

Statt verträumt über die eigenen Füße zu stolpern und sich unansehnliche blaue Flecken dabei zu holen, sollte sie sich besser um den heutigen Abend Gedanken machen. Es könnte die Nacht der Nächte werden. Ihre Entjungferung. Ihre Einführung in das Liebesleben der Humanoiden.

„Wo soll ich denn mit dir hin, Mieze?"
Seit sie mit Pino aus dem Solarium zurück war, umschlich die hochträchtige Hofkatze ihre Beine und maunzte sie herzzerreißend an. Ein anderes zweibeiniges Opfer stand ihr nicht zur Verfügung. An Samstagabenden war Anni immer das Schlusslicht im Pferdestall, weil sie diese Ruhe besonders mochte. Keine Schnattergänse, keine ironischen Spitzen gegen ihren vierbeinigen Liebling. Nur sie und das leise Zähnemahlen und Stampfen der Pferde, bevor sie sich für eine der Diskotheken im weiteren Umkreis zurechtmachte. Das war der einzige Luxus, den sie sich selbst gönnte. Zum einen, weil sie es liebte, die Musik wie Puls durch ihre Adern hämmern zu spüren, zum anderen natürlich in der Hoffnung, einen passenden Kandidaten für ihre Entjungferung zu finden. Theoretisch wusste sie ja, wie Sex ging. Sie hatte sich einen Porno als Anschauungsmaterial zugelegt, aber eben bisher keinen

Kerl getroffen, bei dem ihr die Vorstellung gefiel, dass er sein Ding in sie steckte. Außer bei Lukas Garner, doch der zeigte ja leider kein Interesse an ihr.

Sie strich ihrem alten Wallach noch einmal über die weiche Nase, schloss seine Boxentür und folgte der graugetigerten Katze, die immer ein paar Schritte vorlief und dann wieder ungeduldig maunzend auf sie wartete. Bei einer maroden Seitentür der alten Scheune endete ihr gemeinsamer Weg. Mieze schlüpfte durch ein Katzenloch in das Gebäude. Die Tür gab unter Annis Ruckeln zwar einen Spalt breit nach, wurde aber von einer Kette im Inneren zugehalten. Mit jämmerlichem Geschrei kam Mieze wieder heraus und forderte sie auf, ihr zu folgen. Das Tierchen begriff nicht, dass sie nicht durch das Loch passte.

„Ich denke mal, du willst in deiner schweren Stunde nicht allein sein und hoffst auf eine Hebamme, aber könntest du dafür nicht einen leichter zugänglichen Ort in Betracht ziehen?"

Anni schob ihre Finger durch den Spalt und versuchte, zu ertasten, wie die dünne Kette befestigt war. De facto hatte sie ja Übung im Einbrechen in Scheunen, um mit Pino die Nacht darin zu verbringen, bis sie in der Morgendämmerung weiterzogen. Okay, es war nun schon sieben Jahre her, als sie mit ihm stiften gegangen war, um ihn nicht zu verlieren, und die zwei Jahre bis zu ihrer Volljährigkeit in einem Heim abzusitzen. Doch so was verlernte sich doch nicht so schnell. Und siehe da, auch diese Scheunentür war nur dürftig gesichert. Die Kette sprang unter ihren Fingern von einem Haken.

Die untere Holzkante schranzte grässlich über Reste von altem Kopfsteinpflaster, als sie die Tür so weit aufzog, dass sie hineinschlüpfen konnte. Nur fahles Licht fiel durch verstaubte Sprossenfenster und zeigte schemenhaft den Inhalt der Scheune. Ein Monster von Traktor mit hochgeklappter Motorhaube und zwei Anhänger mit hohen Gittern standen nah bei dem großen, geschlossenen Tor.

Rechts von ihr türmten sich bis fast unter das Dach Heu- und Strohballenquader. Genau darauf hielt die Katze zu.

Mit für ihren dicken Bauch erstaunlich geschmeidigen Sprüngen erklomm Mieze die ersten der in Stufen gestapelten Heuballen. Dann wartete sie wieder, dass Anni ihr folgte. Sie kletterte dem aufgeregten Tierchen nach. Blöderweise hatte die werdende Mutter wohl einen recht hohen Platz im Visier. Ein bisschen außer Atem erreichte Anni schließlich das auserwählte Plateau, wo Mieze sich zufrieden auf die Seite fallen ließ. Zum Glück war das nicht ganz oben. Bis dahin hätte sie noch vier steil aufragende Ballen erklimmen müssen. Anni legte sich neben die Katze und kraulte sie vorsichtig zwischen den Ohren.

„Und jetzt? Ich wollte gleich in eine Disco, um dieses Wochenende nicht versuchslos verstreichen zu lassen. Ganz so viele habe ich nicht mehr."

Die Vorderpfoten klammerten sich um ihre Hand, bettelnd sahen die großen Katzenaugen sie an.

„Ist ja gut, Mieze. Ich gehe nicht weg."

Es dauerte noch ein Weilchen, bis Anni das faszinierende Schauspiel der Geburt neuen Lebens geboten wurde und ein Katzenbaby nach dem anderen das Licht der Welt erblickte. Fürsorglich leckte die Mutter alle fünf sauber.

Die Hitze des Tages staute sich zwischen Heu und Dach. Anni merkte, wie ihr die Müdigkeit in die Glieder kroch. Vermutlich verpasste sie auch heute keinen prickelnden Kerl, mit dem sie es endlich tun wollte. Einer wie Lukas oder wenigstens Thor war ihr in noch keiner Diskothek über den Weg gelaufen. Der Gedanke an weniger attraktive Kandidaten dämmte den Ansporn sich auf den Weg zu machen.

Ihr fiel es schwer, die Augen aufzuhalten. Sie hatte schon schlechter gelegen, in den zwei Jahren, als sie auf der Suche nach Verstecken mit Pino durch den Wald und angrenzende Gegenden gestreift war. Bei Bauern und Jägern war sie stets mit der Lüge durchgekommen, sie hätte sich nur auf einem Ausritt verirrt und wäre nun auf dem richtigen Weg nach Hause. Sie hatte ein spärliches Maß an Glück, nicht aufgegriffen und ins Heim gesteckt worden zu sein, bis niemand mehr das Recht hatte, ihr zu sagen, was sie zu tun und zu lassen hatte. Und ein bisschen weiteres Glück, als sie schließlich einen Job als Hofhilfe samt Zimmer bei einem alten Bauern bekam.

Schade, dass der alte Herr vor fünfeinhalb Monaten gestorben war, was sie in die Zwangslage brachte, eine andere Bleibe für Pino und sich zu suchen. Erich hätte sich gut um Pino gekümmert, wenn sie fortgewesen wäre. Aber Erich hatte sie, wie schon ihre Eltern, allein zurückgelassen, nur mit ihrem Hafi als liebsten Vertrauten. Und genau wie damals hatte sie hilflos zusehen müssen, wie fremde Leute kamen und bestimmten, was mit dem Inventar und der Immobilie zu geschehen hatte, mit ihrem Zuhause.

Das gepresste Heu war eine harte, piksende Unterlage, doch mit einem unvergleichlich schönen würzigen Duft. Anni legte ihr Gesicht auf den Arm und schaute den kleinen, noch blinden Katzenbabys zu, wie sie nach den Zitzen der Mutter suchten.

Ihr Bett mochte weicher sein, aber die Trostlosigkeit des Kellerzimmers war kein Anreiz, jetzt schon heimzufahren. Ursprünglich war es als Notlösung gedacht gewesen, bis sie eine hübsche kleine Wohnung gefunden und sich mit dem Erlös vom Verkauf der Möbel ihrer Eltern eingerichtet hatte. Das Geld würde zusammen mit dem, das sie dazu erarbeitet hatte, nun für Pinos gute Unterbringung sorgen. Jede weitere Planung war überflüssig geworden.

Sie spürte, wie sie in den Schlaf abdriftete, begleitet von Bildern aus glücklichen Tagen. Sie sah ihre Eltern im Garten am Grill sitzen und über Papas verkohltes Fleisch lachen. Sie sah, wie sie an ihrem siebenten Geburtstag mit erwartungsvollen aufgeregten Gesichtern auf sie hinunterschauten, als Pino mit einer großen, roten Schleife um den Hals in das geräumige Wohnzimmer geführt wurde.

Ein metallisches Scheppern holte Anni aus dem Schlummer. Im ersten Moment konnte sie nicht einsortieren, wo sie sich befand. Heu. Katzen. Skurrile Schatten. Die Scheune! Licht war angeschaltet, irgendwo unter ihr werkelte jemand.

„Scheiß Teil!", drang zu ihr hoch, gefolgt von einem dröhnenden Schlag auf Blech.

Sie wälzte sich herum und kroch zum Rand des Plateaus. Lukas Garner? Mit rotkariertem Hemd, schmuddeliger Jeans und Werkzeug in der Hand? Das war ja ein unerwarteter und vor allem göttlicher Anblick. Eine schwarze Schmierspur verunstaltete seine Wange und das dunkle, sonst tadellos liegende Haar stand strubbelig in alle Himmelsrichtungen. Unwirsch warf er einen großen Schraubenschlüssel auf den Boden und sah sich einen langen Riss an der Seite seines Hemdes an. Anscheinend war er damit irgendwo hängengeblieben. Schweiß hatte sein graues Unterhemd auf der Brust fast schwarz gefärbt. Es war aber auch verdammt stickig hier drin. Wie spät mochte es wohl sein? Hinter den Sprossenfenstern war es dunkel. Also schon nach zweiundzwanzig Uhr. Mist! Zweiundzwanzig Uhr schloss sich das Tor zum Anwesen automatisch.

Oohaa, jetzt wurd's noch spannender: Lukas zog das karierte Hemd aus. Die Haut seiner Arme schimmerte samtig goldbraun. Jeder Muskel war in eleganter Harmonie ausgeprägt, doch zum Glück nicht so übertrieben, wie bei Arnold Schwarzenegger. Jetzt griff er zum Saum seines Unterhemdes. Anni hielt die Luft an. Dieser Strip war unbezahlbar. Live und in Farbe. Der graue Rippstoff gab einen sonnengebräunten Bauch mit Sixpacks preis, Brustmuskeln mit dunklen Nippelhöfen … haarlos, wie ein Kinderpopo. Oooh, hammermäßig, dass sie das zu sehen bekam. Nur Anfassen wäre noch schöner. Leider währte der Anblick nur kurz. Er warf das graue Hemd auf den Werkzeugwagen und zog sich das karierte wieder über, knöpfte es aber nicht zu. In Annis Mund sammelte sich

Speichel. Einem Mann hinterhersabbern war für sie bisher nur eine Metapher gewesen. Suchend sah er sich um, fluchte verhalten und ging dann mit langen Schritten hinaus.

Anni zögerte keine Sekunde, hangelte an den Ballen hinunter, schnappte sich das graue Unterhemd und sah zu, dass sie wieder auf ihre Aussichtsplattform hinaufkam. Er hatte das Licht nicht ausgemacht, also würde er wohl wiederkommen und sie gedachte, diesen traumhaften Anblick so lange wie möglich zu genießen. Ihre Pläne für heute Abend waren ohnehin passé.

Das Unterhemd fühlte sich feuchtwarm an. Bei anderen Kerlen hätte sie das geekelt. Von Lukas wollte sie es nicht anders haben. Sie drückte ihre Nase in den Stoff, inhalierte das männliche Duftgemisch aus frischem Schweiß und herbfrischem Duschgel.

Lukas kam zurück. Anni presste sich tiefer auf das Heu, legte das Kinn auf die Unterarme und beobachtete, wie er sich Handschuhe überstreifte, den Schraubschlüssel aufhob und am Motor des Traktors zu werkeln begann. Neben ihr wurde die Katzenmutter unruhig, stand auf und dehnte sich. Dann kletterte sie halb rutschend, halb springend hinunter. Lukas' Kopf schnellte herum. Sein Blick erfasste die Katze und leider auch sie. Gewaltiger Ärger malte sich auf seinen schönen Zügen ab.

„Was zur Hölle! Was machst du da oben? Du hast eine ziemlich platte Art, mir nachzuspionieren, Prinzessin!"

Da er sie sowieso entdeckt hatte, setzte sie sich im Schneidersitz an die Kante, versteckte das Unterhemd aber hinter ihrem Rücken.

„Sei nicht so eingebildet, Prinz Stacheldraht. Ich gebe zu, dein Anblick ist wesentlich aufregender, als mein Stallburschen-Kalender über dem Bett, aber ich bin nur wegen der Katzenbabys hier oben."

„Katzenbabys? Blöde Ausrede. Wo sollen die denn herkommen? Es ist Sommer."

„Blöde Frage. Aus ihrer Katzenmutter natürlich, die mich in ihrer schweren Stunde gern dabeihaben wollte. Komm doch hoch und sieh sie dir selbst an."

Der Schraubenschlüssel landete scheppernd bei dem übrigen Werkzeug. „Wenn das ein Trick ist, dich mit mir im Heu zu tummeln, vergiss es Herzchen." Drohend streckte er ihr einen Zeigefinger entgegen. „Finde ich da oben keine Katzenbabys, versohle ich dir höchstens den Hintern."

„Könnte ein interessantes Erlebnis werden, Herzchen! Mann, bist du von dir eingenommen."

Er sah sich um. „Wo ist mein Hemd?"

„Welches Hemd?"

„Ich hab hier eben ein Hemd hingelegt."

„Hast du dir was Unanständiges eingeworfen? Du hast doch eins an."

„Ach, vergiss es!"

Er begann tatsächlich, zu ihr hochzuklettern. Schnell stopfte Anni das geklaute Unterhemd in eine Lücke zwischen den Ballen und eine Handvoll Heu zur Tarnung hinterher. Erstens wollte sie es ihm nicht zurückgeben und zweitens entging sie so Erklärungsnot. Als sie sich umdrehte, stemmte er sich gerade verboten geschmeidig auf ihr Plateau und setzte sich neben das Katzennest. Seine entblößte Brust war nur etwas mehr als eine Armlänge von ihr entfernt, wie auch seine faszinierenden Gesichtszüge. Müsste sie sich entscheiden, sie wüsste nicht, was sie als Erstes berühren wollte. Ihre Haut begann am ganzen Körper zu kribbeln.

„Du bist entschuldigt, Prinzessin."

„Oh, wie nett. Danke! Du hättest wenigstens dein Hemd zuknöpfen können. So provozierst du versaute Gedanken."

Er zwinkerte ihr unverschämt zu und schlug das Hemd vorn übereinander. „Besser?"

„Wie man's nimmt. Ich hab gern versaute Gedanken."

„Ich auch, aber nicht auf meinem Hof."

„Eine blöde Regel."

„Eine nützliche Regel." Er legte sich neben die fünf schlummernden Kätzchen und stützte sich auf einem Ellenbogen ab. Seine schlanken Finger berührten eines der pelzigen Köpfchen ganz zart. „Wie lange liegen die süßen Fellknäule hier schon?"
Anni streckte sich ihm gegenüber aus. Fellbabys hatten eine magische Anziehungskraft auf Finger. Auch auf ihre. „Zwei oder drei Stunden."
Ein leises Lachen drang aus Lukas' Kehle. „Ist das ein Wink mit dem Bretterzaun, dass du mit dem Schwänzchen spielst?"
Wie gestochen zog sie ihre Hand zurück. Sofort wurde ihr bewusst, dass sie seiner Provokation auf den Leim gegangen war. Sie rupfte ein Heubüschel aus und bewarf ihn damit. „Blödmann. Erinnert dich dieses winzige Ding etwa an deinen eigenen?"
„Ich trag ihn zum Glück nicht hinten und wäre er so klein und haarig, würde ich mich erschießen." Lachend streifte er einige Halme aus seinen Haaren, dann wurde sein Blick schlagartig ernst. Wie gebannt hielt Anni still, als seine Daumenkuppe unter ihrem linken Auge entlangstrich. Warm und zärtlich. Ihr Herz begann wild zu hämmern.
„Du hast geweint."
„Ach was, ich hab öfter dicke Augenringe."
„Deine verschmierte Mascara verrät dich. Weshalb hast du geweint?"
„Danke, dass du mich in Verlegenheit bringst. Weist du jede Frau sofort auf ihre Mängel hin?"
Leider hörte er auf, sie zu berühren, und kraulte wieder die Babys.
„Es ist kein Mangel. Du bist trotzdem hübsch. Ich möchte gern wissen, warum du geweint hast."
„Die Geburt der Kleinen mitzuerleben, war so ergreifend."
Skeptisch wölbte er die rechte Braue. Ging auf ihrer Stirn eigentlich eine nur für ihn sichtbare rote Warnlampe an, wenn sie log? Das wäre ziemlich unpraktisch. Aber er hatte

zugegeben, dass er sie hübsch fand. Hübsch war zwar nicht schön, aber es schmeichelte ihr trotzdem. Auf seiner Hüfte tauchten Kopf und Vorderpfoten der Katzenmutter auf. Elegant hüpfte sie über ihn und strich nach Aufmerksamkeit heischend an seinem Bauch entlang, rieb ihren Kopf an Lukas' Kinn. Er gab ihr die geforderten Krauleinheiten.

„Alles gut überstanden, Bonnie?", raunte er sanft. „Schöne, kräftige Babys hast du da. Trotz der untypischen Zeit."

Es machte sie neidisch, wie die Katze an ihm ankuscheln durfte. Das Hemd teilte sich wieder bei dem liebebedürftigen Ansturm. Der flauschige Schwanz zuckte über die Haut seiner Brust. Die Spitze streifte an seiner Brustwarze entlang, kringelte sich darum und strich darüber. Fasziniert verfolgte Anni, wie sie sich verlängerte und seine Muskulatur mit leichtem Zittern reagierte.

Hitze rieselte durch ihren ganzen Körper und sammelte sich zwischen ihren Schenkeln. Ungewohnt, schön, aber auch etwas peinlich. Nur von ihren theoritischen Studien via Porno-DVD, und vor allem Tratschforen im Internet, wusste sie, dass diese Reaktion dazu gehörte, wenn jemand echtes sexuelles Interesse weckte. Lukas war der erste, der das bei ihr auslöste.

Ihr Nacken begann zu prickeln. Ein Blick in sein Gesicht zeigte, dass er sie unter halbgesenkten Lidern beobachtete. Seine Augenfarbe wirkte plötzlich viel dunkler, intensiver. Jeder seiner Atemzüge lief wie eine seichte Welle von seinen Schultern bis zu seinen Hüften. Was für eine animalische Ausstrahlung. Fehlte nur noch ein tiefes, rollendes Knurren, das die Stille zwischen ihnen ausfüllte. Wusste er, was seine Nähe in ihr bewirkte?

„Wartet nicht eine Schlange von Verehrern, die dir ihre Hinterteile für einen Vergleichstest hinhalten möchten? Sie sind bestimmt enttäuscht, dass du deine Zeit lieber bei Katzen im Heu verbringst, als bei ihnen. Zumal sie deine

Aufmerksamkeit schon mit halbnackten Stallburschen über deinem Bett teilen müssen."

Seine Stimme war dem rollenden Knurren verdammt nah und jagte ihr weitere schöne Schauer vom Scheitel bis zu den Sohlen. Irrte sie sich oder hatte da tatsächlich eine Spur von Eifersucht mitgeschwungen? Nein. Das verwechselte sie wohl aus Wunschdenken mit seinem Sarkasmus.

„Davon weiß ja keiner, außer dir jetzt."

Überraschung zeigte sich in seinem Blick. „Das heißt, dieses Jahr hat noch kein Kerl in deinem Bett gelegen? Lässt du dich lieber in ihre einladen?"

Jetzt bloß nicht irgendwie verraten, dass sie noch Jungfrau war, sonst machte sie sich bestimmt lächerlich. Aber dass er annahm, sie triebe es ständig mit verschieden Typen, schmeckte auch bitter. Da hatte sie sich mit dem losen Spruch vom Vergleichstest in ein ungünstiges Licht gerückt.

„Dieses Jahr hat mich außer deinem noch kein Hintern zum Reinbeißen gereizt. Meine Intuition sagte mir stets, dass unter den scharfen Schalen auch nur langweilige Sekundenrammler stecken."

„Auch nur? Noch keinen getroffen, der sein Handwerk beherrscht?"

„Ja."

In der Stille, die zwischen ihnen eintrat, hätte man eine Stecknadel fallen hören können. Das Schnurren der Katzen klang darin übertrieben laut, wie auch jedes kleine Knistern der Heuhalme. Sie spürte seine Blicke über ihren Körper streichen, auf ihrem Busen verweilen, dann langsam zu ihrer Hüfte schweifen. Allein davon begann das Blut konzentriert zwischen ihren Beinen zu pulsieren.

„Stümper", gab er leise von sich.

Mieze strich weiter an seiner Haut auf und ab. Ein Seufzer kam tief aus seiner Brust. Unvermittelt setzte er sich auf, kniete sich über Anni und drückte ihre Handgelenke neben ihren Kopf nieder. Sanft, aber mit Nachdruck. Die Intensität seines Blickes fesselte sie jedoch weit mehr, er ließ ihren nicht für einen Wimpernschlag los. Sie hielt die Luft an, weil atmen diesen traumhaften Moment nur stören konnte. Langsam senkte er seinen Kopf zu ihr hinunter. Seine Lippen streiften ihr Ohr, lösten eine Hitzewelle aus, die wie ein Tsunami durch ihren ganzen Körper rollte.

„Hast du für heute Abend noch irgendwelche Pläne?"
Selbst wenn, würde sie die jetzt alle canceln. „Nein."
Er richtete sich auf und zog sie an den Handgelenken hoch. „Dann komm."
Ihre Hand lag in seiner, ohne dass sie sagen könnte, wie sie so schnell dahin gekommen war. Ob er in ihren Fingerspitzen spüren konnte, wie ihr Herz raste? Und es fühlte sich so selbstverständlich an, wie ihre Hände ineinander lagen, als hätte sich damit das Yin mit dem Yang zusammengefügt.

Galant führte er sie zum Rand des Heuplateaus. Dort ließ er sie los, kletterte drei Ballen tiefer und erwartete sie auf der Stufe. Sie tat es ihm nach, spürte plötzlich seine Hände um ihre Taille, die sie sicher hielten und das letzte Stück zu ihm herunterleiteten. Wie einen Schatten nahm sie ihn hinter sich wahr und fühlte seinen Atem in ihrem Haar, dann war er schlagartig fort. Als sie sich umdrehte und hinuntersah, stand er schon am Boden der Scheune und wartete. Sie folgte ihm und wieder nahm er sie kurz vor Ende ihres Abstiegs in Empfang, damit sie nicht stürzte. Am Boden ließ er sie nicht sofort los. Seine Nase streifte ihr Ohr, verharrte dort mit warmem Hauch. Seine Finger schlossen sich fester um ihre Taille. Es fehlte nicht viel, dass sich seine Kuppen an ihrem Nabel trafen. Die heißen Wellen wurden so gewaltig, dass ihr zu schwindeln begann, während ihr Schoß sich regelrecht verflüssigte.

„Du solltest mehr essen", raunte er ihr ins Ohr. „Du bist erschreckend leicht."

Wie in Trance fühlte sie sich vorwärtsgeschoben. Zwischen Traktor und Werkzeugwagen hielt er sie an.

„Mir fehlt manchmal eine dritte Hand, Prinzessin. Würdest du mir bitte bei der Reparatur das passende Werkzeug anreichen?"

Äh, was? Er wollte mit ihr den Trecker reparieren? Sie musste wohl ein entsprechend blödes Gesicht ziehen, denn er zwinkerte ihr verboten verschmitzt zu und drückte ihr einen großen, schweren Maulschlüssel in die Hand. Im ersten Impuls war ihr danach, ihm das Teil über den Schädel zu hauen. Im zweiten wollte sie nicht die Blöße geben, sich den Abend anders vorgestellt zu haben. Sie setzte ein breites Grinsen auf.

„Klar, kann dich ja nicht daran verzweifeln lassen, dass du kein Alien bist. Wieso lässt du das Ding nicht von Fachleuten reparieren?"

Er streifte sich Handschuhe über. „Weil es mir Spaß macht, mich selbst darum zu kümmern."

„Bei wie viel Grad kann man hinterher die Wäsche darin waschen? Oder mutiert es nur zum Mixer?"

Sein ausgelassenes Lachen gab strahlend weiße Zahnreihen preis. Es machte ihn fast überirdisch schön.

„Ich weiß, was ich tue. Landmaschinentechnik ist mein Hobby." Mit einer großen Zange wandte er sich dem Motor zu.

Ihm ungeniert auf den knackigen Arsch und die strammen Oberschenkel sehen zu können, war besser als nichts.

„Was machst du, wenn du dich nicht hier rumtreibst? Bist du von Beruf Tochter oder arbeitest du auch?"

Wirkte sie so verwöhnt? Dann war ihre Täuschung erfolgreich. Aber sie wollte vor Lukas nicht als verhätschelter Faulpelz dastehen. „Ich studiere Medizin und will später einmal in die Fußstapfen meines Vaters treten. Nebenbei arbeite ich als Einzelhandelskauffrau."

Über die Schulter sah er sie kurz an. Anerkennung leuchtete in seinen Augen. Er mochte also, wenn reiche Leute etwas Nützliches taten. Sie schämte sich ein bisschen für ihr Lügengebäude. Wie würde er sie ansehen, wenn er die Wahrheit über sie wüsste?

Zwei Stunden später führte er sie in den ihr schon bekannten weißen Waschraum. Schulter an Schulter schrubbten sie sich jegliche Schmiere von den Fingern. Er tat es für ihren Geschmack etwas übertrieben penibel.

Der Motor des Traktors lief tatsächlich wieder, auch wenn er mit so mancher Lachträne begossen wurde. Oder vielleicht gerade deswegen. Und obwohl sie einige Male beim Gegenhalten von Schrauben abgerutscht war, was Lukas mit erstaunlicher Geduld quittiert hatte. Wenn sie ihn als Schlipsträger vor sich sah, würde sie nie auf den Gedanken kommen, dass er sich mit schmierigen Motoren beschäftigte.

„Möchtest du was trinken, Prinzessin?"

Jede Minute seiner Gesellschaft kam ihr wie ein kostbarer Schatz vor. Und eventuell erinnerte er sich ja auch gleich daran, dass Frauen und Männer noch etwas anderes miteinander tun konnten, als Traktoren zu reparieren. Möglicherweise setzte er seine Prioritäten nur anders als andere Kerle, denen man nachsagte, sie dachten nur mit ihrem liebsten Stück.

„Gerne."

Er zog das angerissene, verschmutzte Hemd aus und warf es lässig auf einen Wäschehaufen. Der Anblick seines durchtrainierten Rückens ließ ihren Mund trocken werden. Leider verschwand er Sekunden später unter einem dunkelblauen Sweatshirt. Mit einem Wink seines Kopfes forderte er sie auf, ihm zu folgen. Ihr Weg führte durch einen mit weißen Marmor ausgelegten Flur, vorbei an dunklen Holztüren. Der Duft von Politur mit einer Honignote stieg ihr in die Nase. Am Ende konnten sie nur nach links oder rechts abbiegen. Lukas ging zielstrebig links herum und sie fand sich in einem riesigen Wohnzimmer mit gedimmten Lichtquellen wieder.

Klar linierte Designereinrichtung. Etwas anderes hatte sie aufgrund seiner sonstigen Erscheinung auch nicht erwartet.

Geschmackvoll arrangiert, wie für ein Wohnjournal, aber die ganzen grau-schwarz-weißen Abstufungen mit nur wenigen birnbaumhölzernen Leisten an den Möbelelementen machten das Ganze sehr steril.

Lukas öffnete eine Schranktür, hinter der Flaschen und Gläser zum Vorschein kamen. Anni blieb neben der graumelierten Couchinsel stehen. Selbst die graue Vase mit den weißen Orchideen auf dem Glastisch reichte für ihren Geschmack nicht aus, etwas mehr Behaglichkeit herzustellen. Sie kam sich in ihren Stallklamotten wie ein Schmutzfleck in dieser Sterrilität vor.

„Holzdielen anstelle des weißen Marmors und ein paar bunte Kissen würden das Ganze gemütlicher machen."

Lukas drehte sich zu ihr um. Über seiner Nasenwurzel zeigten sich Unmutsfalten. „Weshalb müssen Frauen immer gleich alles umdekorieren, sobald sie einen Raum betreten? Mir gefällt es so."

„Denke ich mir. Aber ich kriege hier selbst im Hochsommer Frostbeulen. Wie viele Frauen haben denn schon ihren Kommentar über deine Einrichtung abgelassen?"

„Noch keine, weil du das weibliche Debüt hier drin bist. Aber an anderen Orten hatte ich ausreichend Gelegenheit, solchen Bemerkungen zuzuhören."

Ups, sie war die erste Frau in seinem Heiligtum? Er nahm seine Regeln aber verdammt ernst. Bis heute. Sie fühlte sich einen Meter wachsen, weil er sie mit hereingenommen hatte. Womöglich hatte das aber einen Haken, der schon wieder ihren Wunschtraum durchkreuzte?

„Also, zukünftiger Traum meiner schlaflosen Nächte, welchen Schrank soll ich dir helfen zusammenzubauen?"

Erst sah er sie ziemlich verdattert an, dann legte sich ein teuflisches Grinsen um seine Mundwinkel. „Es wird sich bestimmt etwas finden, wofür ich dein Angebot ausnutzen kann, aber heute nicht mehr."

Er nahm zwei Weingläser, eine dunkle Flasche und nickte mit dem Kopf zur Terrassentür. „Komm."

Bevor sie in die Nacht hinaustraten, tippte er einen Schalter an. Künstliches Kerzenlicht flammte auf mehrarmigen Ständern zwischen anthrazitfarbenen Couchen auf. Echte Kerzen gefielen Anni besser, trotzdem wirkte die Terrasse sehr romantisch. Nach einem zweiten Klicken tauchte die Unterwasserbeleuchtung einen beeindruckend großen Pool mit geschwungenen Rändern in ätherisch wirkendes hellblaues Licht.

Traumhaft. War sie wirklich hier? Sie kniff sich in den Oberschenkel. Ja, und ihr Märchenprinz machte eine einladende Geste, draußen Platz zu nehmen. Warme Nachtluft und das leise Zirpen von Grillen nahmen sie in Empfang. Lukas stellte die Gläser auf dem Tisch ab, schenkte blutroten Wein ein und setzte sich ihr gegenüber. Das sah nicht so recht nach Kuschelabsichten aus. Blieb er bei dieser Regel eisern? Oder gefiel sie ihm nicht ausreichend, um damit auch noch zu brechen? Befangenheit legte sich wie ein Schatten auf ihre Laune.

Er stützte sich mit einem Arm auf seiner Rücklehne ab und prostete ihr zu. „Entspann dich, Prinzessin. Du wirkst ziemlich verkrampft. Darfst du zuhause nicht mit Stallklamotten in den guten Polstern sitzen?"

Da schwang doch ein Aushorchen ... nein, einfach zuviel Neugier mit. „Ich muss niemanden fragen. Ich wohne alleine. Wenn ich meine Möbel eingesaut habe, kaufe ich eben neue." Und sei es nur Sperrmüllshopping. Ergo nicht mal gelogen.

„Also lebst du, wie es dir gefällt. Schön. Und bei deiner Männerwahl? Ist dir da die Meinung anderer wichtig? Die deiner Eltern zum Beispiel? Oder folgst du in dieser Beziehung auch nur deinen Gefühlen?"

War das jetzt der Versuch, eine simple Unterhaltung zu führen, oder war es doch ein Verhör über ihre Lebensumstände? Sie versteckte ihre Unsicherheit hinter Lässigkeit und zuckte die Schultern.

„Es geht andere einen Scheiß an, wen ich mir aussuche. Und meine Eltern mischen sich nicht ein." Wie sollten sie auch. Anni wünschte, sie könnten ihr noch Standpauken halten. „Verdienst du noch mit was anderem Geld? Kann mir nicht vorstellen, dass die Einnahmen von der Reitanlage für den ganzen Luxus hier reichen."

Schweigend sah er sie nur an. War die Frage zu platt gewesen? Warum sagte er nichts? „Du könntest mit deinen schönen Freunden natürlich auch Konkurrenz der Stripgruppe Chipendales sein. Kann ich euch für meine nächste Weiberparty buchen?"

Das Weinglas, das er zu seinen Lippen führte, stoppte auf halbem Weg. Seinen ernsten Blick konnte sie nicht deuten. Vielleicht hätte sie sich diese provozierende Frage besser verkneifen sollen. Gut möglich, dass sie sich gerade um weitere Zweisamkeit mit ihm gebracht hatte. Ihr verdammtes, vorlautes Mundwerk.

„Reizt es dich etwa, einem fremden Mann Geld in den Slip zu stecken, Prinzessin?"

Ups, mit der Gegenfrage hatte sie nicht gerechnet und die Vorstellung trieb ihr die Hitze ins Gesicht. Und überhaupt, war das eine Fangfrage? „Nein. Das ist mir zu ordinär."

„Zu ordinär. Interessant." Er nahm einen langen Schluck von seinem Wein, ohne sie aus den Augen zu lassen.

Sie fühlte sich eingeschüchtert und trotzdem von ihm fasziniert. Das war doch irre.

„Investmentbanker. Wir verdienen unser Geld mit Investmentbanking."

Oha. Also der steife Banker und das vorwitzige Aschenbrödel. Nachdem sie mit der spaßhaften Unterstellung vom Strippen bestimmt schon ein großes Fettnäpfchen getroffen hatte, sollte sie vielleicht zusehen, dass sie vor Mitternacht verschwand, damit nicht auch noch ihr vermögender Schein aufflog. In ihrer Verlegenheit deutete sie vage auf den Pool. „Erfolgreich, wie es aussieht."

„Ja."

Wohin war das entspannte Geplänkel von der Treckerreparatur? „Eine witzige Plaudertasche bist du nicht gerade, wenn du keinen Schraubschlüsel in der Hand hast."

Mit seiner undurchdringlichen Miene lehnte Lukas sich bequemer in die Polster. Ein Unterschied wie Tag und Nacht zu dem Handwerker von eben. Warum konnte er ncht einfach weiter so locker sein, wie vorhin?

„Kommt auf das Thema an, Prinzessin. Über Investments möchten wir jetzt sicher beide nicht reden und über mechanische Bolzen und Schmieröl haben wir eben schon gelacht. Daran lässt sich allerdings in anderer Weise anbinden. Intimer. Still meine Neugier. Im Heu hörte es sich so an, als hättest du nur Erfahrung mit Sekundenrammlern. Oder hast du doch schon mal einen Kerl gehabt, der dich in einen ausgedehnten Taumel von Sinnlichkeit gestürzt hat?"

Jetzt wurde es spannend, wenn seine Ausdrucksweise auch ein bisschen putzig geschwollen klang. Na ja, Banker eben. Aber was sollte sie antworten? Sollte sie erfahren wirken, um für ihn interessanter zu sein, oder reizte sie ihn mehr, wenn er das Gefühl hatte, ihr etwas Neues zeigen zu können?

„Ich bin mir nicht sicher, ob ich so einen Taumel je erlebt habe. Es blieb immer eine gewisse Enttäuschung zurück."

„Dann hast du nie ein berauschendes Erlebnis gehabt."

Wie er über sein Kinn strich und sie ansah, hatte etwas von einem Psychiater. Nicht, dass sie je einen aufgesucht hätte, aber im Fernsehen guckten die auch immer so. Warum kam er nicht einfach zu ihr und machte da weiter, wo er im Heu aufgehört hatte? Mann, drück mich in die Polster, küss mich und zeig den primitiven Ehrgeiz, besser sein zu wollen, als meine bisherigen Kerle! Warum musste ausgerechnet Lukas mit dem Kopf denken?

„Anni, hast du jemals in Erwägung gezogen, dir von einem Escort richtige erotische Freuden zeigen zu lassen? Die sollen ganz schön was auf dem Kasten haben."

Hatte sie richtig gehört? Statt bei ihm Ehrgeiz auszulösen, riet er ihr, sich einen Kerl zu kaufen? Stände eine Vase oder was anderes Brauchbares auf dem Tisch, könnte sie sich nicht zurückhalten, es ihm an den Kopf zu werfen. Enttäuschung und Ärger ließen sie aufspringen und einige Schritte auf und ab laufen, weil sie das nur mit Bewegung kompensieren konnte. Den Drang Lukas an die Gurgel zu gehen, bezwang sie, indem sie die Hände in die Hosentaschen rammte.

Neben ihm blieb sie stehen und beugte sich zu ihm hinunter. „Sag mal, bei dir ist doch im Oberstübchen was undicht. Ich soll mich mit einer männlichen Nutte tummeln? Das meintest du doch, oder? Geld dafür bezahlen, dass ich gevögelt werde, von einem Kerl, der wahrscheinlich vorher schon in zehn anderen war? Sehe ich so aus, als hätte ich das nötig?"

Beschwichtigend hob er die Hände. „Reg dich ab. Ich war nur neugierig, wie du zu so einer Möglichkeit stehst. Für Unterricht im Fahren bezahlt man ja auch. Warum nicht für Unterricht und Spaß beim Sex? Damit sage ich nicht, dass du es nötig hast, dafür Geld auszugeben."

Warum war diese Möglichkeit für ihn denn so interessant? Sollten Frauen erst ein sexuelles Trainingslager durchlaufen haben, bevor er sich mit ihnen abgeben mochte? Was die Frage aufwarf: „Hast du etwa einen intimen Führerschein bei Nutten gemacht?"

Es entsetzte sie, wie gelassen er mit den Schultern zuckte, als wären diese Lernumstände das Selbstverständlichste der Welt.

„Himmel, Lukas, ich könnte mich von einem Prostituierten niemals anfassen lassen. Allein den Gedanken finde ich schon abstoßend. Selbst wenn so ein, ein ... käuflicher Charakter kein Geld von mir wollte."

Lukas stand auf. Seine Kiefermuskeln zuckten vor Anspannung. Gott, sie warf ihm doch nicht vor, seinen Horizont mit Nutten erweitert zu haben, auch wenn es sie ein bisschen schockte. Aber ihr Ding war das ganz bestimmt nicht. Lieber wollte sie sich von ihm sein Wissen vermitteln lassen. Der haarsträubende Vorschlag klang allerdings danach, dass sie das vergessen konnte.

Er setzte sein Glas an den Mund und trank es in einem Zug leer. Die Kälte in seinem Blick war ein erschreckender Gegensatz zu der Wärme und Fröhlichkeit der vergangenen Stunden.

„Ich sehe darin nichts Abstoßendes, Prinzesschen. Escorts sind auch nur Menschen, die eine Dienstleistung mit viel Feingefühl verkaufen. Bei deinen One-Night-Stands scheinst du ja auf Letzteres verzichten zu müssen und weißt nicht mal, ob die Typen nicht schon kurz vorher andere Frauen flachgelegt haben."

So ein Blödsinn! Von Bernie wusste sie zum Beispiel, dass ihm einmal Sex am Tag genügte. Heteros tickten bestimmt nicht anders.

„Warum sollten die mich dann noch anbaggern? Nein, die sind nicht so gestrickt, dass sie öfter am Abend und wahllos einen wegstecken wollen."

„Eine naive und ignorante Ansicht! Du verachtest eine ganze Berufsgruppe, nur weil sie sich für das Gleiche bezahlen lassen, was deine Kerle ohne Gesundheitszeugnis und manchmal bestimmt auch ohne jeglichen Schutz treiben!"

Anscheinend gab es auch eine Kategorie Männer, denen einmal am Tag nicht reichte. Wieder was dazugelernt. „Scheinst dich damit ja auszukennen! Gehst du deshalb zu Nutten, weil du bei ihnen nicht befürchten musst, dir was zu holen und Nachschub jederzeit greifbar ist? Wie viele am Abend brauchst du denn?"

Er stand auf und sah böse auf sie hinunter. „Ich brauche nicht mehr als eine! Und ja, ich ziehe Escortdamen jeder Frau vor, von der ich den Eindruck habe, dass sie sich blauäugig von jedem Blender vögeln lässt, nur weil er kein Geld dafür verlangt."

„Muss ich mir diesen Schuh anziehen, du Arsch?"

„Er scheint ja zu passen. Bevor das Gespräch noch unerfreulicher wird … mein Unterhaltungsbedarf ist für heute gedeckt. Ich öffne von hier aus das Einfahrtstor. Du hast zehn Minuten, bis es sich wieder schließt."

Na, das war ja zum Scheißabend mutiert. Anscheinend wäre sie ihm lieber gewesen, wenn sie regelmäßige Callboybesuche eingestanden hätte. Oder eine Nutte wäre. Oh, sorry, Escortdame nannte er sowas. Dabei war sie sich sicher, dass er so eine Frau nicht unter seinen Stallmieterinnen dulden würde. Wenn deren Job rauskäme, wären die anderen Boxen schlagartig verwaist. Doppelmoral, ick lass dir grüßen! Sollte sie ihm sagen, dass sie überhaupt keine Erfahrung mit Männern hatte, noch Jungfrau war? Nein. Sie hatte das Gefühl, dass er ihr das jetzt ohnehin nicht mehr abnahm. Außerdem hatte er sie mehr oder weniger eine naive Schlampe genannt. Leck mich, du selbstgerechter Armleuchter!

Sie machte auf dem Absatz kehrt und ging über den Rasen zum Gartentor. Gut einen Meter davor hörte sie es summen. Meister Garner achtete sorgsam darauf, dass nichts ihren Weg von seinem Grundstück blockierte.

5. Kapitel

Lukas

Zweitausend Euro. Unglaublich, dass diese blonde, bezaubernd schöne Gazelle namens Bella diese Summe in seine Begleitung inklusive Sex investierte. Sie könnte fast jeden Mann auf dieser Privatparty mit einem bloßen Fingerschnippen in die nächste Ecke locken. Ein echtes Sahnehäubchen unter seinen Aufträgen. Offenbar wusste sie die Vorteile eines Escort zu schätzen. Anni sollte sich mit ihr mal unterhalten. Allerdings konnte er diesen Glücksfall noch nicht richtig genießen. Die Prinzessin schwirrte selbst nach einer Woche noch penetrant durch seine Gedanken. Hatte er zu plump versucht herauszufinden, was sie von Gewerbetreibenden wie ihn hielt? Das Ergebnis wäre wahrschienlich das Gleiche gewesen, wenn er suptiler nachgefragt hätte.

Konzentrier dich auf deine Kundin, Lukas!

So heiß die Braut vor ihm auch war, die vertraute Motivation, einer Frau einen unvergesslichen Abend zu bereiten, stellte sich nicht ein. Es fühlte sich nicht richtig an, mit ihr hier zu sein. Es hatte sich schon nicht mehr richtig angefühlt, Buchungen überhaupt in seinem Kalender einzutragen. Seit diesem Tag mit Anni. Eine Fröhlichkeit wie in der Scheune hatte er lange in sich vermisst. Anni war so frech, so süß, brachte ihn zum Lachen, bewirkte, dass seine innerlichen Barrieren fielen und ihm seine Regeln scheißegal wurden. Darauf, dass jemand solche Gefühle in ihm hervorrief, hatte er lange gewartet.

Die gärende Illusion, sie wäre genau das, was er sich als Lebensgefährtin wünschte, war an ihrer Einstellung zu seinem Gewerbe verreckt. Sie fand die Vorstellung schon abstoßend, sich von einem Escort anfassen zu lassen! Auch ohne Bezahlung! Sinnlos, zu hoffen, dass sie ihm noch einen Blick gönnte, wenn sie von seinem Job erfuhr. Vermutlich schnappte sich das Doktorentöchterlein dann sogar ihr Pony und kehrte seinem ganzen Hof den Rücken.

Da seine Schwäche für Anni also ins Leere lief, gab es auch keinen Grund, den heutigen Termin abzusagen und von jedem weiteren persönlichen Einsatz als Escort Abstand zu nehmen. Wenn er mal wieder eine Frau für eine engere Beziehung in Erwägung zog, sollte das besser eine sein, die mit seinem Vorleben vertraut war.

Er ließ sich von dem Mann, der sich als Barkeeper betätigte, zwei Gläser Scotch mit Eis geben und reichte eines seiner Kundin. Perlmuttschillernde lange Fingernägel strichen zart über seine Hand, legten sich darauf und führten das Glas an ihre Lippen. Durchsichtiger Gloss betonte den natürlichen kirschroten Ton. Lasziv glitt ihre Zungenspitze über die Obere. Erste Zeichen von Initiative ihrerseits. Eineinhalb Stunden waren nur mit tanzen und banalem Plaudern vergangen. Letzteres sehr monoton, weil sie kaum etwas erwiderte. Allgemein wirkte sie eher kontaktscheu. Trotz ihres provokanten schwarzen Latex-Korsagenkleides.

Okay, er hätte schon längst mehr Einsatz zeigen müssen, damit sie sich entspannte, aber erstens hatte er nicht das Gefühl gehabt, dass ihr bis eben eine intime Annäherung recht gewesen wäre und zweitens war er einfach nicht bei der Sache. Es wurde Zeit, jeden Gedanken an die Doktoren-Prinzessin auszublenden, sonst blockierte er sich zu sehr für dieses Date.

Herausfordernd strich er an den Konturen von Bellas Lippen entlang. „Mach das nochmal, Baby."

Langsam tat sie es erneut. Komm schon, Junge, das ist ein heißes, knackiges Geschoss. Finde endlich den Escortprofi in dir wieder! Schalt das Kopfkino an, wenn sich so nichts rühren will!

Er stellte sich vor, wie ihre Zunge über seine Eichel strich, wie sich ihre Lippen um ihn schlossen und wie sie an ihm saugte. Ein ganzes Potpourri von Szenen aus seinen erotischen Erlebnissen wurde notwendig, um schließlich in Wallung zu kommen. So schwer war ihm das noch nie gefallen. Aber jetzt, wo er wenigstens den warmen Hauch von Erregung in sich spürte, reagierten seine Sinne auch sensibler auf ihre hochgedrückten, prallen Formen über dem schwarzen Latex. Reißverschluss vorne. Rationell. Durchgehend bis zum Rocksaum Mitte der Oberschenkel. Gedanklich zog er ihn runter, bis die Nippel sichtbar wurden. Er fühlte sich anschwellen, charmante Zweideutigkeiten flossen ihm wie von selbst über die Lippen. Sein Escort-Programm funktionierte wieder.

Sattes Blau unter langen, geschwärzten Wimpern fing seinen Blick ein. Ja, dieser Abend konnte ein Sahnehäubchen unter seinen Terminen werden, wenn er sich nicht mehr blockierte. Wie diese Kundin es wohl am liebsten mochte? In der Absprache via Mail stand nur, ‚Begleitung zu einer privaten Cocktailparty, Dresscode schick, normale Intimitäten erwünscht, Ort und Zeit'. Was waren bei ihr ‚normale' Intimitäten? Das Kleid schrie jedenfalls nicht nach der simplen Missionarsstellung. Eher danach, sich zwischen den großen Ballons darunter zu reiben, bis es ihm kam. Diese Maus war ein feuchter Männertraum. Warum hatte sie kompromisslos nach ihm verlangt? Er erinnerte sich nicht, ihr schon einmal begegnet zu sein. War er von einer ihrer Freundinnen empfohlen worden?

Er strich über ihr überschlagenes Bein, an der Innenseite ihres Oberschenkels entlang, stellte sich so nah, dass ihr Knie seinen Schritt berührte. Mit schüchtern gesenktem Blick rieb sie es an seinem Glied. Unter seinem Jackett wurde ihm warm. Überdeutlich spürte er den Druck und das Gewebe der Hose an seiner empfindlichen Haut. Er tippte unter ihr Kinn, damit sie den Kopf hob und führte das Scotchglas erneut an ihre Lippen, dann verrieb er mit der Fingerkuppe einige Tropfen auf ihrer vollen unteren. Ihr Mund öffnete sich leicht, wie eine erblühende Rosenknospe. Er tauchte ein Stück in die feuchtsamtene Höhle ein. Ihre Zungenspitze umspielte seinen Finger, er schob ihn weiter hinein und stieß ihn in langsamen Rhythmus vor und zurück.

Trotz des gedämpften, von bunten Reflexen durchzuckten Lichts, entging ihm das erwartungsvolle Glitzern in ihren Augen nicht. Pikant lutschend und saugend ging sie auf das Spiel ein. Es war an der Zeit, diesem Part ihrer Buchung nachzukommen und dafür ein einsameres Plätzchen zu suchen. Irgendwo in dieser Schickimickivilla gab es das bestimmt. Vielleicht wollte sie noch ein weiteres Mal vernascht werden. Das sollte in den Vier-Stunden-Zeitplan passen, denn für eine Verlängerung dieses Dates reichte seine derzeitige Lust absolut nicht.

Er trat einen Schritt zurück und winkte mit dem Zeigefinger, dass sie ihm folgen sollte. Gehorsam stand sie auf. Senkte den Blick und wartete. Mist. Sie war gar nicht kontaktscheu, sie war devot. Trotzdem hatte sie zum Glück ‚normale Intimitäten' angegeben und nicht Sado-Maso. Das gehörte auch nicht zu seinem persönlichen Angebot. Wenn sie jedoch nur einen strengen Mann brauchte, der sie ein bisschen beherrschte, dass bekam er hin.

Er deutete zum Ausgang des in Partylicht getauchten Wohnzimmers, legte die Hand auf ihren strammen Hintern und schob sie darauf zu. Auf dem Flur brauchte er sich nicht die Mühe machen, Türen zu öffnen, um einen passenden Spielplatz zu finden. Der feuchte Männertraum war zwar devot, aber sie lenkte ihre Schritte zielstrebig auf die ausladende Wendeltreppe zu. Sie schien sich hier auszukennen.

Auf ihren schwarzen Highheels stöckelte sie langsam die grauen Marmorstufen hinauf. Ihre runden Pohälften wippten bei jedem Schritt lockend. Der Rock war sehr kurz, aber aus seinem Blickwinkel konnte er nicht sehen, ob sie etwas darunter trug. Obwohl seine Lust noch immer zu wünschen übrig ließ, wollte er seine Kundin nicht langweilen, indem sie stumpf durch diese Hütte latschten und erst in einem verschwiegenen Zimmer mit der Fummelei anfingen.

Er legte eine Hand auf ihre Hüfte und befahl ihr mit unmissverständlichem Druck stehenzubleiben. Sie war einen ganzen Kopf kleiner. Mit einer Stufe unter ihr passte das Höhenniveau. Ein Blick hinunter in die Eingangshalle versicherte ihm, dass niemand zusah, dann ließ er seine Zungenspitze an ihrem Ohr entlanggleiten. Nagte an ihrem Ohrläppchen. Sie seufzte verhalten. Er zog ihre Rückseite fest an sich, strich von ihrem Bauch zu ihrer Brust hinauf und öffnete den Reißverschluss. Zahn für Zahn. Seine Linke erreichte ihren Rocksaum und fuhr darunter. Das Zentrum zwischen ihren Schenkeln strahlte Hitze aus, aber noch keine Feuchtigkeit. Das dünne Material des winzigen Strings konnte keine Regung vertuschen. Eine Folge seiner schwergängigen Motivation? Hatte sie gespürt, dass seine Aufmerksamkeit zu oft abgeschweift war?

Sie spannte sich ein wenig an und versuchte, sich ihm zu entziehen. Seine Finger glitten in den aufklaffenden Ausschnitt, auf das blanke Fleisch ihrer prallen Brüste. Kneteten sie. Erst sanft, worauf sie nicht wie gewünscht reagierte, dann besitzergreifend grob. Umgehend bog sich ihr Rücken etwas durch, drängten ihre Ballons seiner Liebkosung entgegen und die Nippel richteten sich hart auf.

Sein Handballen kreiste fest auf ihrem Venushügel. Er zwickte sie leicht in eine Brustwarze und ihre Klit und spürte einen heftigen Feuchtigkeitsschub aus ihrer Pforte. Ihr Brustkorb begann unter schnelleren Atemzügen zu pumpen, der Puls unter ihrem Ohr gewann rasant an Tempo.

In der Halle unten hörte er Schritte, Rascheln. Er hielt still und lauschte, weil er niemanden sah. Bella schien nichts wahrzunehmen, wand sich auf der Suche nach weiteren Streicheleien. Unten blieb es wieder ruhig. Als er sich sicher war, dass sie keine Zuschauer bekamen, fuhr er fort, seine Kundin einzustimmen. Dass sie dominiert und fester angefasst werden wollte, kam ihm heute sehr entgegen. Es fiel ihm immer etwas schwer, einer Partnerin die Führung zu überlassen. Damit er hier nicht sein Debüt als jämmerlicher Versager gab, war besser, wenn er sich richtig gehen lassen konnte.

Er schob den String zwischen ihre Schamlippen und zwirbelte ihre Klit, bis ihr Nektar unaufhörlich rann. Strich durch die weichen sämigen Blütenblätter ihrer Pforte. Bella keuchte kehlig, versuchte vergeblich, in dem engen Rock die Schenkel weiter zu spreizen. Er hielt seinen feuchten Mittelfinger an ihre Lippen, ließ sie sich selbst kosten und leckte über ihren Mundwinkel. Ihr Körper bebte vor Erregung in seinen Armen, schmiegte sich Katzengleich an ihn. Ihr Po drängte ungeduldig gegen seinen Schritt. Er versenkte zwei Finger in ihrem nassen Zentrum und stieß sie in schnellem Stakkato.

Ihr Kopf presste sich gegen seine Schulter, perlmuttfarbene Nägel zerknautschten seine Jackettärmel und ihr Unterleib zuckte seinen Stößen entgegen. Diese schöne Gazelle hatte einen Level erreicht, in dem er sie nach vorn beugen und gleich hier auf den Stufen nehmen könnte. Auch, wenn sie sonst vielleicht keinen öffentlichen Sex schätzte. Könnte. Selbst wenn sein Schwanz hart genug wäre und nicht unerwünschte Gaffer drohten, fehlte ihm der Ansporn.

Mit gurgelnden Lauten und Hecheln wand sie sich an ihm, ging in ihrer Ekstase auf. Sie war passend vorgeglüht. Er entzog ihr seine Finger, fasste sie bei den Oberarmen und schob sie abrupt von sich. Nötigte sie aus eigener Kraft aufrecht zu stehen. Ein kleiner Test, wie intensiv die Erregung ihren Verstand benebelte.

Enttäuscht wimmerte sie, schwankte auf zittrigen Beinen. Vorsichtshalber hielt er sie am Ellenbogen fest und drehte sie zu sich herum. Ihre Augen waren glasig und sahen ihn um Mehr bettelnd an. In diese Verfassung hätte er Anni bringen sollen, dann wäre ihr anschließend vielleicht scheißegal gewesen, was für einem Job er bis dahin nachgegangen war.

„Führ mich zu einem Zimmer, Baby!"

Die Rädchen unter der Haarpracht begannen noch nicht wieder zu arbeiten. Das sah er an ihrem desorientierten Blick. Er ließ sie ganz los, lehnte sich an die Wand und verschränkte die Arme vor der Brust. Anscheinend zeigte sich heute seine Arschlochader, denn es gab ihm einen Kick, sie aufgelöst und halb entblößt mitten auf der Treppe nach Befriedigung zappeln zu lassen.

„Ich kann noch warten, Süße! Du auch?"

Sie zog ihre Unterlippe zwischen die Zähne und schaute mit devotem Hundeblick zu ihm auf, dann schüttelte sie den Kopf. Scheiße, er übernahm zwar gern die Führung bei Sex, doch so ausgeprägte Unterwürfigkeit fand er ätzend. Aber wie es aussah, hatte sie ihn gebucht, um sich von ihm beherrschen zu lassen. Hoffentlich erwartete sie nicht auch noch, dass er sie schlug. Das brächte er niemals fertig.

Er zog ihren Reißverschluss so weit zu, dass die Latexecken gerade eben ihre Nippel bedeckten, schlüpfte in die Rolle eines strengen Meisters und wies nach oben. „Abmarsch! Bring uns zu einem Zimmer! Und wag ja nicht, deine Brüste zu bedecken, wenn uns jemand begegnet!"

Ihre Augen funkelten ihn glücklich an, bevor sie demütig den Kopf senkte. Er hatte den richtigen Nerv bei ihr getroffen. Herrgott nochmal, sollten sie tatsächlich das Pech haben, dass ihnen jemand über den Weg lief, würde er wohl die Fassung verlieren und laut Scheiße schreien. Erotikvarianten, die seine Kundinnen vor Augen Unbeteiligter bloßstellten, mochte er nicht. Das gehörte zu Phils Repertoire.

Sie drehte sich um und stieg die Treppe weiter hinauf. Lukas folgte ihr. Hmm … vielleicht wäre doch nicht schlecht, wenn andere Gäste auftauchten. Genügten vier, für ein entspanntes Aussitzen dieses Termins? Kam drauf an, wie viel Schamgefühl Bella besaß und ob sie nicht gewohnt war, fast nackt vor Fremden herumzulaufen.

„Für jede zimperliche Geste, wartest du eine halbe Stunde länger auf meinen Schwanz!" Vier Leute, und von der blonden Gazelle bei jedem einen peinlich berührten Griff zu ihrem Busen oder ähnliches, mehr brauchte er nicht. Wenn sie dann wegen mangelnder Befriedigung den

Termin verlängern wollte, konnte er ja flunkern, dass er noch woanders erwartet wurde.

Am oberen Treppenabsatz erreichten sie einen breiten, mehrmals abknickenden Korridor mit reichlich Türen. Menschenleer, aber die Türen ließen Spielraum für Hoffnung. Seine Kundin bog steif angespannt, ihre bloßen Ballons wie Galionsfiguren vor sich hertragend, nach links ab. Die Versuchung war groß, an jedes Türblatt zu klopfen, damit möglichst bald jemand herausschaute.

Sie ging bis zum Ende des Flurs und wählte dann die rechte Abzweigung. Immer noch keine andere Nase in Sicht und dieser Gangzipfel war nicht besonders lang. Vor der mittleren von drei linksliegenden Türen blieb sie stehen. Öffnete sie.

Dumm gelaufen, Lukas Garner! Dir bleibt zwar erspart, für deine Anweisungen in Scham zu versinken, aber du kommst wohl nicht ums Vögeln drumherum.

Ein sehr geräumiges Schlafzimmer tat sich vor ihnen auf. Glänzendes Schwarz mit goldenen Applikationen beherrschte den Raum. Der goldfarbene Satinbezug des großen Bettes war auf dem schwarzen Laken einladend aufgeschlagen. Gedämmtes warmes Licht aus sternförmig angeordneten Deckenstrahlern beleuchtete das Bett wie eine Bühne. Zweifellos rechnete man auf dieser Party mit dem Bedarf an Rückzugsmöglichkeiten.

Er drückte die Tür hinter sich zu, schloss sie ab und lehnte sich dagegen. Bella war schon weiter auf das Bett zugegangen. Als sie bemerkte, dass er ihr nicht folgte, drehte sie sich zu ihm um, sah ihn aus weit aufgerissenen Augen verunsichert an. Fürchtete sie, dass er sie nicht wollte? Hatte sie erwartet, dass er sich umgehend auf sie stürzte? Manch anderer hätte bei dem Anblick und dem Wissen wie nass sie schon war, bestimmt keine Zeit mehr verschwendet. Er vor seiner vermaledeiten Bekanntschaft mit Anni auch nicht.

Es konnte sich fatal auf sein Geschäft auswirken, wenn eine Kundin das Gefühl hatte, dass sie den gebuchten Mann nicht reizte. Irgendwo im Internet wurde darüber bestimmt getratscht, Erfahrungen ausgetauscht.

Kopfkino, Lukas! Und ihre Vorzüge intensiver wahrnehmen, bevor sie merkt, dass du trotz des Vorspiels auf der Treppe und ihres Anblicks noch schlaff bist. Der kleine Vibrator in deiner Hosentasche wäre als Hilfsmittel in dieser Stille definitiv zu laut.

Mit einem Fingerzeig winkte er sie zu sich heran. Dicht vor ihm blieb sie stehen. Er griff in ihre aufgesteckten Locken, bog ihren Kopf etwas zurück und eroberte ihren Mund mit einem einnehmenden Zungenspiel. Das antörnende Gefühl der prallen Brüste und harten Nippel, beschleunigte endlich seinen Puls. Sein Verstand verfiel der Fantasie, Annis Blößen zu streicheln. Ihren seufzenden Atem in sich aufzunehmen. An ihrer Scham versanken seine Finger in nasser Hitze. Der Duft ihres Lustsaftes, ihrer Begierde, erreichte seine Sinne, setzte seinen Leib in Flammen.

Er löste sich von ihren Lippen, leckte an ihrem Hals hinunter und genoss die zarte Haut der Rundungen an seiner Zunge, das Saugen an den harten Knospen und wie sie sich unter seinen Stimulationen wand. Wie sie mehr und mehr nach Befriedigung durch ihn gierte.

Als er selbst nach Luft hecheln musste und ihr ins Gesicht sah, wurde ihm wieder bewusst, dass er nicht seine Prinzessin in den Armen hielt. Das versetzte ihm einen fiesen Stich in der Brust.

„Zieh mich aus!", wies er Bella streng an.

Ihre Finger zitterten, als sie seine Krawatte lockerte, über seinen Kopf streifte und zur Seite warf. Dann befreite sie ihn vom Jackett, das zu seinen Füßen landete und knöpfte sein Hemd auf. Auch das fiel Sekunden später zu Boden.

„Auf die Knie!"

An der Wand zu seiner Linken hörte er ein Scharren. Anscheinend wurden die Nebenzimmer ebenfalls mit Beschlag belegt. Gleich könnte also ein interessanter Chor durch die Wände dieser Villa hallen. Jetzt sah er auch, dass dieser Raum Verbindungstüren zu den benachbarten hatte. Zum Glück waren die geschlossen. Wenn sein Schwanz erst aus der Hose ragte, wollte er definitiv keine ungeplanten Zuschauer mehr.

Bellas Zungenspitze fuhr in seinen Bauchnabel und löste ein wohliges Beben in seinem Unterleib aus. Es vertiefte sich mit jedem weiteren Zentimeter, den sie feucht liebkoste. Sie begann an seiner Gürtelschnalle zu nesteln. Er hielt ihre Finger fest und deutete auf seinen Reißverschluss. Folgsam öffnete sie nur seinen Hosenschlitz und holte sein gutes Stück ans Licht. Die Illusion von Anni hatte ihm zwar ein Stechen in der Brust beschert, aber auch volle Härte.

Er krallte seine Finger wieder in die Lockenpracht dieser blonden Gazelle und führte ihr Gesicht zu seinem Schwanz. Hemmungslos schlossen sich ihre Lippen um seine Spitze, Zähne schabten über sein sensibles Fleisch. Der Reiz schoss wie ein Blitz bis in sein Hirn.

Als hätte sie lange auf einen Freudenspender verzichten müssen, machte sie sich über ihn her. Die saugende warme Höhle begann jedes Denken aufzulösen, spülte sämtliche Demotivation fort. Jedes Kreisen der Zunge um seine Eichel und jeder Schub bis an ihren Gaumen forcierte den Wunsch, sich in diese Frau zu rammen, bis er kam.

Der vertraute ekstatischen Rausch strömte durch seinen Körper, heizte sich immer mehr daran auf, wie sein Freund zwischen den kirschroten Lippen verschwand und ihre nackten Brüste dabei wippten. V-förmig stützten sich ihre langen, gebräunten Unterschenkel auf den Spitzen ihrer Highheels ab. Das war mit Abstand der geilste Anblick der letzten Wochen. Der Süßeste blieb vorerst Anni vorbehalten.

Anni! Bließ sie auch so begeistert oder fiel das bei ihr schon unter ‚abstoßend'? Wahrscheinlich Letzteres. Trotz ihrer Sekundenrammler wirkte sie prüde. Aber sie wollte sein wahres ‚Ich' ohnehin nicht, also musste er nie auf dieses wahnsinns Erlebnis verzichten. Ciao, süße

Prinzessin. Finde dein Glück mit einem anständigen Bilderbuchkerl, der ich nie sein kann. Lass mich ihn nur nie sehen, damit ich ihm nicht den Schwanz amputiere.

Bitterkeit, Anni nicht haben zu können, vermischte sich mit seiner Ekstase. Ließ in grober nach dem Erguss streben. Das einzige kleine Glücksgefühl, das sein Leben bot. Heftig rammte er sich in den Mund vor seiner Hüfte. Gooott ... war das scharf. Er sollte sie eine Weile mit nachhause nehmen ... sie an jedem Platz vögeln, wo die Prinzessin mit ihm zusammen gewesen war, bis Anni aus seinen Gedanken verschwand.

Bellas Gier hebelte ihn fast aus den Schuhen. Machte aus seinem Hirn einen Schwamm, in dem es nur noch ums Abspritzen ging. Genau das, was er brauchte, um den Kopf frei zu bekommen. Er riss sich von ihrem genialen Mundspiel los, beugte sich runter und wuchtete sie sich bäuchlings auf die Schulter. An der Bettkante ließ er sie auf die Matratze fallen. Ihr Blick heftete sich sofort wieder auf sein feucht glänzendes Stück. Das war Frauen wie dieser wichtig. Keine Diskussionen um Anstand.

Er zerrte den Reißverschluss ihres Kleides vollständig auf. Die Vorderteile fielen auseinander. Unter seinen Fingern rissen die dünnen Strippen ihres Strings. Ihr Schoß war komplett rasiert. Hervorragend! Er winkelte ihre Beine an, spreizte sie und grub seine Zunge in ihre intimste Zone. Ließ sie über ihre Lustperle gleiten und in ihre heiße Pforte vorschnellen. Hingerissen stöhnte Bella auf. Am liebsten würde er sich sofort in sie versenken, doch davon hätte sie nicht mehr viel, weil er selbst jetzt nur wenige Stöße brauchte, um zu kommen.

Er trank ihren herausströmenden Saft und fischte seine Kondompäckchen aus der Hosentasche, unterbrach sein Zungenspiel, um ein Gummi überzustreifen. Dann schob er zwei Finger in ihre nasse Hitze, fickte sie damit in schnellem Takt und saugte an ihrer Klit. Bella kreischte wild und kam.

Er zögerte nicht länger, rammte seinen Schwanz bis zum Anschlag in ihre pulsierende Pforte und trieb sich auf den Erguss zu. Seine devote Auftraggeberin keuchte kehlig, ihr Becken wiegte ihm gierig entgegen und ihre Ballons wogten traumhaft unter der Wucht seiner Stöße.

„Du hast ein gutes Gespür für das, was sie braucht."

Lukas erstarrte, dann fuhr er zu der Männerstimme schräg hinter sich herum. Ein großer, breitschultriger Typ mit blondem Dieter-Bohlen-Schnitt und weißem Smoking lehnte mit verschränkten Armen an der lackschwarzen Kommode.

Wo kam das gaffende Arschloch denn her? „Verpiss dich, Mann!"

„Nein. Es ist mein Bett, das du da einsaust."

Das war ein Argument. „Gönn uns noch ein paar Minuten, dann sind wir weg!"

"Und es ist meine Frau, die du gerade fickst."

Verdammte Scheiße! Er zog sich aus Bella zurück und kniete sich neben sie, bereit für eine massive Auseinandersetzung. Für mehr Würde entfernte er das Kondom und stopfte seinen unbefriedigten Freund zurück in die Hose.

„Nein, nein … lass ihn ruhig draußen."

Weshalb? Damit der Typ ihn einfacher kastrieren konnte? Einen Teufel würde er tun. Herrgott nochmal, was sollte er jetzt machen? Entschuldigungen runterhaspeln? Das war überhaupt nicht sein Ding. Er verließ das Bett. Wenn er stand, fühlte er sich dieser Situation besser gewachsen. Und seine Körpermaße hielten den Ärger vielleicht auf verbaler Ebene. Der betrogene Ehemann war allerdings nur unwesentlich kleiner und wenn die Muskelmasse unter dem Zwirn nicht nur Polsterung war, stand er ihm darin auch in nichts nach. Musste er heute, zu dem ganzen Krampf, auch noch in so eine beschissene Lage geraten?

„Sie kann nichts dafür, ich habe sie verführt", versuchte er, den Haussegen der beiden wenigstens etwas zu retten.

Die devote Latex-Gazelle war also verheiratet und hatte ihren Göttergatten offenbar nicht erwartet. Einen kecken Seitensprung hätte er ihr bei der Unterwürfigkeit absolut nicht zugetraut. Aber er fühlte keine Spur von Bedauern, dass sie vergeben war. Erschreckend. Nicht mal so eine schöne, perfekt geformte und hemmungslose Frau erreichte ihn innerlich wie Anni, obwohl sie ihm gerade die schärfsten Wonnen bereitet hatte. Vom unbefriedigten Ende abgesehen.

„Klar kann sie was dafür. Schließlich hat sie dich hierfür bezahlt."

Oha. Der Kerl wusste das? Lukas Blick flog zu der Ertappten. Sie lag so gespreizt da, wie er aus ihr geschlüpft war und spielte an ihren Brutwarzen herum. Ihre Augen glühten immernoch vor Geilheit. Nahm sie gar nicht wahr, dass ihr Mann hier stand? Das sollte seinem Ego schmeicheln, dafür war jetzt nur nicht der rechte Moment. Hoffentlich neigte der Kerl nicht dazu, sie zu verprügeln.

„Hey, mach ihr keinen Ärger desw…"

Ihr Mann unterbrach ihn mit einer wegwerfenden Handbewegung. „Ich wollte, dass sie dich mietet."

Was? Und das letzte Wörtchen stieß ihm auch auf, obwohl es den Nagel auf den Kopf traf. Aber er kam sich gerade wie ein Leihwagen vor. „Weshalb?"

„Vielleicht sollte ich mich erst mal vorstellen. Ich bin Tom."

„Ich würde ja gern sagen, ‚freut mich', aber das erscheint mir nicht so ganz angebracht."

Sein Gegenüber lachte tief und leise auf. „Doch, das passt schon. Schließlich will speziell ich dich hier haben."

„Zusehen Dritter oder Dreiersex muss beim Buchungswunsch angegeben werden. Das erhöht das Honorar!"

„Ich weiß. Bist du schon mal von einem Mann gefickt worden?"

Dem ging's wohl zu gut! In seinem Escort-Profil stand deutlich: ‚Nicht für Herren'! „Nein! Ist nicht mein Terrain!"

„Gut. Aber wieso nicht? Ist doch egal, ob du vögelst oder gevögelt wirst."

„Das ist mir nicht egal! Ich stehe nicht auf Männer! Für homoerotische Spielchen habe ich Kollegen, die darin aufgehen."

„Du hast dafür also nichts über und ich will unbedingt einen, der sich bisher nicht vorstellen konnte, dass es ihm gefällt. Hervorragend! Einer deiner Kollegen erwähnte, dass du rigoros ablehnst, mit Männern zu schlafen, was sofort mein Interesse weckte."

Daher war er dem Pärchen also bekannt. Einer seiner Jungs hatte geplaudert. Das schrie nach einem klärenden Gespräch! „An meiner Einstellung gibt es nichts zu rütteln."

„Du bist genau das, was ich um meinen Schwanz haben will. Aussehen wie ein Fotomodel, jungfräulicher Arsch und dominant, was dich nicht alles nur kriecherisch erdulden lässt." Tom deutete mit dem Daumen auf den Spiegel hinter sich über der Kommode. „Ich hab dich beobachtet. Wir werden viel Spaß miteinander haben."

Dieser Termin war ein beschissener Fake, um ihn zum Schwanz eines anderen Kerls zu locken!

„Vergiss es! Fahrtkosten und aufgewendete Zeit, um dir deine Maus vorzuglühen, deckt der erhaltene Vorschuss. Damit sind wir quitt."

Kam er also doch noch zwei Stunden eher nachhause. Lukas ging zu seiner Kleidung und zog sich das Hemd über. Der Blick seines Gegenübers strich mit unverhohlener Gier über seinen Oberkörper und Schritt. Das war furchtbar unangenehm.

Tom zog Geldscheine aus der Innentasche seines Jacketts und hielt sie gefächert auf Schulterhöhe. Alles Fünfhunderter. „Zehntausend Euro. Du siehst, so ein spezielles Vergnügen ist mir einiges wert."

Das war tatsächlich eine irre Hausnummer. Der Typ hatte doch nicht mehr alle Tassen im Schrank!

„Zehntausend, um einen Mann zu ficken? Sind das Blüten, dass du so großzügig bist?"

„Nein, alle echt. Prüf sie. Ich kann's mir einfach leisten, herauszufinden, für wie viel jemand bereit ist, über seinen krassesten Schatten zu springen. Aber ich merke auch, wenn der Preis nur noch unverschämt in die Höhe getrieben wird."

Die Summe würde einen Teil der gröbsten Renovierungskosten für das Dach der maroden Scheune decken. Nicht, dass er unbedingt auf Toms Geld angewiesen wäre. Sein eigenes Vermögen hatte schon adäquate Ausmaße, war allerdings überwiegend in festen Investments angelegt, damit es sich schneller vermehrte und ihm eine sonnige Zukunft sicherte. Aber für diesen verlockenden Betrag mit einem Mann rummachen? Das Scheunendach konnte noch eine Weile warten! Er knöpfte sein Hemd zu und stopfte es in die Hose. Das sollte Antwort genug sein.

„Hey! Versuchst du wirklich, den Preis höherzutreiben?"

„Nein. Das Angebot ist Wahnsinn, ändert aber nicht meinen Standpunkt."

Ungeduldig wischte Bellas Mann mit den Scheinen durch die Luft. „Was stellst du dich so an? Unter deiner Managerschale steckt nichts anderes als eine männliche Hure. Für Geld vögelst du sogar steinalte und hässliche Schachteln, oder etwa nicht? Von denen hat dir bestimmt noch keine so eine Summe zur Überwindung deiner Abscheu geboten."

Egal, wie alt oder von der Natur weniger beschenkt manche Frauen waren, sie hatten alle etwas gemeinsam, sie waren Frauen. Außerdem wollten die Damen im stark fortgeschrittenen Alter meistens nur seine Begleitung zu einem Event, um mit ihrem jüngeren Begleiter anzugeben. Den wenigen, die einen intimeren Abschluss des Abends anstrebten, hatte es genügt, ihn unter vier Augen strippen zu sehen, seinen Körper zu berühren und sich an ihn kuscheln zu dürfen. Nur einmal hatte er wirklich weitergehen müssen. Trotzdem war er sich dabei nie wie eine Hure vorgekommen. Er hatte es immer als Herausforderung betrachtet, auch Frauen, die kaum noch einen Mann reizten, glückliche Momente zu schenken. Mit wedelnden Geldscheinen an seine Käuflichkeit für diese Momente erinnert zu werden, schmeckte gerade ziemlich bitter. Es stimmte, er war, was viele eine Hure nannten. Aber keine für alles.

„Fünfzehntausend", raunte Tom in die Stille.

Die Scheine in seiner Hand hatten sich vermehrt. Lukas' Finger stockten beim Zuknöpfen des Jacketts. Zehntausend waren schon irre, fünfzehntausend verschlugen ihm die Sprache.

Tom trat dicht vor ihn und senkte seinen stahlgrauen Blick in Lukas' Augen. „Siebeneinhalb, wenn du wenigstens versuchst, über deinen Schatten zu springen, und abbrichst, bevor ich dich gefickt habe. Fünfzehn für das Gesamtpaket."

Was für ein Angebot. Die ersten Siebeneinhalb könnte er demnach relativ einfach verdienen. Dafür brauchte er sich nur überwinden, sich von einem Mann betatschen zu lassen, oder nicht? Das könnte er hinbekommen. Er war Geschäftsmann, speziell in diesem Gewerbe.

„Wie weit müsste ich präzise für Siebeneinhalb gehen?"

Hoffnungsvoll blitzte es in den Augen seines Gegenübers auf. „Ich darf dich überall streicheln und lecken und dasselbe wirst du bei mir tun. Blowjob inbegriffen. Und du wirst Bella mit mir zusammen ficken. Die zweite Hälfte eben, wenn ich in deinen Arsch darf. Für meinen ist mir dein Prachtstück zu groß."

Also musste er Tom wenigstens einen blasen und es sich von ihm gefallen lassen. Seine Nackenhaare stellten sich senkrecht. „Fünftausend, wenn wir uns ablecken, ich mich aber nicht überwinden kann, es bei unseren Schwänzen zu tun."

„Dreitausend. Mehr gibt es dafür nicht und das ist schon übertrieben großzügig. Inklusive gemeinsames Vögeln von Bella. So kann ich deinen Body und Schwanz wenigstens in Aktion betrachten."

Um die Befriedigung von Bella brauchten sie nicht diskutieren. Das machte ihm ja nichts aus, solange sie es freiwillig tat. „Bella? Magst du mit zwei Männern gleichzeitig schlafen?"

„Die steckt alles weg, was ich ihr anschleppe", antwortete Tom an ihrer Stelle.

„Ich habe Bella gefragt!"

Der Blick der Gazelle huschte unsicher zwischen ihm und ihrem Mann hin und her. Sie war vermutlich nicht gewohnt, dass man ihre Meinung einholte.

„Süße, antworte ihm", wies Tom sie süffisant an.

Ein freches Grinsen legte sich um ihre Mundwinkel, dann leckte sie anzüglich einen Daumen und reckte ihn hoch. Auch wenn sie kein Wort sagte, ihre Miene ließ darauf schließen, dass sie so etwas gern tat. Das war also geklärt. Und jetzt? Dieser Abend war sowieso schon eine Katastrophe. Einen Mann an sich herumgrabschen zu lassen, setzte dem noch die Krone auf. Aber die Staffelung weckte seine Neugier, die äußerste Grenze seines Ertragens herauszufinden. Wo sie definitv lag, war klar. Kein Schwanz in seinem Mund oder Arsch.

„Okay ... finden wir raus, wie weit ich dich aushalte."

Anni

Weshalb bekam sie Lukas nicht mehr zu sehen? Vermied er bewusst jede Möglichkeit, in der sie ihn beobachten könnte? Warum hakte sie den selbstgerechten Kerl nicht ab, für den sie eine schlechtere Wahl darstellte als eine Nutte? Ihre Nase versank in seinem Unterhemd, das sie einen Tag später aus dem Versteck geholt und unter ihre Weste gestopft nach Hause geschmuggelt hatte. Damit war sie ihm ganz nah und doch meilenweit von ihm entfernt. Mist, sie hatte sich in diesen eingebildeten Lackaffen verliebt. Tränen begannen in ihren Augen zu brennen. Sie rollte sich in ihrem Bettzeug zusammen.

„Du bist bescheuert, Anni", hielt sie sich schniefend vor. „Heulst einem Kerl hinterher, der dich höchstens als Schraubzwinge nützlich findet und einen Hang zu Prostituierten hat."

Es klopfte vertraut an der Tür. Sie angelte neben ihrem Bett nach einem Schuh und warf ihn gegen das Türblatt, was bedeutete, dass nicht abgeschlossen war. Bernie kannte das Signal und kam herein.

„Hey, Honey. Kann ich bei dir den Krimi ansehen? Oh ... du weinst ja."

Er legte sich zu ihr aufs Bett, wie sie es sich schon häufig zusammen gemütlich gemacht hatten, um gemeinsam einen Film anzusehen. Einen eigenen Fernseher konnte oder wollte er sich nicht leisten und einen LAN-Anschluss, um mit dem Laptop ins Internet zu kommen, gab es nur in ihrem Kellerzimmer. Der Vermieter hatte es vor ihrer Zeit als Büro genutzt. Bernie schlang einen Arm um sie und zog sie an seine Brust.

„Weinst du wegen deiner bevorstehenden Operation, Kleines?"

„Nein ... jaaa!" Dass sie sich auch noch in den falschen Kerl verknallt hatte, brauchte er nicht zu wissen.

Er drückte ihr einen Kuss auf den Scheitel und rieb ihren Oberarm. „Du machst dir unnötig Sorgen. Die Ärzte wissen, was sie tun, haben das schon -zig mal gemacht."

„Weil der Eingriff so banal ist, ist meine Mutter ja auch dran gestorben", schnaubte sie gereizt in Bernies T-Shirt.

„An was für ein Schnottentuch klammerst du dich da?", wechselte er schnell das Thema. „Es riecht verdammt gut." Er zog am Saum von Lukas' Unterhemd und hielt ihn an seine Nase.

„Wow, geiler Duft. Wem hast du das geklaut? Oder hast du endlich dein ‚Erstes Mal' gehabt und es als Erinnerungsstück behalten?"

Sie riss den Zipfel aus seinen Fingern. „Nein. Typen, die mir gefallen, wollen mich nicht."

Sie kuschelte sich enger in seine Armbeuge. „Bernie?"

„Mhmm?"

„Wenn ich bis kurz vor meinem Termin immer noch Jungfrau bin, könntest du es dann nicht mit mir tun? Du bist mir vertraut, du siehst genial aus …"

„Honey, ich kann nicht mit Frauen. Hab ich dir doch schon gesagt. Sonst hätte ich dich längst flachgelegt. Mann, du überstehst diese scheiß Operation und danach hast du alle Zeit der Welt, nach dem richtigen Kerl zu suchen. Und ich brauche mich dann zum Glück auch nicht mit deinem Gaul rumquälen."

Ihre Tränen begannen noch ungezügelter zu fließen. Bernie war viel zu optimistisch. Er ignorierte einfach, wie schlecht ihre Überlebenschancen standen. Oder er ließ die Möglichkeit außer Acht, dass sie zwar überleben, aber als stumpfsinniger Pflegefall enden konnte. Die Wahrscheinlichkeit für eine dieser beiden Möglichkeiten war wesentlich höher als die, den Eingriff heil zu überstehen.

„Werde ich nicht können, Bernie. Hör auf, das bei Seite zu schieben."

„Vererbst du mir dann dieses popelige Artefakt von Fernseher?"

Sie kniff ihn in die Rippen. „Der gehört unserem Vermieter, du Arsch."

„Der dich nur zu gern vögeln würde."

„Uaaah. Ja, aber da gebe ich lieber als Jungfrau den Löffel ab."

„Dafür, dass du glaubst, dir renne die Zeit weg, bist du ganz schön wählerisch."

„Meinst du nicht, du bekommst es mit mir hin, wenn wir eine deiner Gay DVDs einlegen?"

„Nein. Wie ich dich dann eventuell doch reiten würde, wäre nicht das, was du dir wünschst und vorstellst."

„Das weißt du doch gar nicht."

„Ich denke, doch. Vergiss es also."

Sie spazierte mit ihren Fingern über seinen Bauch in Richtung Schritt. „Darf ich dich mal komplett nackt ansehen und anfassen? Ich will wenigstens wissen, wie sich ein Mann anfühlt."

Mit festem Griff verdammte er ihre Hand zur Regungslosigkeit. „Nein. Da käme ich mir saublöd bei vor." Lachend warf er sich mit ihr herum, begrub sie unter sich und hielt ihre Hände neben ihrem Kopf gefangen. „Honey, wenn es dir so unter den Nägeln brennt und du in der freien Wildbahn nichts Passendes findest, bestell dir doch einen Callboy. Wähl dir im Internet ein schönes Exemplar aus. Die werden wissen, was sie zu tun haben, damit aus deinem ersten Mal ein wunderbares Erlebnis wird. Ich glaube, so teuer sind die gar nicht. Gönn dir die paar Euro von deiner Rücklage für Pino."

„Fang du auch noch mit dem Scheiß an. Einen Callboy! Ey, habt ihr sie noch alle?"

„Ihr? Wer hat dir das denn noch geraten?"

„Der Besitzer dieses Unterhemds."

„Und trotzdem schnüffelst du seinen Duft wie eine Droge. Interessant. Aber überleg dir die Möglichkeit doch mal."

„Das ist unterstes Niveau, Bernie."

„Warum? Da weißt du wenigstens, dass du einen erotischen Profi bekommst. Du musst ja keine Familie mit ihm gründen. Ist auch nichts anderes als ein One-Night-Stand, nur dass es dich eben was kostet. Ich denke, das Erlebnis ist die Ausgabe wert."

Ein Callboy für ihre Entjungferung? Wenn ihr schon zwei Kerle dazu rieten, sollte sie das eventuell doch in Erwägung ziehen? Hmm. Mit einem Kerl ins Bett hüpfen, der es mit jeder tat, die ihm Geld dafür in den Schlüpfer steckte und der dazu noch wildfremd war? Aber wenn sie einen Kerl in der Disco aufgabelte, bliebe der im Prinzip auch ein Fremder. Und der konnte wirklich vorher schon andere Frauen beglückt haben, weil er mit seinen Freunden vielleicht eine Erfolgsstatistik führte. Lukas wusste darüber bestimmt besser Bescheid als sie. Außer dem finanziellen Aspekt gab es also keinen Unterschied, wenn sie sich einen Callboy nahm.

Genau genommen war sie in ihrem Männerwunsch jetzt festgefahren. Lukas. Jede einzelne Vorstellung, wie sie in die Geheimnisse der Erotik eingeweiht wurde, trug seine Züge, seinen Duft, dieses unbeschreibliche Gefühl, sich ganz seiner Ruhe und Kraft zu überlassen, die er beim Reparieren des Traktors gezeigt hatte.

Ihr Herz begann fies zu stechen. Könnte sie überhaupt mit einem anderen als ihm ins Bett springen? Mit Bernie zog sie es nach wie vor in Betracht, weil er ihr vertraut war und Lukas etwas ähnlich sah. Lukas musste sie sich abschminken. Bernie auch. Vielleicht konnte sie sich mehr für einen Callboy erwärmen, wenn sie im Internet nachgesehen hatte, was für Gestalten sich prostituierten.

6. Kapitel

Lukas
Volltönig lachte Tom ihm ins Gesicht. „Womöglich bist du nach diesem Abend sogar schwul."
„Garantiert nicht!"
Tom ging zum Bett. Eine lässige Handbewegung und leise flatternd verteilten sich die Geldscheine darauf. Ein paar weitere warf er achtlos auf das Nachttischchen. Fünfzehntausend Euro. Ein dekadentes Laken. Lukas knöpfte sich das Jackett wieder auf. Verdammt, auf was für einen Scheiß ließ er sich heute in seiner verdrehten Gemütslage ein? Vor diesem Tag war nie infrage gekommen, dass er sich von einem Mann betatschen oder sogar ablecken ließ und jetzt wollte er das noch gennauso wenig.

Tom kam zu ihm zurück und schlug ihm auf die Finger. „Ich mache das."
Es war unangenehm, wie die Männerhände an der Knopfleiste seines Hemdes zupften. Feine Eisnadeln traktierten seinen Rücken, wenn Toms Finger Brust und Nippel streiften. Lukas kämpfte gegen den Drang, zurückzuweichen, ließ die Hände an den Seiten runterhängen. Sie verkrampften sich zu Fäusten. Als Tom an seiner Gürtelschnalle fummelte, war er fast soweit, abzubrechen.

„Das ist nur Kopfsache", sagte Tom sanft.
Ja, natürlich war es das. Und sein Kopf hatte keinen Bock hier drauf. Lukas sah zu Bella, um sich abzulenken. Sie fuhr mit den Fingern durch ihre Scham und malte mit der Feuchtigkeit kleine Kreise um ihre Brustwarzen. Seine Hose klaffte mittlerweile weit auf, wurde nur noch von Tom an ihrem Platz gehalten. Der beugte sich vor, leckte Lukas' Hals, zog langsam eine feuchte Spur zu seinem linken Nippel. Voller Abwehr begann sein Körper zu zittern und gleichzeitig sendete das Lecken Reize, als täte es eine

Frau. Seine Knospen verhärteten sich. Das war die Zunge eines Kerls, verdammt!

Unter dem Zittern konnte er nur kurz und flach atmen. Gar nicht mehr, als Tom sich tiefer arbeitete, seinen Bauchnabel umkreiste, hineinzüngelte. Die Stimulanz fuhr ihm bis in den Schwanz. Dem treulosen Stück war anscheinend egal, wer es wieder weckte. Es war vorhin um den anrollenden Erguss gebracht worden. Für ein Anschwellen reichten die Impulse jedoch nicht, es war nur ein winziges Durchzucken. Lukas' innerliche Abwehr behielt die Oberhand.

Er spürte den Bund der Hose über seinen Hintern rutschen. Leider trug er wiedermal keine Shorts. Aber was würde sie auch nutzen, er müsste sie ja doch ablegen, wie die übrige Kleidung. Tom ging mitsamt der Hose in die Hocke. Als dessen Zunge über die Vorhaut seines Gliedes strich, sprang Lukas im Reflex zurück und prallte mit dem Hintern gegen eine Blumensäule. Dumpf scheppernd ging ein ausladender Farn zu Boden.

Tom lachte leise. „Du siehst mich an, als wolltest du mich umbringen. So mag ich das. Ein wilder Mustang, der sich noch nicht vorstellen kann, dass ihm ein Ritt gefällt und hinterher darum bettelt, dass ich wieder aufsteige. Bisher wurde jede Ablehnung unter mir zur Sucht. Zieh dir Schuhe und Strümpfe aus und hüpf zu Bella. Bring ihn in Stimmung, Süße."

Lukas pumpte sich Luft in die Lungen. Er bezweifelte, dass er noch mehr männliche Zärtlichkeiten hinnehmen oder sogar erwidern konnte. Trotzdem wollte er es noch ein wenig versuchen. Er käme sich wie eine Lachnummer vor, wenn er jetzt schon aufgab. Außerdem entbehrte es nicht einer gewissen Spannung, herauszufinden, wann ihm vor Abneigung die Sicherung durchbrannte. Er entledigte sich der Schuhe und Strümpfe und stieg zu Bella aufs Bett. Mit ausgebreiteten Armen empfing sie ihn, strich über seinen Nacken, durch sein Haar, eroberte seine Unterlippe mit zartem Knabbern. Ganz langsam umschmeichelte sie die

Konturen seines Mundes und verführte ihn schließlich mit einem sinnlichen Zungenspiel.

Es fühlte sich beruhigend an, wieder von einer Frau berührt zu werden. Er erwiderte den Kuss, spürte, wie seine Anspannung nach und nach wich. Noch überließ er ihr die Führung, brauchte noch etwas Zeit, um sich zu sammeln. Sie sorgte dafür, dass er aufgerichtet vor ihr kniete und bedeckte seinen Hals und seine Brust mit feuchten Spuren. Ihre Hand schloss sich um seinen Schwanz, begann ihn zu massieren und schob die Vorhaut zurück. Zähne zwickten in seine Nippel. Das war nicht schlecht. Bellas Zärtlichkeiten brachten ihn allmählich auf Temperatur. Die abgewürgte Befriedigung lauerte noch tief in ihm, sonst würde ihr das, bei seiner heutigen Verfassung, nicht so schnell gelingen.

Er grub seine Finger in ihre blonden Locken, zwang ihren Kopf sanft aber bestimmt hoch und versenkte seine Zunge mit heftigen Stößen in ihrem Mund, damit sie wusste, wer jetzt wieder die Führung übernahm. In ihrer geübten Hand lebte die Erregung seines gutes Stücks neu auf. Er knetete ihre Pohälften, zog sie auseinander und presste sie bei ihrer Scham kreisend wieder zusammen. Erwartungsvoll keuchte sie bei jedem Druck an ihrem intimsten Areal und wenn seine Fingerspitzen in ihre Nässe tupften. Erst als sie vor Enttäuschung zu wimmern begann, versenkte er ansatzlos zwei Finger in ihr. Sie schoss ein Quäntchen in die Höhe, dann ritt sie lüstern darauf.

Eine kleine Weile gönnte er ihr das Vergnügen, genoss dabei ihre prallen Brüste, die sich gegen ihn pressten und über seine Haut rieben. Um da weiterzumachen, wo sie vorhin gestört wurden, brauchte er allerdings selbst noch etwas mehr Zuwendung. Er fasste sie sanft im Nacken und wies ihrem Kopf den Weg. Warum blieb Tom hinter ihm und rührte seine Frau nicht endlich mit an, wenn ihm so viel daran lag, sie zu zweit zu vernaschen? Je schneller sie alle ihre Befriedigung fanden, um so eher konnte er diesen Tag abhaken.

Bella folgte dem Druck seiner Hand willig, begann seine Eichel zu lecken, wie eine Eiskugel, dann verschlang sie ihn so tief, wie ihre Mundhöhle es zuließ. Ja, genau das brauchte er jetzt. Trotzdem tat er sich schwer, richtig in Stimmung zu kommen. Die Vorstellung, dass Tom sich einfach in seinen Arsch rammte, während er Bella befriedigte, war kontraproduktiv.

Seine heiße Gespielin bewies erneut ihre ganze Kunstfertigkeit. Hitzewellen breiteten sich in seinem Körper aus, brachten seinen Puls zum hämmern und bewirkten schließlich, dass er immer süchtiger nach diesem Genuss in ihren Mund vorstieß.

Große Hände streichelten über seine Schultern, den Rücken und seine Arschbacken. Es war nicht wirklich unangenehm, doch dass es ein Mann tat, verpasste ihm eine Gänsehaut. Eine Hand glitt um seinen Brustkorb, zur linken Brustwarze, die andere um seine Hüfte, tiefer ... legte sich um seinen Schwanzansatz. Lukas biss die Zähne zusammen, versuchte, es zu dulden. Nur Bellas Bemühungen hielten sein gutes Stück aufrecht. Sie begann, sich auf seine Spitze zu beschränken. Ein scharfes Kneifen in seinem Nippel, dann wurde fast brutal daran gezwirbelt. Im selben Moment schlossen sich kräftige Finger eisenhart um seinen Schaft.

Die Reize zuckten so gewaltig durch seinen Leib, dass er sich im Reflex gegen Tom presste. Scheiße, fühlte sich das gut an. Genauso brauchte er es manchmal und der Sack hinter ihm hatte das gespürt.

Tom rieb ihn so grob, wie er es selbst mitunter machte. Der Daumen kreiste auf seiner empfindlichen Eichel, verteilte Bellas Speichel und seine eigenen Lusttropfen darauf und drückte in seine kleine Öffnung. Lukas hörte sich kehlig aufstöhnen. Erträglich. Erträglich genial. So könnte er auch verkraften, durch einen Kerl zu kommen. Als jedoch Finger durch seine Furche auf seinen Schließmuskel zuglitten, kniff er rigoros die Arschbacken zusammen. Toms Prügel strich einsatzbereit an seiner Hüfte entlang.

Die Erregung drohte zwar, Lukas' Verstand zu benebeln, aber nicht genug, um einen Mann aufspringen zu lassen. Die Finger scheiterten an seinem zusammengekniffenen Hintern und suchten sich einen anderen Spielplatz, strichen über seine Rückenmuskeln. Lukas hörte ein tiefes, gieriges Ächzen. Bella rutschte um ihn herum, umarmte ihn an Toms statt, zwickte ihn weiter in die Brustwarzen und biss ihm herausfordernd in den Nacken. Er legte den Kopf schräg und ließ sie gewähren. Ihr Mann wusste jetzt, wo er trotz Lukas' Ekstase nicht hinein durfte, also kein Grund, ihre Liebkosungen nicht weiter zu genießen. Sie leckte über seine Wange, seinen Mund, und sein Schwanz versank zwischen kräftigen Lippen. Der Sog schien sein Hirn bis in seine Eichel zu katapultieren.

„Ooh Gooott", dröhnte es impulsiv aus seiner Kehle.

War das tatsächlich aus ihm gekommen? Wann hatte er jemals beim Sex gebrüllt? Aber in den heißen Wellen, die durch seinen Körper und sein Glied zogen, könnte er sich ewig suhlen.

Lukas! Es ist ein Mann, der dir gerade einen bläst, verdammt!

Trotzdem fühlte es sich genial an. Tom leckte seine Spitze, quetschte sie leicht zwischen seinen Zähnen und lutschte die Sehnsuchtstropfen aus ihm heraus. Jeder Sog durchfuhr Lukas wie ein Miniorgasmus. Unbeherrscht ruckte sein Becken dem Genuss entgegen. Das Blut hämmerte hart durch seine Adern. Sein Höhepunkt braute sich zusammen … er rutschte aus dem feuchtwarmen Kokon. Ein feiner Luftzug strich über seine nasse empfindliche Haut, kühlte sie. Scheiße. Der Erguss verzog sich in Wartestellung, schwelte wie eine Glut in seinem Unterleib.

Vor ihm richtete sich Tom auf. „Küss mich, Lukas."

Sein Atem blies pumpend in das maskuline Gesicht vor seinen Augen. Bella nuckelte weiter an seinem Nacken. Bis hierhin hatten seine Nerven durchgehalten, es war sogar besser gewesen, als er erwartet hatte. Lukas schloss die Lider. Vielleicht konnte er dann ignorieren, dass er einen Mann küsste. Ein bisschen was musste er schon dazu beitragen, um dreitausend zu verdienen.

Die Lippen seines Gegenübers waren fest und schmal. Tom leckte seine Mundwinkel. In Lukas sträubte sich alles, doch er nahm alle Überwindung zusammen und ließ sich darauf ein. Tom nutzte sofort seine Nachgiebigkeit und zeigte deutlich seine Gier nach ihm in einem erobernden Zungenspiel. Voller Aversion ließ Lukas es geschehen.

Toms Hände ruhten dabei nicht, strichen über Lukas' Schultern, Brust und Bauch, aber seine eigenen wollten diese Zärtlichkeiten nur widerwillig beantworten, waren runde, weiche Formen gewohnt, keine harten Muskelstränge. Was soll's, darüberzustreichen war das kleinste Übel bei diesem vermaledeiten Selbsttest. Seine Finger glitten an Toms Wirbelsäule herunter, kneteten dessen Muskeln. Zufrieden stöhnte der Kerl in seinem Mund auf. Lukas wagte sich zu den Brustwarzen vor, rollte sie fest zwischen Daumen und Zeigefinger. Die Reaktion war ein wilderes, noch einnehmenderes Zungenspiel, an dem er fast zu ersticken glaubte. Er ließ von den Nippeln ab, damit Tom sich nicht noch weiter aufschaukelte, strich an seinem Bauch entlang, doch um den Schwanzbereich machte er einen großen Bogen, brachte es nicht über sich, ihn dort anzufassen. Es störte ihn schon empfindlich, dass ihre Glieder sich immer wieder berührten. Seine Erregung schwand rapide.

Lukas' Hand fand sich in einem harten Griff wieder und ehe er sich versah, hielt er Toms Prügel darin. Er versuchte, sie zurückzuziehen, doch kräftige Finger fixierten sie. Wie paralysiert spürte er die samtene Haut und Härte eines Gliedes durch seine Handfläche gleiten, das nicht sein eigenes war. An ihm selbst packte eine Kleinere fest zu. Lukas rang mit seinem Widerwillen. So schlimm war es eigentlich gar nicht. Mit ein bisschen Vorstellungskraft fühlte es sich an, wie den Eigenen zu massieren. Er begann, Toms etwas Dickeren zu bearbeiten, wie er es an sich mochte. Keuchend wiegte der seine Hüften vor und zurück, lockerte seine Finger und als er merkte, dass Lukas von sich aus weitermachte, löste er die Hand ganz und umfasste Lukas' Schwanz.

Verdammt ... der Kerl hatte aber auch einen genial festen Griff. Synchron drang Stöhnen aus ihren Kehlen, während sie sich gegenseitig verwöhnten. Hätte ihm vor einer Stunde jemand prophezeit, dass er das jemals täte und auch noch scharf wie eine Rasierklinge dabei würde, hätte er diese Person in die nächste Mülltonne entsorgt.

Tom beendete den Kuss, schnappte nach Luft, rieb sein Ohr und seinen Hals an Lukas' Lippen. Lukas war klar, dass er ihn ablecken sollte, und tat ihm den Gefallen. Sein Mund brauchte in der Erregung ohnehin etwas, womit er sich beschäftigen konnte. Das teure Aftershave brannte auf seinen Schleimhäuten. Aber die etwas gröbere und doch samtige Haut war ihm unter der Massage seines besten Stückes bald genauso angenehm, wie die einer Frau. Er leckte über Toms Schultern. Der beugte sich leicht zurück und Lukas benetzte ihn weiter bis zu den Brustwarzen, saugte daran, zwickte mit den Zähnen hinein. Zischend keuchte Tom auf. Dreitausend Euro. Plus einem Bonus von tausend, weil Tom seinen Schwanz gelutscht hatte, ohne Zähne dafür einzubüßen. Dass er Bella noch schaffte, stand außer Zweifel.

Eine Hand fuhr durch seine Haare, packte fest hinein. Tom richtete sich langsam auf. Zwangsläufig glitt Lukas' Mund an dessen Bauch tiefer. Alarmglocken begannen in seinem Hirn zu schrillen. Seine Finger lösten sich von Toms Prügel. An seinem eigenen spielte Bellas Hand fast übergangslos herum. Ihr zarter Körper drückte sich unerwartet resolut gegen seinen Rücken.

Augenblicke später stand Tom vor ihm. Seine Schwanzspitze zeigte genau auf Lukas' Mund. Klare Tropfen quollen aus der prallen, roten Eichel. Schluss! Das brachte er nicht über sich. Er wiedersetzte sich dem Druck an seinem Hinterkopf, drehte das Gesicht weg. Zeit, abzubrechen! Seine Hände krallten sich in das Fleisch von Toms Oberschenkeln, hielten ihn auf Abstand. Lippen stülpten sich über seine eigenes Glied, bearbeiteten es kräftig, saugten ungestüm. Fuck. Das nagelte ihn fest ... auf seinen Erguss zu.

Toms Spitze streifte über seinen Mund. Lukas kniff ihn fest zu und atmete stoßweise durch die Nase. Unten wollte er nicht weg, weil er kurz vorm Kommen stand, oberhalb der Taille verließ ihn die Kraft gegen den Druck, weil seine Muskeln vor genialen Schauern vibrierten. Mit dem harten Griff an seinem Hinterkopf musste er sich gefallen lassen, dass Toms Prügel sämige Feuchtigkeit über seine Lippen und Wange verteilte. Er war versucht, hineinzubeißen, damit das Teil verschwand.

Ein kurzer Biss in seine eigene Eichel verleitete ihn fast, den Mund zu einem Schrei aufzureißen. Scheiß Trick. Er bleckte von dem kleinen stechenden Schmerz nur die Zähne und spürte, wie Tom sein erregtes Fleisch erwartungsvoll dagegen drückte. Eine letzte Überwindung von siebeneinhalbtausend Euro entfernt. Sex war sein Geschäft ... sein Schwanz war schon in Toms Mund gewesen und er hatte es sogar genossen ... und einer Anni Körner musste er das niemals beichten, weil sie sowieso nie ein Paar wurden. Er konnte nicht ungeschehen machen, womit er die letzten Jahre sein Geld verdient hatte.

Er packte Toms Kniekehlen und brachte ihn mit einem kräftigen Ruck zu Fall. Nachfedernd landete der auf dem Rücken, hielt ein Büschel von Lukas' Haaren in der Hand und der Schreck spiegelte sich auf seinen Zügen wieder. Ein kleines Stück nur von siebeneinhalbtausend entfernt, aber er bestimmte selbst, ob er diese letzte Grenze überschritt.

Über Tom stützte er sich ab, sah mit aller Schärfe auf ihn herunter. Der Kerl zuckte die Schultern und grinste unverschämt, nach dem Motto ‚einen Versuch war es wert'.

Langsam kroch Lukas rückwärts, griff nach Toms Prügel und schloss seine Lippen um die Spitze, ohne sich weiter Zeit zu geben, über sein Tun nachzudenken. Die Adern des Gliedes puckerten in seiner Hand, die große Eichel füllte weich seinen Mund, gab den intimen Geschmack des anderen preis. Lukas versenkte sie tiefer, sein Unterkiefer begann vom Durchmesser des Schaftes zu spannen. In Zukunft würde er das an sich selbst nicht nur genießen, sondern auch mit Hochachtung würdigen. Scheiße, er befriedigte tatsächlich einen Kerl!

Siebeneinhalbtausend Euro. Und die erschreckende Erkenntnis, dass ihn der Blowjob nicht wirklich abstieß. Die Jahre als Escort hatten ihn unrettbar verkorkst.

Tiefkehlig stöhnte Tom auf und versuchte, ihm sein Teil bis an die Mandeln zu rammen. Hoffentlich war der bald fertig, denn seine Kiefermuskeln begannen zu krampfen. Anschließend noch Bella durchvögeln und dann ab nach Hause, um diesen verfluchten Handel zu verdauen.

„Verdammt, bist du gut, Mann", grunzte Tom unter schweren Atemzügen.

Lukas tat sein Bestes, wünschte Tom zur Hölle, weil der ihn dazu verleitet hatte, und hoffte, dass er das Ding schnell genug aus dem Mund bekam, bevor die Ladung anrollte. Um Tom schnell über die Schwelle zu bringen, sog er die Lusttropfen stoßweise aus dessen Öffnung.

„Hör auf ... hör auf!", keuchte Tom und stieß ihn zurück. Kam er schon? Tom hielt seinen Schwanz fest, atmete hechelnd und setzte sich grinsend auf. Aber er spritzte nicht ab. Nun, dann musste der sich auch in seiner Maus austoben. Vielleicht wollte er das ja ohnehin.

Tom lehnte die Stirn an seine. „Du bist so ein geiler Bock. Jeden Schein wert. Jetzt lass mich deinen Arsch vollpumpen."

Lukas' Hand schnellte um Toms Kehle und drückte den Überraschten hintenüber. „Niemals! Und versuchst du noch so eine hinterfotzige Aktion wie eben, bekommst du für dein Geld auch noch ein Veilchen. Gratis dazu!"

Lukas brachte eine Armlänge Abstand zwischen ihre Körper und rieb sich die Kiefermuskulatur, damit sie sich entspannte. „Habt ihr was zu trinken hier? Ich muss mir den Mund durchspülen."

„Stell dich nicht so an. War doch nichts anderes als aus einer Muschi. Und die leckst du doch gerne", brummte Tom mit einem beleidigten Unterton.

„Dein Aftershave brennt mir Löcher in die Speiseröhre."

Lachend warf Tom sich wieder auf den Rücken. „Gib ihm einen Scotch, Süße."

Schön, dass seine Kunden wenigstens guter Dinge waren. Ihm drückte zu sehr aufs Gemüt, was er getan hatte. Er war von sich selbst geschockt. Ein Glas mit bernsteinfarbener Füllung zwischen massig Eiswürfeln tauchte vor seinen Augen auf. Da er Bella noch beglücken sollte, würde der Alkoholpegel wohl weit genug runtergeschwitzt sein, bevor er nach Hause fuhr. Er nahm einen großen Schluck, spülte ihn mehrmals durch die Zähne, genierte sich auch nicht, damit zu gurgeln und schluckte ihn dann hinunter. Tom gackerte aufs Neue los. Bella schmiegte sich an ihren Mann, verschlang ihr Bein mit seinem und strich über dessen Brust. Lukas spülte mit einem frischen Schluck nach und fühlte sich mit dem Scotchgeschmack im Mund schon eine Spur besser.

Endlich kümmerte sich Tom um seine Bella und konzentrierte sich auf ihre Brüste. Lukas stütze die Arme auf seine Knie und sah ihnen zu. Wirklich Lust, mitzumischen, hatte er nicht, obwohl das ständige Hochpeitschen, bis kurz vor den Höhepunkt, nach einem besänftigenden Erguss verlangte. Am liebsten würde er das gerade mit der Hand erledigen und gehen. Aber um die Siebeneinhalbtausend zu besiegeln, musste er Bella vögeln. Das war die Absprache.

Die beiden kamen richtig in Fahrt. Tom saugte an ihren Nippeln und vergrub seine Finger in ihrer Pforte, dass sie ihre Lust laut herausstöhnte. Dann rollte er sich mit ihr herum, nahm die neunundsechziger Formation ein und leckte ihre heiße Mitte, während sie seinen Schwanz verwöhnte.

Jetzt sah Lukas auch einige Spielzeuge in Kopfkissennähe, zwischen den Falten des Bettzeugs. Bella musste sie herangeschafft haben, als er Tom bediente. Ein naturfarbener Latexschwanz und zwei dünnere, stark gewellte Analdildos. Der schrill Pinkfarbene davon war bestimmt Bellas Lieblingsstück, der Schwarze passte eher zu Tom.

Lukas leerte sein Glas, beugte sich über die Bettkante und stellte es auf den beigfarbenen Teppich. Heute war ihm scheißegal, dass er bei einem Kunden vielleicht Flecken hinterließ. Er hatte ein viel wichtigeres seiner Prinzipien eben regelrecht versteigert. Damit kam er noch nicht klar.

Um selbst einsatzbereit zu bleiben, musste er das ausblenden und das erotische Szenario auf sich wirken lassen. Bellas gespreizte Schenkel gewährten ihm tiefe Einblicke. Wenn Toms Kopf nicht im Weg war, konnte Lukas ihr bis an die linke Herzkammer sehen. Er zog eines seiner Kondompäckchen zwischen den lila Scheinen hervor und kniete sich dichter zu den beiden. Tom hatte mittlerweile drei Finger in ihrer Pforte und stieß sie in schnellem Rhythmus. Ein schöner Anblick. Lukas brachte sich hinter Bella in Position und streifte sich ein Kondom über. Dann schob er sich langsam in sie hinein. Tom wollte seinen Schwanz in Aktion sehen, jetzt lag er in der ersten Reihe.

Bella keuchte und schlug mit einer Hand auf das Laken, „Ja, jaa!"

Ihre Rückseite kam ihm hektisch entgegen. Er hielt ihre Hüften fest, stieß sie mal tief und kraftvoll, mal quälend gemächlich. Es war nicht besonders einfallsreich, was er jetzt anstellte, aber er wollte diesen Abend nur noch hinter sich bringen. Leider kündigte sich sein Erguss nicht so schnell an, wie er bei der Dauerreizung erwartet hatte.

Tom rutschte unter ihnen weg, legte seine Hände an Bellas Wangen, gab ihr einen zärtlichen Kuss auf den

Scheitel und beobachtete Lukas mit leicht zusammengekniffene Augen. Es fiel zweifellos auf, dass ihm der Drive fehlte.

„Noch lieber mag sie es in ihren süßen Hintern." Tom kniete sich neben Bellas Hüfte und brachte den pinkfarbenen Analdildo und eine Tube Gleitgel mit. Er schob eine Hand bei Lukas' Schwanzansatz in Bellas Nässe und befeuchtete damit ihren Anus. Dann tauchte er mit dem Finger langsam hinein. Sie stöhnte auf. Tom entzog sich ihr wieder, schmierte den Dildo mit Gel ein und versenkte ihn dann Stück für Stück im Hintern seiner Maus.

Lukas passte sich Toms Rhythmus an. Bellas Stirn sank auf das Kopfkissen, ihr hochaufgerichteter Po wand sich den synchronen Stößen entgegen. Er konnte die Wellen des Dildos spüren. Das war ihm nicht neu. Oft genug verwendete er zusätzlich solches Spielzeug, wenn die Kundin es wünschte. Und es erhöhte auch bei ihm den Reiz. Nach einigen Stößen blitzten Sternchen hinter seinen Augen auf und von Bella kam ein kehliger Aufschrei. Tom hatte ohne Vorwarnung die Vibration auf Vollpower angeschaltet. Lukas brach bei diesem Impuls der Schweiß aus allen Poren. Genauso abrupt verschwand die krasse Stimulanz wieder.

Mit einem leisen Lachen zog Tom den Dildo heraus. „Jetzt schieb deinen Schwanz da rein", befahl er fast hypnotisch. „Das hast du doch schon mal gemacht?"

Lukas konnte nur nicken. Natürlich. Mehr als die Hälfte seiner Kundinnen fuhr darauf ab. Er zog sich aus der nassen Hitze zurück und drückte seine Spitze vorsichtig gegen ihren vorbereiteten Anus. Mit kleinen, sanften Stößen arbeitete er sich immer tiefer in Bella hinein. Sie keuchte hocherregt, ruckte ihm ungeduldig entgegen, bis er ganz in ihr war. Diese Enge war immer wieder fantastisch. Sein Puls nahm einen harten Takt an. Er schloss die Augen und ließ sich in den Empfindungen treiben, dem einzigen, was er diesem Scheißtermin noch abgewinnen konnte, der seine Grundsätze völlig auf den Kopf gestellt hatte.

Bella zuckte einmal heftig zusammen und Lukas fühlte ein leichtes Vibrieren. Das verschwand nach einigen Sekunden wieder, aber in Bellas Hintern wurde es noch enger. Tom hatte den dicken Gummischwanz in ihre freie Pforte geschoben. Auch das war ihm nicht neu, aber wow, es war immer wieder genial. Lange würde er sich so nicht mehr brauchen. Wenn Tom die Vibration anschaltete, vermutlich gar nicht mehr. Bei jedem Stoß spürte Lukas sich auch an den unnatürlich dicken Adern des Gummiprügels entlanggleiten. Hitzewellen jagten durch seinen Leib, schaukelten seine Ekstase hoch.

Da störte ihn auch nicht mehr, dass Männerhände über seine Haut strichen. Im Gegenteil. Er hatte es immer gemocht, wenn eine zweite Frau dabei war und ihn ableckte oder streichelte. Dass es jetzt ein Mann tat, war ihm gerade scheißegal. Es kam in diesem Moment einfach richtig. Seine Brustwarzen sehnten sich nach den Liebkosungen und sie wurden nicht enttäuscht. Ein rieselnder Schauer nach dem anderen ließ ihn erbeben. Unter dem Rausch braute sich sein Höhepunkt zusammen. Vielleicht würde er den Vibrator des Gummiprügels anschalten müssen, damit Bella noch vor ihm kam.

Ein ungewohntes Gefühl versteifte mitten in dieser Euphorie seine Muskulatur und er erstarrte gänzlich, als glitschige, kugelige Riffel in seinen Arsch glitten. Toms Körper presste sich an seinen Rücken, umfing seine Brust mit einem kräftigen Arm und hielt den Dildo in ihm fest. Toms harter Prügel klebte seitlich an seiner Arschbacke, seine Lippen strichen mit heißem Atem über Lukas' Ohr und seine schweißnasse Schläfe.

„Schsch... entspann dich. Ist ja nicht mein Schwanz."
Der verdammte Dildo glitt ein Stück aus ihm, nur um mit immer dicker werdenden Kugelformen erneut und noch tiefer in ihn einzudringen. Vor Anspannung begann Lukas, zu zittern. Der Mistbock hatte es nicht lassen können, seinen abgedrehten Zustand auszunutzen.

„Sei ehrlich zu dir selbst", raunte Tom. „Es ist ein geiles Gefühl, vorne eng umschlossen zu sein und hinten auch noch gereizt zu werden, jede einzelne Wölbung in dich gleiten zu spüren."

Der verdammte Sack hatte recht. Widerwillig musste er sich eingestehen, dass jeder Stoß des Spielzeugs ungewohnte Reize in ihm freisetzte.

„Jetzt weißt du, warum deine Frauen das mögen", schnurrte Toms Stimme.

Seine Zunge fuhr in Lukas' Ohr und kreiste darin. Zähne knabberten an seinem Ohrläppchen und sein Arsch machte sich selbstständig, indem er sich der Stimulation sogar entgegenstreckte.

„Siehst du, es gefällt dir."

Lieber würde er widersprechen, doch das wäre gelogen. Jeder Schub sandte ein geiles Beben durch sein Innerstes. Toms Leib senkte sich schwer auf seinen Rücken. Zähne nagten an seinem Hals. Der Dildo glitt aus seinem Hintern, dafür presste sich eine große, weiche Eichel gegen seinen Schließmuskel. Lukas fühlte sich wieder erstarren, verkrampfte zu sehr, um Tom abzuwerfen. ‚Nicht! Nicht!', hämmerte es in seinem Hirn. ‚Der passt da nicht rein!' Wie oft hatte er das von Frauen gehört, die es so zum ersten Mal wollten, kurz Panik bekamen und schließlich überrascht waren, dass es unter seiner sanften Einführung tatsächlich ging? Toms Zähne verbissen sich schmerzhaft in seinem Hals und die Schwanzspitze samt Schaft drückte sich ein Stück in ihn hinein, dehnte ihn bis zum Äußersten. Lukas bekam dicke Backen. Schmerz und Reiz reichten sich die Hand.

„Ruhig, Brauner, schalt das Denken ab. Du weißt, dass es leichter geht, wenn du entspannst", gurrte Tom, zog seinen Kopf an den Haaren nach hinten und trieb sich mit unerbittlichen Rucken immer tiefer.

Lukas fühlte sich wie von einem Hengst besprungen. Sein Arsch spannte, dass er glaubte, es würde ihn gleich zerreißen. Musste der Sauhund auch noch so ein verdammt dickes Teil haben? Aber Scheiße, neben dem Schmerz fühlte es sich auch animalisch gut an.

Bis zum Anschlag versenkt gönnte Tom ihm Zeit, sich an ihn zu gewöhnen, leckte seine Bissstellen und Schultern. Lukas verfluchte sich dafür, dass trotz dieser Nötigung der Wunsch in ihm auflodderte, Tom möge sich bewegen. Seine Bereitschaft gab er zu verstehen, indem er es in Bella tat. Verdammt, war das gut. Hinten ganz ausgefüllt und vorne in ihrer warmen Enge vergraben. Sein Schweiß tropfte wie Regen auf Bellas Steiß. Tom ging in ihm erst wie festgewachsen mit, dann begann er sich bei jedem Rückzug auch weiter aus ihm zu entfernen, doch nur, um kraftvoll in ihn zu stoßen, wenn er sich selbst in Bella versenkte. Was für eine Gefühlsexplosion! Ekstase trieb seine Sinne in einen obskuren Taumel.

Tom stöhnte bei jedem Schub tiefkehlig auf, Bella auch. Seine eigene Kehle dröhnte und vibrierte zwischen ihren. Hitzestrahlen schossen wie Pfeile von Arsch und Schwanz auf seinen Kopf zu. Ihr gemeinsamer Rhythmus wurde härter und schneller. Atem blähte Lukas' Wangen, bevor er ihn zischend durch seine Zahnreihen herauslassen konnte. Sein Kopf begann zu glühen, wie eine Herdplatte. Die Glut schlängelte sich durch seine Eingeweide, auf seine Eier zu. Seine Finger fanden den Drehknopf von dem Gummiprügel in Bella und drehten ihn auf Vollpower.

Bella bäumte sich unter ihrem Höhepunkt auf und schrie ihn langgezogen heraus. Unter Toms wildem Stoßen und triumphalen Brüllen spürte er es in sich spritzen, dann schoss sein eigener Samen so wuchtig heraus, dass ihm schwarz vor Augen wurde.

Hechelnd und mit bleischweren Gliedern fand er sich zwischen den genauso pumpenden Leibern von Tom und Bella wieder. Sie waren alle zusammen auf die Seite gekippt. An seinem Schwanzansatz spürte er, wie Bella sich den Gummiprügel herauszog. Irgendwo polterte er dumpf zu Boden und Bella kuschelte sich in seine Arme, ohne dass sie auch seinen loswerden wollte. Toms Gesicht lehnte in seinem Nacken, Atemstöße streiften seine Haut. Ein schwerer Arm umschlang Lukas' Brust, auf dem anderen ruhte seine Wange. Tom war immer noch in ihm, jetzt weich und nachgiebig. Lukas fühlte sich müde, ausgebrannt, in eine bodenlose Tiefe abgestürzt. Hatte er sich immer nur eingeredet, Sex mit Männern keinesfalls zu mögen? War das ein unbewusster Schutz gegen eine vorhandene Neigung?

Rette meine Seele und mein Herz, Anni! Bevor ich endgültig im oberflächlichen Sumpf des Fickens versinke und vergesse, was zwischen Menschen wirklich wichtig ist! Verfluchte Scheiße! Sein Innerstes konnte nach ihr schreien, so viel es wollte, Anni würde ihm höchstens vor die Füße spucken, wenn sie jemals erfuhr, womit er sein Geld verdiente. Selbst wenn sie ihre Meinung ändern sollte … würde ihre Toleranz genügen, um auch über gleichgeschlechtlichen Sex hinwegzusehen? Er konnte niemals wieder guten Gewissens sagen, er hätte es noch nie mit einem Kerl getrieben.

Was versuchte er sich jetzt noch einzureden? Schon vor diesem Termin war er doch zu der Einsicht gekommen, dass er eine Beziehung mit Anni abhaken musste. Warum hatte er jetzt das Gefühl, die Tür zu ihr endgültig zugeworfen zu haben?

Wegen des Blasens hatte er eben schon geglaubt, seine Welt würde kopfstehen. Jetzt tat sie es erst recht. Alles bestand nur noch aus einem einzigen Chaos, in dem er nicht mehr wusste, wie er sich einordnen sollte. Das alles hätte er sich vielleicht ersparen können, wenn er auf dem Heuboden seinem Impuls gefolgt wäre, Anni wahre erotische Freuden zu zeigen. Womöglich wären sie jetzt ein Paar und seine Vergangenheit unwichtig.

Hätte! Wenn! Und aber! Tatsächlich lag er hier, mit einem Schwanz im Arsch und schmerzenden Kiefermuskeln vom Blasen. Und nur, weil er es mit Anni nicht versucht hatte und ohne Hoffnung auf sie keinen

Grund gesehen hatte, vor dieser Eskalation mit seinem Job aufzuhören.

Hatte sich dadurch eine bisexuelle Veranlagung gezeigt? Das Gefühl und der Höhepunkt waren irre gewesen. Wenn das so war, konnte er eine harmonische, monogame Beziehung mit einer süßen Frau wie Anni ohnehin vergessen. Dann brauchte er eine Lebensgefährtin wie seine Kundinnen Lilly oder Bella und musste tolerieren können, dass auch ein anderer seine Frau vögelte. Wenn ihm das nichts ausmachte, hatte er allerdings nicht die Partnerin seiner Träume gefunden. Er wollte so tief für sie empfinden, wie für Anni, bei der ihm schon die pure Vorstellung, dass ein anderer sich in ihr vergrub, den Magen umdrehte.

Für seine Zukunftsplanung sollte er dringend herausfinden, wie er wirklich tickte. Jetzt, wo seine Ekstase abgeklungen war, störte ihn das Gefühl in seinem Hintern empfindlich und es war ihm unangenehm, in Toms Armen zu liegen. War es nur das Ungewohnte? Scheiße, momentan wusste er nicht, ob er Fisch oder Fleisch war. Nur, dass der Dreierritt alles aus ihm herausgeholt und so fertiggemacht hatte, dass er nicht mal in der Lage war, sich von den beiden hier zu befreien.

Davon, dass sich etwas aus seinem Anus zog, wachte Lukas auf. Vorn an ihm rührte sich auch was. Schlaff fluppte sein Glied samt Kondom aus Bella.

Toms Hand patschte ihm zweimal auf die Arschbacke. „Geiler Bock. Ruh dich noch ein bisschen aus."
Ein Tuch wurde ihm zwischen die Hinterbacken geklemmt. Gerade passend. Er spürte Toms Samen aus sich heraussickern und hatte seinen malträtierten Schließmuskel noch nicht wieder ausreichend im Griff. Unter halbgeöffneten Lidern sah er, wie Tom und Bella durch eine Tür verschwanden. Kurz darauf rauschte Wasser.

Das nächste Mal wachte er auf, als sich die Matratze an seinen Seiten senkte. Kräftige Hände strichen über seine

Brust und Nippel. In Toms Augen funkelte es vergnügt. Was auch immer die beiden unter der Dusche getrieben hatten, Toms Schwanz stand schon wieder. Bella kauerte an seiner anderen Seite und hielt ihre Knie umschlungen. Ihr Kinn lag darauf und ein spitzbübisches Grinsen umspielte ihre Lippen.

„Geh Duschen", befahl Tom ruhig. „Solltest du jetzt die Schnauze voll haben, nimm die fünfzehntausend und verschwinde. Aber ehrlich gesagt, will ich dich nochmal ficken. Viel länger als eben. Deinen Prachtbody zu reiten, war das Heißeste, was ich bisher erlebt habe. Für eine Extrarunde kannst du auch noch die fünftausend vom Nachttisch mitnehmen."

Kam nicht infrage. Sein Arsch brannte höllisch, ungewohnter Gefühlsrausch hin oder her.

„Vergiss es!"

„Aber es hat dir gefallen." Selbstgefällig grinste Tom ihn an.

Lukas gönnte ihm nicht die Genugtuung einer Bestätigung. Schließlich hatte Tom sich ihm aufgezwungen. Er kletterte vom Bett, sammelte seine Kleidung auf und machte, dass er unter die Dusche kam.

Toms Duschgel war nicht ganz seine Wunschnote, biss ihm etwas in der Nase, war aber besser als nichts oder Bellas Magnolienduft. An seinem Hintern zwickte das Zeug auch fies. Der erste Schwanz zwischen seinen Arschbacken hätte sich ruhig auf den Durchmesser eines Gartenschlauchs beschränken dürfen. Vielleicht wäre die Ekstase dann ohne Schmerz noch intensiver gewesen.

Fünfzehntausend Euro also. Eine ungewöhnlich einträgliche Nacht, keine Frage. Dafür hatte er aber auch total den Boden unter den Füßen verloren. Er stützte sich mit beiden Händen an den Fliesen ab und ließ das Wasser endlos auf sich herabprasseln, in der Hoffnung auf Klarheit, was er in Zukunft für seine Zufriedenheit brauchte.

Irgendwann trocknete er sich ab, ohne zu einem Ergebnis gekommen zu sein, zog die Hose an und ging zurück ins

Schlafzimmer. Die Uhr auf dem Nachttisch zeigte bereits fünf am Morgen. Durch das lange Nickerchen war das ein unplanmäßig langer Aufenthalt geworden, aber Peter sollte ohnehin die ganze Nacht bei seinem Vater bleiben.

Tom steckte bereits wieder zwischen Bellas Schenkeln, trieb sich langsam in sie, während sein Mund ihre Brüste vernaschte. Die beiden waren unersättlich.

Fünftausend mehr für eine Extrarunde? Sein Ego war heute sowieso im Arsch, im wahrsten Sinne des Wortes. Er zog sich zum Türrahmen des Badezimmers zurück, sah ihnen zu und schaltete zusätzlich den kleinen, fast lautlosen Vibrator in seiner Hosentasche an. Hielt ihn an seinen Schritt. Von dort rieselte es ihm bis hinauf in die Haarwurzeln und hinunter in die Zehen. Durch die Schlafpause war sein gutes Stück rasch wieder einsatzbereit. Könnte er sich auf diese Weise nicht auf die Sprünge helfen, hätte er seinen Job schon längst an den Nagel hängen müssen.

Die beiden waren so miteinander beschäftigt, dass sie ihn nicht einmal wahrnahmen. Am Fußende des Bettes blieb Lukas stehen, öffnete seine Hose und verteilte Gleitgel auf seinem Schwanz. Er hatte noch eine brennende Rechnung zu begleichen und verbat sich, genauer über seine Absicht nachzudenken. Wäre es ein Frauenhintern, würde ihn jetzt Vorfreude erfassen. Nur nicht nachdenken, sonst wurde er schlaff. In fließendem Ablauf stieg er aufs Bett, kniete sich hinter Tom, packte ihn hart im Genick und zwängte ihm sein gutes Stück in den Anus.

„Auaa … zu groß … Maaann."

Lukas rammte sich bis zum Anschlag hinein und nahm sofort einen harten Rhythmus auf. Tom ächzte im Wechsel zwischen Wehklagen und euphorischem Stöhnen.

„Gooott, ich … hasse und liebe dich, du Sau! Aber … nicht vollpumpen … niemand … signiert mi…", mit einem spitzen abgehackten Schrei kam er in seiner Frau.

Lukas stand auch kurz vor seiner Entladung, beugte sich vor und zischte an Toms Ohr: „Extrarunde. Mit Autogramm. Danke für den großzügigen Bonus."

7. Kapitel

Lukas

Spielte ihm die Erschöpfung einen Streich oder war das tatsächlich Anni, die dort durch die Regalreihen schlich? Ungeschminkt, in einem modischen Verbrechen von braunkariertem Billigpulli und abgewetzter Schlabberjeans? Doch, sie war es, kein Zweifel. Das Ungeschminkte stand ihr hervorragend, die Klamotten passten allerdings besser in eine Mülltonne. Konzentriert studierte sie die Auswahl an Konserven. Eine Suppendose klemmte unter ihrem Arm.

Eigentlich war er absolut nicht in Stimmung, ihr jetzt über den Weg zu laufen. Morgens um sieben hätte er hier, an der Tankstelle, auch am wenigsten damit gerechnet. Er war todmüde, verwirrt und wollte seine Kleidung loswerden, die den Geruch der verdammten Villa an sich trug. Außerdem wollte er mit seinem eigenen Gel duschen, bis ihm das Fleisch von den Knochen fiel. Er griff nach dem Grund seines Stopps, einer Flasche Jim Beam, um damit vorm Einschlafen jede Geschmackserinnerung und jedes Denken auszulöschen. Anni hatte ihn immer noch nicht bemerkt. Möglicherweise kam sie auch gerade von einer anstrengenden Nacht, hatte sich von ihrem Lover Klamotten für den Heimweg ausgeliehen und litt unter morgendlichem Tunnelblick.

Er stellte sich hinter sie und raunte ihr zu: „Guten Morgen, Prinzessin Selbstgerecht."

Sie kreischte auf, fuhr zu ihm herum und ließ die Dose fallen. Aus weit aufgerissenen Augen starrte sie ihn an, wurde kalkweiß, im nächsten Moment amüsant dunkelrot.

„Gott, Stacheldraht, hast du mich erschreckt."

„Gott Stacheldraht ist eine gewaltige Beförderung. Wolltest du wirklich Möhrensuppe zum Frühstück essen? Nimm dir lieber ein paar Roggenbrötchen, Eier, Quark und Briekäse mit. Du bist viel zu dünn."

Ihr Blick flog zu den genannten Leckereien, dann sah sie rasch auf den Boden und hob die Dose auf. „Ich hab mein

Portmonee vergessen und nur ein paar Cent in der Hosentasche. Für die Suppe reicht es gerade."

„Warum wundert es mich nicht, dass du ohne Geld losrennst." Er nahm Eier, Quark und Käse aus der Kühlung und rief der Angestellten zu: „Packen Sie bitte acht Roggenbrötchen ein!"

„Ich will nicht, dass du Geld für mich ausgibst!"

„Ich schlage es auf die nächste Stallmiete auf, wenn du damit besser klarkommst."

Er nahm ihr die verbeulte Dose aus der Hand und stellte sie ins Regal zurück.

„Du müffelst nach billigem Parfüm, hast einen fetten Knutschfleck oder sowas am Hals und siehst ganz schön zerknittert aus. War die Dame der Nacht sehr anstrengend?"

„Korrektur, ich rieche nach sauteurem Parfüm. Bist du gerade aus dem Bett eines Sekundenrammlers gefallen und in seinen Klamotten geflüchtet?"

„Korrektur, ich bin aus meinem Bett gefallen."

Er bezahlte den Einkauf, legte die Hand an Annis Rücken und schob sie zur Tür hinaus.

„Kommt dir nicht der Gedanke, dass ich hier noch nicht fertig bin?"

„Du hast doch gar kein Geld mit, also bist du fertig."
Ihre Schritte bremsten auf der Stelle und sie schwenkte zu einem Wühlkorb mit bunten Kissen herum. „Guck mal, die Kissen würden etwas Farbe auf deine Couchen bringen. Oh, die mit den Marienkäferfotos sind ja total süß. Ich liebe Marienkäfer."

Er packte sie am Ellenbogen und zog sie weiter. Bunte Kissen auf seinen Polstern! Weitere Trauma vertrug er heute einfach nicht mehr.

„Wo steht dein Wagen, Anni?"
Sie machte sich aus seiner Hand frei und blieb wieder stehen. „Ich bin zu Fuß hier. Morgenspaziergang. Die frische Luft genießen und so."

„Dann bringe ich dich nach Hause."

„Nein! Ähm, ich meine, das ist nicht nötig. Ich gehe morgens gern spazieren."

„Du bist käsigweiß um die Nase. Ich will morgen nicht in der Zeitung lesen, dass eine blonde Frau auf der Straße zusammengeklappt ist und von einem Auto überrollt wurde."

Er fasste sie wieder am Ellenbogen und schob sie zu seinem Wagen. Auffordernd hielt er ihr die Tür auf. „Steig ein!"

Mit laut knirschenden Zähnen setzte sie sich in den Ledersitz und verschränkte die Arme schmollend vor der Brust. Er legte die Tüte und den Jim Beam auf ihren Schoß und warf die Tür zu. Als er sich in seinen Sitz fallen ließ, erinnerte ihn sein Arsch brutal daran, weshalb er vorhin noch so erleichtert war, bald in sein Bett zu kommen. Die ganze Rückfahrt war ein Höllenritt gewesen. Jetzt musste er das noch ein bisschen länger ertragen.

„Wohin, Anni?"

Sie deutete zögerlich nach rechts. „Da lang."

„Wie wäre es mit der Adresse?"

„Kennst du etwa jede Straße im Ort?!"

Sie begann, seine übriggebliebenen Nerven zu strapazieren. „Nein, aber ich habe ein Navi."

„Wozu das Navi, wenn ich dir sagen kann, wo es langgeht. Da lang."

Dann also ‚da lang'. Weil es immer ein wenig dauerte, bis sie ihm ein nächstes ‚da lang' wies, fuhr er langsam. Sie hatte ihre Unterlippe zwischen die Zähne gezogen, knibbelte am Etikett der Flasche herum und hielt sie dann ein Stück hoch.

„Ein krasses Frühstück, findest du nicht? Und mir eine Predigt halten."

„Ich möchte nur gerüstet sein, wenn Besuch kommt."

Sie öffnete das Handschuhfach und schnappte nach Luft. Ihre Hand schoss vor und fing ein paar der herausrutschenden Fünfhundert-Euro-Noten auf. Sechs der lila Scheine hielt sie ihm gefächert entgegen. „Sind die echt?"

„Natürlich."

„Hast du eine Bank überfallen?"

„Samstags haben keine Banken geöffnet. Nein, ich hab eben gern ein bisschen Kleingeld dabei."

„Kleingeld?!" Ihr Blick streifte den übrigen Stapel im Fach. „Finde ich eine Waffe, wenn ich tiefer grabe?"

„Blödsinn."

Trotzdem wühlte sie den Inhalt heraus, seufzte erleichtert und stopfte alles, inklusive des Jim Beams, wieder lieblos hinein. Einen verirrten Schein hob sie aus dem Fußraum auf und hielt ihn mit spitzen Fingern hoch, wie ein schmuddeliges Corpus Delicti. Ihre Augen weiteten sich und ihr Mund klappte auf, als hätte sie soeben eine Erkenntnis gestreift. „Duuu ... du bist ..."

Ihm wurde ganz mulmig. Begriff sie jetzt seine Frage wegen des Escorts? „Was?"

„Ein Spieler! Du zockst und das offensichtlich erfolgreich."

Das war eine gute Erklärung für die Scheine. Einfacher, als ihr zu sagen, wofür er sie tatsächlich erhalten hatte oder schnell etwas zu erfinden. Er zuckte die Schultern. „Behalt den, wenn du willst."

„Würdest du dich dann besser fühlen, wenn du überlegst, ob du mit mir schlafen willst? Danke, ich hab selbst genug davon." Ruppig stopfte sie den Schein zu den anderen.

„Ich habe bisher noch nicht ansatzweise darüber nachgedacht, ob ich mit dir schlafen soll. Bild dir nicht zu viel darauf ein, dass du die erste Frau auf meiner Terrasse warst."

„Und in deinem Wohnzimmer."

„Himmel, ja! Und in meinem Wohnzimmer." Sie brauchte nicht zu wissen, dass er wirklich schon daran gedacht hatte und sogar noch viel weiter, sonst würde ihr Spott gar kein Ende finden. „Müssten wir deine Wohnung nicht bald erreicht haben?"

Die Herumkurverei durch die Siedlungen wurde ihm langsam suspekt.

„Äh, ja. Da vorne, wo die braune Nebeneingangstür zwischen Haus und Garage ist."

Er konnte ein Aufstöhnen nicht unterdrücken. „Schicke Wohngegend und Villa. Dir ist schon klar, dass es auch einen kürzeren Weg von der Tankstelle hierher gibt?"

Unruhig zupfte sie an ihrer Unterlippe. „Die Gelegenheit war günstig, eine Probefahrt in deinem Audi zu machen. Ich überlege, ob ich mir auch so einen kaufe."

Hmm. Irgendwas stimmte doch nicht mit ihr. Er stoppte vor dem Haus. Als sie aussteigen wollte, hielt er sie am Arm fest. „Du könntest mich höflichkeitshalber zum Frühstück einladen, Anni."

Sie schluckte sichtlich und sah ihn erschrocken an. „Nein. Ich ... das geht nicht."

Den Test hatte sie, wie vermutet, nicht bestanden. Ihm schwante, weshalb sie sich so merkwürdig verhielt. Aber warum stand sie nicht mit mehr Selbstbewusstsein dazu?

„Du hast also einen deiner Sekundenrammler mit zu dir genommen. Und willst nicht, dass ich sehe, was für Penner du einem sauberen Callboy vorziehst, damit du nicht eingestehen musst, dass ich neulich bei der Diskussion richtig lag."

Erbost funkelte sie ihn an. „Wieso Penner? Du eingebildeter Sack!"

Er deutete auf ihre verschlissene, übergroße Kleidung. „Und dazu noch ein ziemlich kleiner Typ. Schätze, du bist wieder nicht auf deine Kosten gekommen und brauchtest einen Spaziergang, um deinen Frust abzubauen." Und er hatte für ihr Fickabenteuer auch noch das Frühstück spendiert. Großartig!

„Glaub doch, was du willst", zischte sie, stieg aus und beugte sich noch einmal in den Wagen. „Wer sich mit Prostituierten auf dem Schoß in Spielhöllen rumtreibt, hat nicht das Recht, sich das Maul über andere zu zerreißen!"

Die Beifahrertür knallte zu, bevor er etwas darauf erwidern konnte. Er sah ihr nach, wie sie zu der Nebeneingangstür ging, vorsichtig die Klinke betätigte und schließlich dahinter verschwand. Ein Hund empfing sie mit aggressivem Gebell. Dem Ton nach, ein großer. Anscheinend gab es eine Tierart, mit der sie keinen Vertrag hatte. Oder doch? Jetzt war er still.

Seine Hand knalle aufs Lenkrad, um Dampf abzulassen. Scheiße, warum ärgerte es ihn so, dass ein Lover in ihrem Bett lag? Schließlich hatte er letzte Nacht auch Laken zerwühlt. Die Einsicht besänftigte ihn dennoch kein bisschen. Er gab Gas. Es wurde Zeit, dass er sein Kopfkissen umarmte und die Nacht samt diesem beschissenen Morgen hinter sich ließ.

Als er an der Tankstelle vorbeikam, trat er die Bremse bis zum Anschlag durch und riss das Steuer herum. Vor dem Wühlkorb mit den bunten Kissen rollte sein Wagen aus. Die Grasgrünen wären erträglich. Die Roten und die mit den lila Streifen auch, aber kitschige Marienkäfer kamen ganz bestimmt nicht in sein Haus!

Anni
Himmel, Arsch und Wolkendonner. Heute war sie mit ihrem Lügengebäude grade nochmal davongekommen. In mehrfacher Hinsicht. Ein saublöder Impuls, sich für den Besuch der Tankstelle die Mühe um ihr Aussehen zu sparen. Sie hatte einkalkulieren müssen, irgendeinem bekannten Gesicht über den Weg zu laufen. Einem Frühaufsteher oder Nachtschwärmer, wie Lukas. Warum ausgerechnet Lukas? Warum musste das Schicksal sie so brutal mit der Nase darauf stoßen, dass er die Nacht mit freizügigen, parfümierten Weibern verbracht hatte? Hmm, vielleicht saßen sie nur auf seinem Schoß und er hatte keine Zeit gehabt, sich intensiver mit ihnen zu befassen. Spiele, bei denen so viele Scheine über den Tisch wanderten, erforderten hohe Aufmerksamkeit.

Mist. Frustriert warf sie ihr Fahrrad neben die geparkten Autos. Sie brauchte gar nicht versuchen, den Gestank an ihm zu verharmlosen. Nach dem fetten Gewinn hatte er seinem Erfolg bestimmt noch ein Krönchen aufgesetzt. Herrgottnochmal, konnte sie sich damit nicht endlich abfinden? Seit heute früh hatte sie sich an dem Gedanken genug aufgerieben. Sie sollte ihm den Spaß einfach gönnen. Keiner von ihnen hatte schließlich was davon, wenn er sich seit ihrem ersten Zusammentreffen wie ein Romanheld für sie aufsparte. Bald segnete sie das Zeitliche, dann konnte sie so einen Liebesbeweis ohnehin nicht mehr würdigen. Und er blieb nicht todunglücklich zurück, wenn sie ihm nichts bedeutete.

Sie sollte lieber dankbar sein, dass ihre Lügen heute nicht aufgeflogen waren und sie mit Pino vom Hof geworfen wurde. Nicht nur, dass Lukas sie in ihren alten Klamotten gesehen hatte. Nein, er musste sie ja auch noch heimbringen wollen. Hätte er nicht einfach ‚Tach. Schön, dich zu sehen. Bin dann mal wieder wech', sagen können? Sie hatte Schwein gehabt, dass die Hoftür der Villa nicht verschlossen gewesen war. Das Glück endete dahinter fast mit dem blöden Hund. Es hatte sie vier der teuren Brötchen gekostet, ihn davon abzuhalten, ihr den Pullover ganz vom Leib zu reißen. Unrettbar im Eimer war er nun trotzdem. Und zum Glück war niemand der Hausbewohner rausgekommen. Vermutlich wohnten gerade in der teuren Siedlung einige von ihren Stallkollegen. Drei Kreuze hatte sie innerlich geschlagen, als sie die Villengegend unangesprochen hinter sich lassen konnte. Dazu war durch Lukas ‚Hilfsbereitschaft' der Weg nach Hause noch beschissen weit geworden. Mit zerrissenem Pullover die Hälfte einer Kleinstadt zu durchqueren, war nicht eben ein toller Start für einen Sonntag. Schwamm drüber, alles war noch mal gutgegangen. Wo war ihr Pino, zum Kuckuck?

In der Herde hinter dem Stall war weit und breit nichts Hellbraunes zu sehen. Die Weiden daneben waren leer, damit das Gras nachwachsen konnte. Sie drehte sich um und sah zu den großen Wiesen, die links neben der Reithalle bis zum Wald hinaufreichten, aber die waren auch verwaist. Blieb nur noch eine, die direkt hinter der Halle lag. Ihr Ärger schaukelte sich wieder auf. Warum musste sich das Komplizierte heute wie ein roter Faden durch den Tag ziehen?

Also schlug sie eben die Richtung zur einzigen verbliebenen Möglichkeit, im positiven Sinne, ein. Die eine Alternative dazu wäre, dass sie aufgeflogen und Pino vom Hof verbannt worden war. Das würde Lukas aber bestimmt nicht tun, ohne sie aufzufordern, ihr Pferd selbst wegzubringen. Die andere Alternative, ihr betagtes Pony war gestorben und abgeholt worden ... doch daran wollte sie nicht mal ansatzweise denken. Von Panik erfasst eilte sie um das rechte Ende der Halle auf den Feldweg, der zwischen Lukas' Garten und der letzten Weide lag. Erleichtert atmete sie durch. Wie eine Zipfelmütze verlief die Wiese spitz in das tiefer reichende Waldgebiet. Etwa auf halber Länge trotteten Pino und Gentleman innen am Zaun entlang in Richtung Wald. Das Ziel ihres Interesses war ein hochgewachsener Mann mit dunklem Basecap und hüftlanger, hellbrauner Weste, der jemanden in einem Rollstuhl auf dem Feldweg entlang schob.

Der Typ mit dem Cap konnte der Figur nach nur Lukas sein. Wen schob er denn da? Sie hatte einen plausiblen, unaufdringlichen Anlass, das herauszufinden, denn sie wollte ihr Pony holen. Es dauerte nicht lange, bis er sie bemerkte. Hatte er etwa Augen im Hinterkopf? Oder stampfte sie wie ein Elefant? Er drehte sich um und sah ihr entgegen. Im Näherkommen war nicht zu übersehen, dass ihm ihre Anwesenheit nicht in den Kram passte.

„Hi Lukas."

Er nickte ihr ohne den geringsten Ansatz eines Lächelns zu. Die Ärmel seines weißen Hemdes waren bis zu den Ellenbogen aufgerollt, den Fleck am Hals verbarg nun ein dunkelblaues, glänzendes Tuch. Was für ein Blödsinn bei der Hitze.

„Anni", erwiderte er knapp.
Der alte Herr in dem Rollstuhl regte sich nicht. Man musste kein Genie sein, um zu begreifen, dass er sehr krank war. Trotzdem wollte sie ihn nicht bei der Begrüßung übergehen. Sie stellte sich vor ihn, damit sie in seinem Blickfeld war. „Hallo, ich bin Anni."
Die alten, wässriggrauen Augen sahen durch sie hindurch. Lukas räusperte sich, senkte die Lider und rückte das weiße Cap auf dem Kopf des alten Herrn ein bisschen zurecht. „Mein Vater. Er kann nicht antworten oder sich bewegen. Schon seit dem Tod meiner Mutter und meines Bruders nicht mehr."
Für diesen winzigen Augenblick hatte Lukas seine Maske fallen und sie seinen Schmerz und seine Einsamkeit sehen lassen. Mitgefühl verdrängte ihren Ärger über seine bisherige Arroganz. „Das muss hart für dich sein. Tut mir leid."
„Danke, aber ich habe mich daran gewöhnt, keine Reaktion mehr von ihm zu erhalten, und komme mittlerweile damit zurecht."
Kam er nicht. Das spürte sie. Er seufzte tief auf und nickte zu den Pferden. „Ich hoffe, es dringt zu ihm durch und macht ihm Freude, nah bei Gentlemen zu sein."
„Und du hast die beiden Pferde hier hinten hinbringen lassen, damit dir dabei niemand auf den Senkel geht?"
Ein schiefes Lächeln huschte um seine Mundwinkel. „Ja."
Sie zwinkerte ihm zu. „Mich wirst du in Kauf nehmen müssen. Schließlich ist mein Pony dabei. Komm, wir gehen zu dem Tor da hinten."
Es war ihm anzusehen, dass eine Ablehnung, beziehungsweise Zurechtweisung auf seiner Zunge brannte. Dann zuckte er jedoch ohne ein Wort die Schultern und schob den Rollstuhl bis zu dem Tor am Waldrand. „Und jetzt?"
Anni öffnete es so weit, dass der Rollstuhl durchpasste, und machte eine einladende Geste.

„Ich glaube nicht, dass das eine gute Idee ist. Vielleicht stoßen die Pferde den Rollstuhl um und verletzen Vater."

„Werden sie nicht. Mach schon."

Zögernd schob Lukas seinen Vater auf die Wiese. Neugierig, mit einem kleinen Sicherheitsabstand zu dem seltsamen Gefährt, beobachteten die beiden Tiere sie. Anni hockte sich an die rechte Seite des alten Herrn, drehte seine kraftlose Hand auf dem Schoß mit der Innenfläche nach oben und legte einige Leckerchen hinein. Sofort kamen die Pferde näher. Sie reichte auch Lukas einige, der an der anderen Seite in die Hocke ging.

„Gib die Pino, damit er nicht anfängt, zu drängeln."

Annis spontaner Plan klappte. Das große, weiche Maul von Gentlemen senkte sich auf die Hand von Lukas' Vater. Vorsichtig nahm er sich Stück für Stück und suchte die Haut nach weiteren Leckereien ab. Die knöchrigen Finger zuckten leicht. Anni hatte die Jackentasche voll mit dem Zeug und sorgte dafür, dass der Nachschub auf der Hand vorerst nicht ausging. Zittrig hob sich der Daumen des Alten und berührte den Rand der Nüstern. Tränen begannen über die Wangen des Greises zu rinnen. Sie hoffte, dass es Freudentränen waren. Zum Weinen hatte sie niemanden bringen wollen. Unsicher sah sie zu Lukas, der jede Regung seines Vaters mit fassungsloser Mine beobachtete und über dessen Knie streichelte.

Auch Pino blies seinen Atem sanft über das faltige Gesicht. Der Blick des Alten war nicht mehr leer und ziellos, sondern auf die Pferde fixiert. Als die Leckerchen alle waren, verloren die Tiere das Interesse an der menschlichen Gesellschaft und widmeten sich dem Gras in ihrer Nähe. Unruhig rieben Daumen und Zeigefinger des Vaters über die Decke, arbeiteten sich zu Lukas' Hand vor und legten sich schließlich darauf. Der Blick fokussierte sich auf seinen Sohn und der rechte Mundwinkel zuckte leicht, als versuche er, zu lächeln. Fasziniert beobachtete Anni, wie Lukas die Luft anhielt und es in seinen Augen feucht glänzte. Sie wagte keine Bewegung, um diesen innigen Moment zwischen den beiden nicht zu stören.

Kurz darauf fielen dem alten Herrn die Lider zu und seine Hand auf Lukas' erschlaffte. Das leichte Heben und Senken seines Brustkorbs verriet, dass er glücklicherweise nur eingenickt war. Lukas stand auf, kam zu Anni herum und zog sie auf die Beine. Überraschend schlang er einen Arm um ihre Schultern und vergrub sein Gesicht in ihrem Haar. Sein tiefer Atemzug kam etwas verstopft.

„Danke, Prinzessin", flüsterte er heiser. „Das sind die ersten anderen Regungen meines Vaters, außer dem Öffnen seines Mundes zur Nahrungsaufnahme."

Kein Wunder, dass ihn das so mitnahm. Sie freute sich unbändig, dass sie ihm unbewusst zu diesem Geschenk verholfen hatte. Sie legte ihre Arme um seine Taille und hielt ihn fest, weil sie spürte, wie er das jetzt brauchte. Und weil sie es genoss, ihm so nah sein zu dürfen. Leider fing er sich für ihren Geschmack viel zu schnell wieder. Er drückte ihr einen Kuss ins Haar, schob sie auf Armlänge fort und nahm die Griffe des Rollstuhls.

„Hast du Lust, dich im Pool zu erfrischen?"

Wow, das war ein Angebot! Am hellen Tag, während sein Hof noch vor Geschäftigkeit wimmelte. Sie riss sich zusammen, um ihn nicht mit offenem Mund anzustarren. Nach dem Rauswurf neulich und den Streitereien von heute Morgen war das ein total unerwartetes Zugeständnis. Trotz ihrer Zankereien flatterten nach wie vor Schmetterlinge in ihrem Bauch, wenn sie in seiner Nähe war. Und trotz seiner Vorliebe für Prostituierte. Ach, verdammt. Eine gemeinsame Zukunft gab es für sie ohnehin nicht. Scheiß was auf seine Vorliebe. Das hatte nichts mit tieferen Gefühlen, wie Freundschaft oder Liebe zu tun. Sie selbst durfte wenigstens ein bisschen an seinem Privatleben teilhaben. Ein Privileg. Vielleicht waren dann auch noch nicht Hopfen und Malz verloren, sein sexuelles Interesse zu wecken. Nackt zu schwimmen könnte das fördern, dafür fühlte sie sich nur nicht abgebrüht genug.

„Passt mir dein Bikini, was meinst du?"

Endlich zeigte Lukas wieder eines seiner schönen, entspannten Lachen. „Kaum, aber ich verspreche dir, nicht hinzusehen, wenn du dich blank im Wasser tummelst."

Hieß es nicht, mehr ist oft weniger, zumindest bei Bademode und Dessous? Sie trug einen schwarzen Spitzenfrenchslip, dazu einen passenden Push-up-BH. Das war doch eine gute Mischung und geeignet als Reizwäsche und Bikiniersatz.

Lukas drückte seinen Daumen auf den Sensor am Gartentor. Ein leises Klicken entriegelte das Schloss. Hinter ihm durchschritt sie diese Grenze zu seinem Privatbereich und warf einen Blick über die Schulter auf den Hof. Wie sie sich schon gedacht hatte, waren sie nicht unbeobachtet geblieben. Fünf ihrer Stallkolleginnen und ein in die Jahre gekommener Anwalt, der mit seinem Pferd auf dem Weg zur Reithalle den Hof überquerte, sahen mit verkniffenen Mienen zu ihnen herüber. Sie sorgte also gerade für neuen Gesprächsstoff und Lästereien. Das ging ihr allerdings zehn Meter am Allerwertesten vorbei. Ihr war es wichtiger, die ihr verbleibende Zeit, so oft es ging, mit Lukas zu verbringen, als mit diesen eingebildeten Schnepfen Frieden zu halten. Was sie gleich auf der Terrasse oder im Pool treiben würden, entzog sich deren Augen sowieso. Lukas hatte heute einen hohen Windfang aus beigfarbenem Segeltuch als Sichtschutz gespannt.

Sichtblende für Pool und Terrasse. Hmm. War sie doch nicht mehr die einzige Frau, die sein Heiligtum betreten durfte? Hatte er am vergangenen Abend hier wild seinen Gewinn gefeiert und die ‚Dame' am Morgen nach Hause gefahren? Dieser Gedanke machte es verdammt schwer, seine Vorliebe zu akzeptieren.

„Hast du gestern eine Orgie gefeiert, bei der du nicht beobachtet werden wolltest? Hab ich mein Privileg als einzige Frau hier schon verloren?"

Er zwinkerte ihr deprimierend vergnügt zu. „Ist eine Überlegung wert. Vorerst wollte ich nur unterbinden, dass neugierige Prinzessinnen sich die Mäuler über mein bestes Stück zerreißen."

Sie hatte ihr Privileg also noch nicht eingebüßt. Die Erleichterung ließ sie befreit durchatmen. „Heißt das, du willst gleich nackt in den Pool springen?"

„Das heißt, ich bin heute Mittag schon nackt hineingesprungen."

„Wirst du das gleich wiederholen? For my eyes only?"

Die letzten Schritte bis ins Wohnzimmer blieb Lukas ihr eine Antwort schuldig. Erst als die Gummiräder des Rollstuhls über die hellen Fliesen surrten, brummelte er leise: „Das habe ich eigentlich nicht vor."

‚Eigentlich' ließ Spielraum für Hoffnungen. Ups, hier gab es ja plötzlich bunte Flecken in dem monotonen Design.

„Ich konnte dich für die bunten Kissen begeistern. Schön. Wieso hast du keins mit Marienkäfern genommen?"

„Bunt ist eine Sache, Kitsch eine andere. Gefällt dir mein Wohnzimmer jetzt besser?"

„Ja. Das ist ein guter Anfang."

„Dann sind die Dinger ja meine drohende Erblindung wert", gab er kaum hörbar von sich. „Bleib hier und geh schon in den Pool, wenn du möchtest. Ich muss meinen Vater noch ins Bett bringen."

Lukas
Welcher Teufel hatte ihn nur geritten, Anni in seinen Pool einzuladen? Dankbarkeit für die emotionale Regung seines Vaters, ja. Die hätte er aber auch weniger verfänglich zeigen können. Indem er ein Essen für sie zubereitete oder etwas ähnliches.

Anni verströmte einen ganz besonderen Zauber. Anders ließ sich nicht erklären, weshalb wieder etwas Leben in seinen Vater gekommen war und weshalb er sie nicht aus seinen Gedanken bekam, sondern ihre Nähe suchte, wie eine Biene eine Blüte. Wenn sie tatsächlich nackt in den

Pool sprang, konnte es schwierig werden, den Rüssel aus ihrem Nektar zu lassen. Ihre tröstende Umarmung hatte sich schon verlockend angefühlt. Viel zu verlockend.

Sei ehrlich zu dir, Lukas. Du willst dich nicht nur erkenntlich zeigen, sondern auch mehr von der kleinen Prinzessin sehen. Willst dir vor Augen führen ... und dich damit quälen, dass eine süße, im Prinzip anständige Frau nichts für deine verdorbene Seele ist. Zumal nach deiner letzten Eskapade.

Seine Sohlen quietschten auf den Fliesen, als seine Füße eigenmächtig eine Vollbremsung vollführten. Durch das große Wohnzimmerfenster wurde er Zeuge, wie Anni sich in schwarzer Spitzenunterwäsche am Beckenrand streckte, bevor sie mit einem geschmeidigen Hechtsprung ins Wasser eintauchte. Scheiße. Völlig nackt hätte sie vermutlich nur eine halb so verheerende Wirkung auf ihn gehabt. Langsam setzte er sich wieder in Bewegung und trat an den Poolrand.

Sie aß entschieden zu wenig, dürfte ruhig etwas mehr auf den Rippen haben. Die Hüftknochen stachen selbst im Wasser deutlich hervor. Trotzdem quoll ihr voller Busen apart aus der schwarzen Spitze und ihre Kehrseite in dem French lockte zum Hineinbeinbeißen. Mitunter ging er langsam am Rand mit, wenn sie eine Bahn schwamm, konnte nicht den Blick von ihr lösen.

Seine Mitte wollte sich mit dem Verzicht nicht so recht abfinden. Vor allem nicht, wenn sie auf dem Rücken schwamm. Ihre Knospen schienen deutlich durch die Spitze und der French hatte nur einen schmalen Steg zwischen ihren Schenkeln. War sie sich dieser Blößen bewusst? Versuchte sie ihn, mehr oder weniger dezent, zu verführen? Eigentlich fehlte jedes sinnliche Signal von ihr. Sie kokettierte nicht, bedachte ihn nur manchmal mit frechen Sprüchen.

Warum tat er sich diese Zurückhaltung an? Warum vögelte er sie nicht einfach und gab ihr anschließend einen Klaps auf den Po, auf Nimmerwiedersehen? Sex war heutzutage weder ein Versprechen noch anderweitig bindend. Warum stellte er sich an, wie ein vorsintflutlicher Kavalier? Für eine einmalige Runde brauchte er ihr auch nicht erzählen, was er beruflich trieb. Damit konnte er sich womöglich von dem nutzlosen Faible für sie befreien. Ein besonderer Reiz lag doch nur in dem, was man nicht bekam. Und für sie war es doch auch nichts Neues, nur einmal mit einer flüchtigen Bekanntschaft zu schlafen. Neu wäre ihr nur, richtig gut gevögelt zu werden.

Weil du Angst hast, dass es dir nicht genügt. Weil du fürchtest, dass sie auch beim Sex noch mehr berührt als deine Haut, deinen Körper, und dass du sie behalten willst. Was nicht geht, weil sie Prostituierte verachtet. Und selbst wenn Anni das locker sähe, würden ihre noblen Eltern bestimmt keinen wie dich als Schwiegersohn akzeptieren.

„Ich bereite uns ein Essen zu, Prinzessin. Es dauert nicht lange. Komm aus dem Wasser und trockne dich ab. Du bekommst schon blaue Lippen."

„Ich habe keinen Hunger. Gönn mir stattdessen was fürs Auge und komm schwimmen. Alleine ist es langweilig."

„Du wirst etwas essen! Und zwar jeden Bissen auf deinem Teller."

Sie prustete in die Wasseroberfläche wie ein Walross und sah dabei unverschämt niedlich aus. „Hab schon befürchtet, deine Stacheln wären unter einer roten Laterne verglüht. Oder eher in. Beruhigend, dass sie nicht abgenutzt sind. Ich würde echt was vermissen."

Gut, dass sie nicht wusste, worin sein wichtigster Stachel gestern verglüht war. Sonst brauchte er in Zukunft kein Wasser mehr. Der Pool würde sich dann allein von ihrem triefenden Sarkasmus füllen. Da Anni kein Verständnis für sexuelle Dienstleistungen hatte, war davon auszugehen, dass sie gleichgeschlechtliche Intimitäten ebenso verklemmt betrachtete. Selbst bei ihm klemmte die Akzeptanz noch, es tatsächlich getan zu haben. Scheiße, ihm war viel zu wichtig, was diese kleine, verwöhnte Prinzessin von ihm dachte!

Hak sie endlich ab, Lukas! Ihr bezauberndes Wesen braucht einen anständigen Kerl. Und bevor du dich weiter mit dem Gedanken an eine feste Beziehung beschäftigst, finde erstmal heraus, wie du wirklich tickst. Hast du Blut geleckt und brauchst zukünftig Männer, um sexuell richtig befriedigt zu sein? Dann kannst du eine normale Beziehung generell knicken. Oder du müsstest einen Teil deiner Neigung unterdrücken. Doch wie lange ginge so etwas gut?

Die Bratkartoffeln mit Ei, Speck und Zwiebeln waren schnell fertig. Auch der bunte frische Salat. Er hatte die Zutaten schon am Mittag geschnippelt, weil ihn die Rastlosigkeit in den Wahnsinn getrieben hatte. Immer, wenn er sich hinsetzte, erinnerte ihn sein Hintern zwickend an die letzte Nacht, von der er wünschte, es hätte sie nie gegeben. Sein Leben war schon vorher kompliziert genug gewesen.

Zwei Teller waren rasch gefüllt und samt Salatschalen, Servietten und Rotweingläsern auf einem Tablett arrangiert. Als er damit die Terrasse betrat, wunderte ihn nicht mehr, dass Anni es sich anders als erwartet bequem gemacht hatte. Wozu die Liegestühle nutzen, wenn man die weißen Auflagen mit Grasflecken verzieren konnte? Zumindest hatte sie auf der ersatzweise zusammengestückelten Picknickunterlage ein Handtuch unter ihren feuchten Körper gelegt. Lang ausgestreckt ließ sie ihre Rückseite von der Sonne trocknen. Die zur Hälfte sichtbaren Rundungen ihres Hinterns vollendeten ein plastisches Herz, auf dessen Mitte sein Blick wie eine Kompassnadel reagierte.

Idiot. Das hast du schon tausendmal gesehen. Das letzte Mal erst gestern. Ist doch lächerlich, dass du darauf anspringst, als hättest du monatelang keine Frau gehabt. Es war eine scheiß Idee gewesen, sie zum Baden einzuladen! Das artete in Masochismus aus. Er hätte sie von Anfang an nicht in seine Nähe lassen dürfen. Die Aufmerksamkeit, die er ihr bis dahin schon vom Fenster aus gewidmet hatte, hätte ihm als warnendes Vorzeichen genügen müssen, dass sie Gefühlschaos bedeutete.

Er stellte das Tablett nahe ihres Kopfes auf den Rasen und holte noch zwei der dicken, weißen Kissen. Normalerweise aß er nicht gern im Liegen, aber jetzt reizte es ihn, neben Anni darauf zu achten, dass sie genug zu sich nahm. Er streckte sich aus, stützte sich auf einem Ellenbogen ab und zog einen der Teller zu sich heran. Die kleine Prinzessin rührte sich nicht, blieb mit geschlossenen Augen auf dem Bauch liegen. Mit der Gabel klopfte er dreimal auf den Tellerrand.

„Essen fassen!"

Träge hob sie die Lider, doch nur, um sie gleich wieder zu schließen. „Guten Appetit. Lass dich nicht stören."

„Wenn du nicht willst, dass ich verhungere, musst du mitessen. Komm schon, eine Gabel voll du, eine für mich."

Langsam wälzte sie sich auf die Seite, stopfte ein Kissen unter die Achsel und lümmelte den Kopf in ihre Hand. Ihr Blick scannte den Teller. Für seinen inneren Frieden wäre besser gewesen, sie wäre auf dem Bauch liegengeblieben.

„Sieht ziemlich fetthaltig aus."

„Mund auf!"

Gehorsam öffnete sie ihn. Vorsichtig schob er die mit Speck und Kartoffeln gefüllte Gabel zwischen ihre Lippen. „Ich hab dir schon mal gesagt, dass ich einen übertriebenen Schlankheitswahn nicht gut finde. Deine Figur kann ein bisschen Fett verkraften."

Sie gab ein kleines Schnauben von sich, hatte aber Manieren genug, um nicht mit vollem Mund herauszuposaunen, was ihr auf der Zunge brannte. Damit das so blieb, schob er gleich den nächsten Happen hinein, bevor er sich selbst einen gönnte. Und er bezwang sich, nicht auf die Wölbungen ihrer kaum bedeckten Brüste zu sehen. Das war nicht gar so schwer. Ihr süßes Gesicht und der Genuss, der aus ihren Augen funkelte, fesselten ihn genügend. Fasziniert beobachtete er, wie ihre Zungenspitze die Reste von den Lippen leckte und versorgte ihren

Gaumen mit Nachschub, damit dieses Spiel nicht zu schnell endete. Wie hypnotisiert ruhte auch Annis Blick auf seinen Zügen. Es war wie ein warmes Streicheln, das bis in sein Herz reichte, es zum Hämmern brachte, sich zugleich tröstend drumherum schlang und alle Narben daran milderte.

Die Zeit musste in einem verzauberten Vakuum stillgestanden haben. Seine Gabel fand auch auf dem zweiten Teller keinen Krümel mehr und die Rotweingläser waren leer. Nur der bunte Salat wartete noch auf seinen Einsatz. Anni schob das Geschirr vom Polster, nahm seine Linke und legte ihre Fingerspitzen an seine. Ein Marienkäfer krabbelte von ihrer auf seine Haut. Ihre Hände bildeten ein Dach, das sich immer wieder neigte, damit der Käfer, der stets nach dem höchsten Punkt strebte, von einem zum anderen wechselte. Diese Verbindung mit Anni sandte ein Kribbeln von seinen Fingerkuppen bis in seine Zehen, war so magisch, dass er sich nicht von ihr lösen könnte, selbst wenn er gewollt hätte. War so magisch wie das kleine, glückliche Lächeln auf ihren Lippen. Das verschwand auch nicht, als der Käfer abflog, auf einer halben Erdbeere im Salat landete und das Joghurtdressing inspizierte.

„Sechzig", flüsterte sie.

„Was sechzig?", fragte er ebenso leise zurück.

Lukas verschränkte seine Finger mit ihren, damit die Verbindung nicht endete, fischte die Erdbeere samt Käfer aus dem Schälchen und hielt sie an ihre Nasenspitze. Das Marienkäferchen krabbelte auf Annis Nasenrücken und verleitete sie zu niedlichen Grimassen, bis es schließlich genug von ihnen hatte und sich davonmachte. Mit der Erdbeere fuhr Lukas langsam über Annis Unterlippe, verteilte das Dressing darauf und entzog ihr die Frucht, wenn sie vorsichtig danach schnappte.

„Sechzig Jahre glückliche Ehe."

„Wieso?"

„Ein Mythos sagt, für jede Sekunde, bis der Käfer abfliegt, steht ein Jahr glückliche Ehe. Es waren sechzig Sekunden."

In seinem momentanen Gemütszustand fand er sich nicht besonders aufgeschlossen für das Thema Ehe. Vor der letzten Nacht wäre das anders gewesen. Er würde keinen Ehering an eine Beziehung wie Tom und Bella sie führten, verschwenden.

„Und wenn man nicht heiratet? Lassen sich die sechzig Sekunden auch für andere Wünsche verwenden? Vergebung, Toleranz und achtundfünfzig weitere Notwendigkeiten?"

„Keine Ahnung. Es ist ja nur ein unrealistischer Mythos", murmelte sie unverkennbar traurig.

Hatte er gerade ihre Hoffnungen zerstört? Ein weißcremiger Dressingtropfen löste sich von der Erdbeere und landete auf ihrer Brust, unweit der Stelle, wo schwarze Spitze noch eben ihre Knospe bedeckte. Langsam ließ er die Beere zwischen ihren Lippen eintauchen und strich mit der Fingerspitze über ihre feuchte Unterlippe. Das helle Blau ihrer Augen begann intensiver zu leuchten. Überraschung und Neugier spiegelten sich darin wider, als wären ihr solche sinnlichen Spiele fremd. Mit welchen egoistischen Stümpern hatte sie sich bisher nur abgegeben? Reichte deren Horizont und eigener Bedarf denn wirklich nicht weiter als bis zum hirnlosen Rammeln? Wie konnte man freiwillig darauf verzichten, diesen süßen Stern vollends zum Strahlen zu bringen?

Sein Finger fand den Tropfen auf ihrer Brust, verteilte das Dressing in kleinen Kreisen auf ihrer Haut und näherte sich dem Stoff. Mit weit aufgerissenen Augen sah Anni ihn an und atmete nicht. Er überschritt die letzte Grenze, schob das Gewebe etwas zur Seite und liebkoste die schon erwartungsvoll aufgerichtete Spitze. Bei dieser Berührung schoss ihm das Blut heiß in den Schritt und Anni schnappte mit einem leisen Quieken nach Luft.

„Ah, ich sehe, du darfst mit deinen Regeln brechen. Wie unfair."

Lukas zuckte beim Klang dieser Stimme wie gestochen zusammen. Er drehte sich zu dem Spötter um. „Kannst du dich nicht lauter anschleichen, Phil? Oder klingeln wie anständige Menschen?"

„Wo bliebe da der Spaß? Mach den Gartenzaun höher, wenn ich meine Gewohnheit ändern soll. Hast du mir das Essen mit der Kleinen nicht gegönnt, weil du sie für dein eigenes Bett haben wolltest? Ein verdammt scharfer Happen."

Lukas' Nackenhaare stellten sich auf. Er zog Annis BH zurecht und schlug die Handtuchenden über ihre intimsten Stellen. Es schmeckte ihm nicht, wie Phil seine Prinzessin ansah und über sie sprach. Das konnte der sich für seine eigenen Bekanntschaften aufheben.

Aber es war gut, dass sein Freund gestört hatte. Er war im Begriff gewesen, etwas anzufangen, das auf beiden Seiten Sehnsüchte entfachen konnte, die eines Tages zwangsläufig in unschönen Streitigkeiten geendet hätten. Annis Finger klammerten sich an dem Handtuch fest, ihre Augen zeigten Schreck und Enttäuschung. Er schämte sich ein bisschen, so weit gegangen zu sein. Zumal er momentan unsicher war, was er zukünftig für seine Zufriedenheit brauchte, was eine Partnerin an seiner Seite nicht nur tolerieren, sondern möglichst auch mögen müsste. Außerdem ärgerte er sich schwindlig, dass er dem wunderschönsten und einzigartigsten Nachmittag seiner letzten neun Jahre eine verdorbene Note aufgedrückt hatte. Zu erleben, wie Annis Liebenswürdigkeit und Feingefühl seinen Vater erreicht hatte, wie viel verbindender das simple Spiel mit dem Marienkäfer gewesen war, fand er wertvoller, als sich in sie zu vergraben. Er hatte es vermasselt. Würde er diese innige Atmosphäre zwischen ihnen jemals wieder zurückholen können? Diesen Balsam für seine zerrissene Seele?

Phil warf seine Bomberjacke über die Lehne eines Liegestuhls und ließ sich auf das blanke Holz fallen. Lukas erhob sich und hielt Anni eine Hand hin, um ihr aufzuhelfen. „Schluss für heute, Prinzessin. Zieh dich an."

In dem kurzen Moment, als ihre Hand in seine glitt, fühlte er noch einmal einen Funken der zerstörten Atmosphäre. Vielleicht entsprang er aber auch nur seinem Wunschdenken. Die unschuldige Verspieltheit kehrte nicht in ihren Blick zurück. Was er dort sah, war Hunger nach mehr von dem, womit er angefangen hatte. Hunger nach ihm. Stramm wickelte er sie in das große, weiße Frottee ein und wich ihrem Blick aus.

„Hi Phil", grüßte sie seinen Gast.

„Hi Süße. Lust, auf meinem Schoß Platz zu nehmen?"

„Vergiss es", blaffte Lukas seinen Freund und Mitarbeiter an. „Geh rein, Anni. Zieh dich an und dann sieh nach, ob es den kleinen Katzen gut geht!"

Ihre Lippen verzogen sich verärgert. Möglicherweise war sein Ton etwas zu barsch gewesen, trotzdem gehorchte sie. Als sie im Wohnzimmer verschwand und dort ihre Sachen einsammelte, zog er von außen die Terrassentür zu, warf die Polster auf die Liegestühle und ließ sich neben Phil nieder.

„Hat sie dir die seidene Halskrause verpasst? Dachte, Knutschflecke sind ein No-Go für Escorts?"

„Sieht man noch was?" Automatisch begann Lukas, an dem Halstuch zu zupfen. Keine Knutschflecken, sondern Toms Bissspuren sollte es verbergen. Vor den Augen anderer und vor seinen eigenen.

„Nein. Ist nur gerade bei diesen Temperaturen ein verräterischer alter Hut."

„Ich habe nichts mit der Kleinen. Sie ist mir nur eine sehr sympathische Gesellschaft."

„Deren Möpse du soeben inspiziert hast. Und vermutlich noch mehr, wenn ich nicht gestört hätte."

„Nein."

„Gut. Wenn du sie nicht willst, hat sie vielleicht Lust, mich auf einen meiner privaten Herrenabende zu begleiten. Sie entspricht genau meinem Beuteschema. Strahlt noch ein bisschen Unreife aus, aber exakt das würde ich ja gern ändern."

Phils Herrenabende waren sehr speziell. „Denk nicht mal daran, mit ihr deine Spielchen zu spielen."

„Du willst sie doch nicht. Eine Schande, diesen Rohdiamanten nicht zu formen."

„Lass die Finger von ihr!"

Leise pfiff Phil durch die Zähne und lachte verhalten. „Hab's begriffen. Weshalb hast du eigentlich so ein dickes Kissen unter dem Arsch? Hat dich dein Termin letzte Nacht mit einem Stöckelschuh getreten, weil du nicht gut genug warst?"

Scheiße. Nach dem Kissen hatte er unbewusst gegriffen. Zu gerne würde er mit einem Freund über sein Erlebnis reden. Davon, dass er zum ersten Mal von dem bitteren Gefühl geplagt wurde, sich wirklich verkauft zu haben, dass er einen seiner wichtigsten Grundsätze versteigert hatte und jetzt nicht mehr wusste, ob er Fisch oder Fleisch war. Aber Phil war dafür nicht der richtige Gesprächspartner. Dessen Gesichtsfarbe neigte dazu, bei schwulen Themen wächsern weiß zu werden. Das war halt nicht jedermanns Sache. Seine bis gestern ja auch nicht.

„Bin auf den Steiß gefallen."

Anni
Da hatte er ihn wieder raushängen lassen, den arroganten Sack. Der sensible, verletzliche Gastgeber hatte sich prompt in Luft aufgelöst, nur weil Phil alias Thor aufgetaucht war. Sie fühlte sich abgeschoben, wie ein Dienstmädchen. Unerwünscht in einer Männerrunde, wenn die auch nur aus zweien bestand. Sie war jetzt genauso meilenweit von Lukas entfernt, wie zu Beginn des Tages. Geh mit den Katzen spielen. Pah! Okay, nicht ganz so meilenweit. Wow,

ihre Haut kribbelte immer noch, wo er sie berührt hatte, und die Schmetterlinge in ihrem Bauch wollten gar nicht aufhören, zu flattern. Klar hatte schon mal ein Kerl an ihre Brust gefasst, aber das war unangenehm gewesen. Nicht zu vergleichen mit dem Sturm, der eben in ihr losgebrochen war, der ihr Innerstes verflüssigt hatte, damit es zwischen ihren Beinen herausströmen konnte. Musste Thor ausgerechnet jetzt auftauchen?

In Gedanken führte sie Daumen und Zeigefinger bis auf einen Millimeter zusammen. So nah war sie drangewesen, dass Lukas sie geküsst und vielleicht noch mehr mit ihr angestellt hätte. So nah dran am letzten Highlight ihres stark begrenzten Lebens. Mit dem Mann, der ihrem Herzen mittlerweile so nah stand, wie nur ihre Eltern. Aber war das eben nicht ein vielversprechender Anfang gewesen? Er hatte seine körperliche Distanz aufgegeben.

Etwas Zeit blieb ihr ja noch. Warum sollte sie den Blick durch Discos schweifen lassen, wenn das Ziel mit ihrem Traummann zum Greifen nah war? Er hatte sie fast geküsst, gestreichelt, daran ließ sich bei der nächsten Begegnung anknüpfen. Vielleicht schon, sobald Thor sich vom Acker machte.

Sie zog die noch klamme Wäsche aus seinem Trockner in einen Korb, wusch ihre Unterwäsche mit klarem Wasser durch und warf sie in die leere Trommel. Dreißig Minuten, mehr brauchte das dünne Zeug nicht. So lange hielt sie es auch ohne Höschen in ihrer Reitjeans aus. Der BH war noch unwichtiger. Ups, was war das? Sie fischte eine Herrenshorts aus dem Wäschegewühl. Schwarze Mikrofaser, edle Marke, was sonst. Das Ding musste wie eine zweite Haut an Lukas' knackigem Hintern liegen. Jetzt wusste sie schon mal, was er für Unterwäsche trug. Da er sie in ihrer gesehen hatte, war das nur gerecht.

Sie ließ die Shorts in den Wäschekorb zurückfallen. Sein Unterhemd unter ihrem Kopfkissen genügte. Das roch wenigstens stark nach ihm, nicht nur nach Weichspüler. Sie zog die Nebentür hinter sich zu. Ja … Scheiße auch! Sie rüttelte am Griff, versuchte, die Tür wieder zu öffnen. Ein idiotischer Versuch. Alle Türen und Tore zu Haus und Garten konnten von außen nur von Lukas geöffnet werden. Also musste sie nach Thors Abfahrt wohl auch über den Zaun klettern.

Gefühlt waren vielleicht zwei Stunden vergangen, als sie Phil durch ein schmutziges Scheunenfenster davonfahren sah. Den manierlosen Weg über den Zaun konnte sie sich sparen, Lukas kam zu ihr. Es gefiel ihr nicht, wie zaudernd er vor ihr stehenblieb.

„Hast du die Katzen runtergeholt und in den alten Weidenkorb gelegt?"

Sie schüttelte den Kopf. „Dachte, du hättest ihnen dieses Bett gebaut."

„Nein. Bonnie muss das selbst stilgerechter gefunden haben. Anni ... dass ich dich vorhin so unanständig berührt habe, tut mir leid."

Hey, Mist, das war nicht gut. „Warum? Ich hab dich sehr gern, Lukas." Sie spürte, wie ihre Wangen das Glühen anfingen. „Ich fand es sehr schön und habe nichts dagegen, wenn wir das fortsetzen."

Er stemmte eine Hand in die Hüfte und strich sich mit der anderen durchs Haar. „Es wird keine Fortsetzung geben. Ich wollte nur den Tropfen wegwischen und fand es zugegeben spannend, wie du dich anfühlst. Tut mir leid, wenn ich mit dieser unbedachten Handlung irgendwelche Hoffnungen bei dir geweckt habe. Ich fände es trotzdem schön, wenn du öfter zum Schwimmen und Reden rüberkommst."

Aua. Das war eine klare Ansage. „Habe ich mich so schlecht angefühlt, dass du maximal noch mit mir reden willst?"

„Blödsinn. Nein. Der Grund ist kompliziert und hat nichts mit dir zu tun. Ich muss jetzt weg. Bis bald mal wieder."

Seine eiligen Schritte in Richtung Scheunentor hatten etwas von Flucht. Toll, Anni! Der einzige Kerl, der dir Schmetterlinge in den Bauch zaubert, kann nicht schnell genug das Weite suchen. Sie kam sich vor, wie ein Alien und war sauer, dass sie ihn nicht mal für einen One-Night-Stand reizte. Das tat beschissen weh. Warum brachten alle Menschen, die einen Platz in ihrem Herzen einnahmen, sie letztendlich immer zum Heulen?

8. Kapitel

Lukas

Die Fassade der Bar, beziehungsweise Kneipe, sah zum Würgen schäbig aus. Lilafarbener Putz blätterte großflächig von den Wänden ab. Das Hellblau der verschrammten Eingangstür sorgte für den letzten Impuls zum Erblinden. Die ganze Häuserzeile dieser schmalen Kopfsteinpflasterstraße schien nur noch auf eine Abrissbirne zu warten. Hinter kaum einem der marode wirkenden Holzrahmenfenster gab es einen Lichtschimmer. Entweder waren die meisten Häuser unbewohnt, was verständlich wäre, oder ihre Bewohner schliefen schon. In Anbetracht der fortgeschrittenen Uhrzeit konnte das gut sein. Obwohl ihm ein Uhr nachts dafür ein bisschen früh vorkam. Vielleicht konnte hier auch kaum noch einer den Strom bezahlen. Nur Geldnot band jemanden an so eine Straße. Oder alte Wurzeln, die nicht mehr verpflanzt werden wollten.

Sein schwarzer Audi stach unangenehm zwischen den aneinandergereihten Rostbeulen hervor. Er hätte sich einen Kleinstwagen mieten sollen, um nicht aufzufallen, aber er hatte auch nicht damit gerechnet, dass die Bar samt Umgegend so heruntergekommen aussah. Mit der scheinheiligen Frage, welche Kneipen er meiden sollte, um nicht versehentlich in einer Schwulenbar zu landen, hatte er diese und noch ein paar andere Adressen von Manuel, seinem schwulen Mitarbeiter, erfahren. Das Einzige, was für diesen schäbigen Laden sprach, war, dass Manuel, der erlesene Ansprüche hatte, ihn niemals frequentieren würde. Also waren auch kaum Lover von ihm hier anzutreffen, die ihm einen Neuzugang brühwarm beschreiben konnten.

Wenn er noch länger auf den Eingang starrte, verwarf er sein Vorhaben vielleicht auf unbestimmte Zeit. Doch er wollte so schnell wie möglich herausfinden, was in ihm vorging, damit er wusste, wie er seine Zukunft planen sollte und nicht noch mehr Nächte mit Grübeln verschwendete.

Der tiefe Seufzer drang ungewollt aus seiner Brust, als er den Schlüssel aus dem Zündschloss zog. Er sprach dafür, dass sein Unterbewusstsein noch nichts davon hielt, hier zu sein. Wenn die Gäste dieses Etablissements mit der Erscheinung von Kneipe und Straßenzug harmonierten, hielt er allerdings ganz bewusst nichts davon, hierzubleiben.

Beim Aussteigen knirschte Glas unter seinen Schuhsohlen. Aus irgendeiner Ecke wehte der Geruch nach Urin herüber. Gründe genug, um jetzt schon das Weite zu suchen. Lukas wechselte das Jackett gegen seinen braunen Lederblouson aus. Auch damit kam er sich hier noch overdressed vor, aber er würde sich jetzt nicht noch Löcher in die Jeans reißen. Hoffentlich war sein Wagen noch komplett, wenn er wiederkam.

Auf dem Bürgersteig musste er einen kleinen Slalom um einen alten Roller und zwei Fahrräder machen, dann lag seine Hand auf dem Türgriff. Wie sah seine Welt aus, wenn er wieder herauskam? Erfuhr er hier schon, was in ihm schlummerte, womöglich in einem dreckigen Hinterzimmer?

Anni, Scheiße ... süße kleine Anni. Vielleicht würde es ihn gar nicht mehr interessieren, was Sex mit Kerlen für ihn bedeutete, wenn er sie am Pool gevögelt hätte? Wäre sie seine Rettung in letzter Sekunde gewesen?

Bitte, sei mir nicht böse und komm weiter zu mir. Ich brauche dein liebenswertes Wesen, das mein Innerstes berührt, das mich erdet, das mir die vergessenen Schönheiten des Lebens zeigt. Ich brauche dich zum Leben, egal was ich gleich über mich herausfinde.

Noch einmal holte er tief Atem, dann gab die Tür unter dem Druck seiner Hand nach. Eine Dunstglocke aus Bier, Fastfood und Aftershaves schlug ihm entgegen. Nicht ungewöhnlich. Das Interieur unterschied sich auch nicht wesentlich von üblichen alten Kneipen. Eichenholztresen und Bestuhlung unter gedämmten Licht, ein Billardtisch links am Ende des Gastraumes und ... verdammt genial, eine alte Musikbox mit echten Schallplatten, aus der gerade ‚Saturday Night Fever' erklang. Selbst an einem Mittwoch ließ sich das gut hören. Wüsste er von Manuel nicht, dass dies ein Schwulentreff sein sollte, würde der erste Eindruck es ihm nicht verraten. Ungefähr ein Dutzend Männer war mit Trinken, Billardspielen und klackernden Würfelbechern beschäftigt.

Sonst mochte Lukas es, zu spüren, wenn bei seinem Eintreten die Luft angehalten wurde, jede Bewegung für einige Sekunden verharrte. Hier war es ihm jedoch unangenehm. Er tat, als bemerke er es nicht und visierte einen freien Hocker am rechten Tresenende an. Freundlich nickend kam der schlanke Barkeeper zu ihm herüber.

Eine breite, dunkle Strähne fiel dem geschätzten Mittzwanziger vorwitzig über das rechte Auge. „Hi. Was darfs sein?"

„Ein Alster und ... habt ihr eine aktuelle Tageszeitung?" Vielleicht war es feige, sich hinter einer Zeitung zu verstecken, aber das ersparte ihm, die anderen Gäste zu intensiv anzugaffen und wie bestellt, aber nicht abgeholt zu wirken.

„Klar."

Als der Keeper sich umdrehte, sah Lukas in dessen Jeans einen langen Riss unterhalb der Arschbacke klaffen. Kein modisches Accessoire, eher eine Materialermüdung des verschlissenen Stoffes. Das graue, kleinkarierte Hemd über dem dunkelblauen Shirt hatte gewiss auch schon bessere Tage gesehen, wirkte aber rundum sauber. Fast alle sahen hier wesentlich sauberer aus, als es das Äußere der Kneipe vermuten ließ. Entgegen seiner Vorstellung von einer Schwulenbar wurden hier die Hormone auch nicht mit zur Schau gestellter nackter Brust oder nackten Arschbacken provoziert.

Der Keeper stellte das Alster vor ihm ab und legte eine Zeitung dazu. Seine Miene zeigte nur ein freundliches, unaufdringliches Lächeln. Allein sein anerkennender Blick mit dem er Lukas' Gesicht, Hals und Schultern musterte, verriet sein weitergehendes Interesse. Er hatte sympathische, rehbraune Augen. Stumm wartete Lukas die Musterung ab, bis sein Gegenüber seinen Blick suchte. Ja, mit diesem Burschen konnte er sich vorstellen, seine Neigung auszutesten.

Ein dunkelblonder Kerl mit etwas raueren Zügen stellte sich an Lukas' linke Seite. Mit gerunzelter Stirn sah er zwischen dem Keeper und ihm hin und her. Der Keeper zwinkerte dem Blondling einmal zu und schenkte ihm ein breites Grinsen. Lukas musste wohl nach einem anderen Mann Ausschau halten. Schade. Wäre ja auch zu einfach gewesen. Er schlug die Zeitung auf und gab vor, sich in einen Artikel zu vertiefen. Der Blonde verschwand kurz darauf zum Billardtisch und der Keeper widmete sich den Bestellungen der anderen Gäste.

Lukas fühlte die neugierigen, taxierenden Blicke aller Anwesenden geradezu körperlich. Nach jedem kleinen Zeitungsartikel nahm er ein paar von ihnen in Augenschein. Das veranlasste zwei Typen, ihm einen Drink spendieren zu wollen. Der erste Kerl war ihm entschieden zu alt, der zweite stank penetrant nach Schweiß. Lukas schüttelte immer nur dezent den Kopf und vertiefte sich in die nächste Zeitungsseite. Dabei nahm er wahr, wie der Keeper von einem älteren, gut im Futter stehenden Mann hinter dem Tresen abgelöst wurde und sich zum Billardtisch begab. Der oder zur Not sein spargeldünner blonder Freund, waren die Einzigen hier, mit denen Lukas sich seinen Test vorstellen konnte. Er musste sich wohl woanders umsehen. Aber heute nicht mehr. Sein Mut ging mit jeder verstreichenden Minute weiter flöten.

Als er die Zeitung durchhatte, faltete er sie zusammen und setzte sein Glas für den abschließenden Schluck an die Lippen. Dabei fiel sein Blick wieder auf den jungen Keeper am Billardtisch. Dessen Augen waren intensiv auf ihn gerichtet, während er langsam die Spitze des Billardstocks mit Kreide einrieb, bis er sich wieder seinen Mitspielern zuwandte. Lukas bestellte sich noch ein Alster.

Immer wieder trafen seine Blicke mit denen des Dunkelhaarigen aufeinander. Der Bursche war eben der einzige Eyecatcher hier. Dem Blondling schien das nicht sonderlich zu gefallen. Er blaffte seinen Freund an. Der Dunkelhaarige zuckte darüber nur die Schultern und gab mit harter Miene Kontra.

Kurz darauf stand er neben Lukas. „Weshalb bist du in dieser Kneipe? Hast du dich verlaufen?"

Diese Frage überrumpelte Lukas etwas. „Vielleicht, weil ich Anschluss suche?"

„Du bist nicht schwul. Und Frauen kommen hier nicht her, höchstens Transen."

„Woher willst du wissen, dass ich es nicht bin?"

Eine Hand wurde ihm gereicht. „Ich bin Bernie, und ich merke, wenn jemand nicht schwul ist."

Lukas ergriff die Hand und drückte sie kurz. „Lukas."

„Also, Lukas, was suchst du hier?"

„Erkenntnis über mich selbst."

Bernie hielt seinen Blick mit ernster Miene gefangen. „Du willst mit einem Mann ficken, um rauszufinden, wie das ist?"

„Ich weiß schon, wie das ist. Ich möchte rausfinden, ob ich einen Hang dazu habe oder dieses eine Mal als weiterbildendes Erlebnis abhaken kann." Komisch, dass es ihm so leicht fiel, mit diesem Bernie darüber zu sprechen.

Sympathisch lachte sein Gegenüber auf. „Weiterbildendes Erlebnis. Okay. Es muss dir also gefallen haben, sonst wärst du nicht hier."

Hatte es ihm tatsächlich gefallen? Darüber grübelte er ja schon seit Samstagnacht. „Ich bin mir eben nicht sicher."

„Macht dich die Vorstellung scharf, es mit mir zu tun?"

Voller Unbehagen sah Lukas sein Glas an und drehte es nervös zwischen den Fingern. „Nicht wirklich. Aber ich könnte mir vorstellen, es mit dir zu versuchen."

„Es ist deprimierend, dass du so wenig auf mich reagierst. Mir läuft bei deinem Anblick das Wasser im Mund zusammen. Und es reizt mich, dich weiterzubilden, dich in unsere Genüsse im wahrsten Sinne des Wortes ‚einzuführen'. Was hältst du davon, wenn du erst nur zusiehst? Wenn es dich dann schon ekelt, hast du deine Antwort. Wäre zwar schade, aber na ja."

Die Idee war nicht schlecht. Eine Liveshow, bei der er mitmachen konnte oder auch nicht. „Wer wäre mit von der Partie?"

Bernie nickte mit dem Kopf zu seinem Blondling.

„Wird der nicht eifersüchtig?"

„Nicht, wenn er dabei zum Schuss kommt. Wir sind kein festes Paar."

Lukas fühlte sich nicht wohl in seiner Haut. „Okay. Die Idee gefällt mir. Wo wollen wir hin?"

Bernie schnaubte leise. „Der Frage nach bietest du dein Bett nicht an. Also zu mir. Nicht besonders schick, aber besser als bei Enno. Ich nehme an, du bist mit einem Auto hier?"

Mit einem Nicken bestätigte Lukas das.

„Gut, dann lass uns abhauen."

Schon während der Fahrt musste Lukas mit sich kämpfen, die beiden nicht einfach wieder bei der Kneipe abzusetzen. Es war so ungewohnt, Männer für ein intimes Date abzuschleppen. Gleich zwei, statt nur einen. Aber ein Rückzug hieße, sich der Angst beugen, mehr über sich herauszufinden, als gut für ihn war.

Sein Unbehagen steigerte sich nochmals, als sie statt einer Wohnung einen Keller betraten, dem Gang fast bis zum Ende folgten und vor einer der Feuerschutztüren stehenblieben, die Bernie aufschloss. Dass sie ausgerechnet zu seinem Wohnort zurückgefahren waren, war ein kleiner Schock gewesen. Er hatte gehofft, mehr Abstand zu Leuten, die ihn vielleicht erkannten, halten zu können. Scheiße, dass Bernie so nah bei seinem eigenen Hof wohnte. Aber das wusste der ja nicht. Und um diese Uhrzeit, immerhin war es drei Uhr morgens, schliefen hoffentlich alle bekannten Gesichter in der Umgebung.

Hinter der Tür tat sich ein chaotisches Zimmer auf. Chaotisch, aber es roch sauber, bis auf den Heizölduft. Den meisten Platz nahm ein französisches Bett für sich in Anspruch. Großartig. Dieses Kellerloch passte perfekt zu seinem inneren Chaos und diesem Test.

Dumpf fiel die Tür hinter ihm zu und Bernie drehte von innen den Schlüssel um. Ein Hauch von Panik begann einen Schweißfilm auf Lukas' Haut zu bilden.

„Damit meine Nachbarin nicht reinstolpert. Wegen der dicken Türen hört man nicht, wenn man eventuell stört."

„Hier unten wohnen noch mehr Leute?" Lukas konnte sich das kaum vorstellen.

„Nur noch ein Leut." Bernie warf einen Arm voller Klamotten vom einzigen Sessel auf den Boden. „Leg ab und setzt dich in die erste Reihe, Lukas. Hab so das Gefühl, das ist nicht dein richtiger Name."

Lukas zuckte nur die Achseln, zog die Jacke aus und setzte sich. Er kam sich völlig deplatziert vor. Eine bevorstehende Show mit zwei Frauen würde ihn wenigstens in Vorfreude versetzen. Oder auch die eines Heteropaars.

„Gönn unseren Augen auch was, Lukas. Zieh dich aus!"
Scheiße. Aber er hatte A gesagt, jetzt ging es mit B weiter. Allerdings hatte er schon beschlossen, dass wenn er sich dazu entschloss, nur Bernie in ihn durfte. Diesen Blondling namens Enno mochte er nicht.

„Himmel, Arsch und Wolkendonner. Bist du ein geiler Anblick! Der feuchte Traum jedes Schwulen. Ich hoffe, du stellst gleich fest, dass du nur noch mit Männern ficken willst, vorzugsweise mit mir."

Bewundernd glitt Bernies Blick über jeden Zentimeter seiner frontalen Haut. Ennos Augen funkelten ihn neidisch an. Der drehte Bernies Gesicht zu sich herum und versenkte seine Zunge in dessen Mund, während seine Hände Bernie aus der Kleidung schälten. Bernie erwiderte den Kuss mit hingebungsvoller Miene. Sein Genuss war ihm anzusehen. Er löste sich nur solange von seinem Freund, wie es dauerte, ihm das Shirt auszuziehen. Hektisch entledigte sich

Enno Hose und Shorts, bevor er vor Bernie auf die Knie ging und dessen anschwellenden Schwanz geradezu gierig in den Mund aufnahm. Bernie legte den Kopf mit geschlossenen Augen in den Nacken, stöhnte zufrieden und wiegte Enno seine Hüften entgegen.

Hatte er auch so ausgesehen, als Tom ihm einen blies? Sein Verstand verweigerte die Vorstellung, dass es so gewesen sein könnte. Lukas verspürte das Bedürfnis, wegzusehen. Dass Enno keine Frau war, störte ihn an dieser Szene empfindlich, es jagte ihm einen kalten Schauer über den Rücken. Vielleicht war aber auch nur das Zusehen, wie Männer sich liebten, nicht seine Welt. Bernies Augen öffneten sich halb und sahen ihn verlangend an. Sanft schob er Ennos Kopf von sich weg, ging um ihn herum und kam zu Lukas. Sein praller, feuchtgelutschter Schwanz war wie ein Pfeil auf ihn gerichtet.

„Möchtest du?", fragte Bernie heiser.

Wollte er? So toll dieser Bursche auch aussah, nein. Lukas war absolut nicht danach, dessen Freudenspender in den Mund zu nehmen. Ablehnend schüttelte er den Kopf.

Bedauernd schnalzte Bernie mit der Zunge. „Stell dich hin, Lukas."

Nur wiederstrebend kam er dieser Bitte nach. Doch er musste sich dem stellen, wenn er endgültige Klarheit haben wollte. Zuerst strichen Bernies Hände andächtig über seine Brust, dann seine Zunge. Lukas zwang sich, stillzuhalten, aber gefallen tat es ihm nicht. Er konnte nicht ausblenden, dass es ein Mann tat. Und er sollte doch eigentlich gar nicht versuchen, es auszublenden, wenn er einen Hang zum gleichen Geschlecht hatte. Als sich Bernies Zunge zu seinem Mund hocharbeitete, drehte er automatisch den Kopf weg. Ein nachsichtiger Seufzer kam aus Bernies Kehle. Er ging in die Hocke und begann, sein schlaffes Glied mit Mund und Händen zu bearbeiten.

Das Gefühl von Genuss wollte sich einfach nicht einstellen. Lukas war sich zu bewusst, dass ein Mann vor ihm kniete und wünschte, es wäre eine Frau. Er versuchte, sich das vorzustellen und sah ausgerechnet seine Prinzessin vor sich. Sie ließ sich absolut nicht durch ein anderes Gesicht ersetzen. Annis süße, freche Lippen. Das Blut schoss ihm augenblicklich in den Schwanz. Nein, nicht Anni! Sie durfte hier nicht als Erektionshilfe herhalten. Wie sollte er ihr dann noch gegenübertreten und nur ihre Freundschaft genießen können? Er zuckte zurück, glitt aus Bernies Mund.

Bernie stand auf, strich ihm über die Brust und sah ihn nachdenklich an. „Hast du dich erschreckt, weil ich dich erregen konnte? Oder hast du an eine Frau gedacht?"

Lukas räusperte sich. Es war ihm unangenehm, aber sein Gegenüber hatte die Wahrheit verdient. „An eine Frau."

Enno schmiegte sich mit einem selbstzufriedenen Grinsen an den Rücken seines Freundes. Bernies Hand schloss sich um Lukas' Schwanz, wie Ennos um dessen, und begann, ihn zu massieren. An der freien Hand lutschte Bernie seinen Mittelfinger nass und tastete damit nach Lukas' Schließmuskel. „Du kneifst die Arschbacken zusammen."

Lukas versuchte, sich zu entspannen. Der Finger glitt in ihn hinein, fickte ihn. Prickelnde Schauer begannen über seine Haut zu rieseln. Er musste sich an Bernies Oberarmen festhalten und spürte seinen Schwanz an Bernies stoßen, was ihn störte.

An Bernies Reaktion merkte er genau, wann Ennos Finger ihn für sich vorbereitete. Bernie war einen halben Kopf kleiner als er selbst, lehnte die Stirn an seine Schulter und keuchte erregt. Dieses Gefühl in seinem Arsch gefiel Lukas bisher am besten von allem an diesem Abend. Nicht aber, dass sich dabei ein Mann an ihn schmiegte.

Enno krallte seine Finger in Bernies Haare, zog ihn von Lukas fort und beugte ihn über den Sessel. Irgendwann musste Enno die Gelegenheit genutzt haben, ein Kondom überzustreifen. Kaum dass Bernie gebückt stand, zwängte er sich in ihn hinein und stieß ihn sofort recht heftig. Bernie stöhnte genussvoll, wie auch Enno. Lukas' prickelnde

Schauer verflogen wieder. Das Paar wurde immer lauter, so sehr, dass Lukas' Ohren in dem kleinen Zimmer fast zu dröhnen begannen.

Von der Wand hinter dem Sessel kam ein dumpfes Klopfen. Anscheinend drangen doch mehr Geräusche aus diesem Raum, als Bernie glaubte. Enno kam mit einem ungehemmten Urschrei, ruckte noch einige Male nach, bis er wohl jeden Tropfen los war und zog sich aus Bernie zurück. Der richtete sich schwankend auf. Seine Wangen glühten.

Er schnaufte schwer und sah Lukas mit wildem Blick an. „Willst du jetzt in mich?"

Nein. Das wollte Lukas nicht, aber ...

Bernie sah seinen Schwanz an und beantwortete sich die Frage selbst. „Willst du nicht. Schade."

„Tu du es bei mir, Bernie!"

Bernie schüttelte den Kopf. „Das ist nicht, was du wirklich möchtest. Sieh her."

Er streifte sich ein Kondom über, stieß Enno rücklings aufs Bett, winkelte dessen Beine an und versenkte sich in seinem Arsch. Beide gingen ganz in ihrem Liebesspiel auf, schrien es hinaus, bis Bernie kam. Als er wieder genug Atem hatte, drehte er sich zu Lukas um. „Hat dir der Anblick gefallen?"

Nicht wirklich. Lukas schüttelte den Kopf.

„Weil du absolut keinen Hang zu Männern hast. War eine Frau dabei, als du geritten wurdest?"
„Ja."

Bernie stand auf, zog sein Kondom ab, verknotete es und warf es in einen leeren Schuhkarton.

„Ich denke, du bist am besten bedient, wenn deine Partnerin dich beim Stoßen befingert, vielleicht noch mit einem Analspielzeug reizt. Männer sind nicht dein Ding. Höchstens, wenn du durch die Frau schon völlig kirre bist. Wring dir keine Homospielchen ab, wenn du nicht mit innerer Überzeugung einen Kerl willst. Das bringt dich im Oberstübchen nur durcheinander."

Besser hätte es Bernie nicht in Worte fassen können. Lukas spürte eine schwere Last von seinen Schultern fallen.

Dicht vor ihm blieb Bernie stehen. „Bringst du uns zur Bar zurück? Ich brauche morgen meinen Roller."

„Natürlich. Ich kann dir für diese psychotherapeutische Stunde auch Taxigeld dalassen, dann braucht ihr nicht mehr raus."

Bernie verzog das Gesicht. „Das hat einen schalen Beigeschmack. Aber der Gedanke, gleich noch lange mit dem Roller heimzufahren, gefällt mir auch nicht. Okay, gib mir das Taxigeld."

Lukas fischte seine Brieftasche aus der Jacke und gab Bernie fünfzig Euro. Dann schlüpfte er schnell in seine Klamotten, weil er nur noch nach Hause wollte.

„Wenn du doch noch einen Hang zu Männern an dir entdecken solltest, halte ich mein Bett für dich warm. Oder du lädst mich bei Bedarf ein."

Bernie sah sehr attraktiv aus. Wenn er bei ihm nicht heiß geworden war, dann würde das auch kein anderer ohne Mitwirkung einer Frau auslösen. Innerlich vollführte er einen Freudentanz. Er brauchte auch in Zukunft keinen Kerl, für komplette sexuelle Zufriedenheit. Maximal einen Analdildo.

Nackt, wie er auf die Welt gekommen war, begleitete Bernie ihn bis in den Kellergang. „Findest du allein raus?"

„Kann ja nicht so schwer sein. Danke, Bernie." Lukas zog ihn an den Schultern zu sich heran und gab ihm einen Kuss auf die Wange. Das hatte der sich verdient.

Hinter ihm schepperte es pervers laut. Erschrocken fuhr er herum. Mit entsetztem Gesicht stand Anni in der nächsten Tür. Eine Schüssel samt zerbrochenen Porzellan lag zu ihren Füßen. Anni? In diesem schäbigen Kellerloch?

Anni

Lukas war doch schwul? Scheiße! Scheiße auch! Geschockt sprang sie in ihr Zimmer zurück, knallte die Tür hinter sich zu und drehte den Schlüssel um. Nicht nur, dass sie Bernie eben um seinen Sex beneidet hatte. Nein, er hatte es auch noch mit ihrem Traummann getan. Welches laute Stöhnen war wohl von ihm gewesen? Das ‚Ja, jaaa, ich komme'? Im Normalfall waren die Steinwände schalldicht. Dass sie es trotzdem gehört hatte, sprach für die Begeisterung der Kerle. Kein Wunder, dass Lukas keine Lust verspürt hatte, sie nochmals zu berühren und nur mit ihr reden wollte. Ihr beschissenes Karma gönnte ihr keine Chance, die letzten Tage in den Armen eines geliebten Menschen zu verbringen. Während ihrer Heulerei bei den Kätzchen am Nachmittag war ihr wenigstens noch ein Funke Hoffnung geblieben, dass Lukas nur wegen seiner Regeln einen Rückzieher gemacht hatte. Da hatte aber noch die Aussicht bestanden, dass weitere Zeit in seiner Nähe auch diese Hürde bewältigen konnte. Dieser Funke war nun allerdings völlig erloschen.

Sie presste sich die Hand auf den Mund, um ihr hartes Aufschluchzen in den Griff zu bekommen. Wütend über die vielen Fallgruben des Schicksals in ihrem Leben, wischte sie die Tränen fort, die trotzdem unaufhörlich weiterliefen und warf sich auf ihr Bett. Nicht ein kleines bisschen, nicht mal für den winzigen Rest ihres Lebens sollte ihr noch etwas Glück gegönnt sein.

Bernies Klopfzeichen an der Tür ignorierte sie. Sie wollte ihn jetzt nicht sehen. Er konnte nichts dafür, er hatte ja nicht gewusst, wie sehr sie Lukas mochte. Aber wenn sie ihn jetzt ansah, würde sie immer das Bild vor sich haben, wie Lukas ihn küsste. Sie würde nicht aus dem Kopf bekommen, wie heftig die beiden miteinander gestöhnt hatten.

Sie drehte die nassgeheulte Seite des Kopfkissens nach unten. Die Tränen versiegten irgendwann, der bohrende Schmerz in ihrer Brust nicht. Vielleicht war ihr Wunsch nach Glück zu egoistisch. Wenn sich keiner in sie verliebte, so kurz bevor sie den Löffel abgab, ließ sie auch keinen leidend zurück. Auch das war vom Schicksal wohl berücksichtigt worden.

Wie sollte sie Lukas das nächste Mal gegenübertreten? Bei Bernie war einfacher gewesen, zu akzeptieren, dass sie ihm nie mehr als eine gute Freundin sein konnte. Sie mochte ihn zwar gern, aber bei ihm hatte sich das nie so tief angefühlt. Mit Lukas funktionierte das garantiert nicht. Sein Anblick würde sie immer daran erinnern, was sie nie haben konnte und den innerlichen Schmerz neu anstacheln. Am besten ging sie ihm aus dem Weg. Lange brauchte sie das ja nicht mehr durchzustehen.

Es klopfte nicht mehr. Waren sie fort? Küssten sie sich noch einmal zum Abschied? Die Stimme vor ihrem gekippten Kellerfenster ließ sie zusammenfahren.

„Ist Anni deine Nachbarin oder besucht sie die nur?"

„Sie ist meine Nachbarin. Warum? Bin überrascht, dass ihr euch kennt."

„Wieso wohnt sie in einem stinkenden Keller? Ich hatte den Eindruck, sie könnte sich was Luxuriöseres leisten."

Oh Bernie, halt jetzt bloß die Klappe! Setz meinem Pech nicht noch ein Sahnehäubchen auf, weil er jetzt dahinterkommt, dass ich ihn und alle anderen belogen habe und Pino doch noch von Lukas' Reitanlage fliegt.

„Sie steckt alles, was sie hat, in ihr Pony. Woher kennst du Anni?"

Die Spanne, bis Lukas antwortete, empfand sie so drückend, wie eine Gewitterwolke kurz vor der Entladung.

„Unwichtig!"

Nur dieses eine Wort, aber in seiner Tonlage hatte verdammt viel Wut mitgeschwungen. Großartig. Jetzt musste sie sich auf dem letzten Drücker auch noch auf die Suche nach einer neuen Bleibe für Pino machen.

9. Kapitel

Anni
Montag. Noch vier Tage bis dahin. Wenn sie es in dieser Zeit nicht tat, ging sie als Jungfrau in die Grube. Damit, dass es keine Zukunft für sie gab, hatte sie schon abgeschlossen, aber nicht damit, niemals zu erleben, wie es sich anfühlte, mit einem Mann zu schlafen. Einem Mann, der ihr richtig gut gefiel. Eine Henkersmahlzeit sollte doch jedem Delinquenten gegönnt sein. Seit sie Lukas kannte, mochte sie es sich mit keinem anderen mehr vorstellen, aber wenn sie sich nicht über Nacht in einen Mann verwandeln konnte, blieb er ein Wunschtraum. War vielleicht auch besser so. Ihr Herz schrie ohnehin nach ihm. Wenn er sie auch noch in die Geheimnisse der intimen Liebe einweihte, sie an seiner warmen, nackten Brust in den Armen hielt und sie so hingebungsvoll küsste, wie es die Liebespaare im Fernsehen oder den Romanen machten, würde der Gedanke ans Sterben sie zerreißen, bevor der Chirurg das Messer überhaupt ansetzte.

Merkwürdig, dass Lukas sie wegen ihres finanziellen Status noch nicht zur Rede gestellt hatte. Gut, sie hatte sich Mühe gegeben, ihm nicht zu begegnen, aber trotzdem täglich mit niederschmetternder Post gerechnet. Ob Bernie ihm schon gesagt hatte, dass er sich wegen der Kosten für Pinos Lebensabend auf seinem Hof keine Sorgen machen musste? Hielt Lukas wegen seinem Liebsten die Füße still oder weil er fürchtete, sie könne ausposaunen, was sie wusste?

Da es keinen Anlass gab, sich wegen Pino den Kopf zu zermartern, nur die Hoffnung, dass es ihm auch nach ihrem Ableben gut ging, wurde es Zeit, dass sie sich ihren letzten Wunsch erfüllte. Was für Möglichkeiten blieben ihr, schnell einen adäquaten Kerl fürs Bett zu finden? ‚Gönn dir einen Callboy', hatte Bernie vorgeschlagen. ‚Da kannst du dir ein schönes Exemplar aussuchen'. Hmm. Das klang so verdammt nach Viehmarkt. Welchen Besamer hätten Sie denn gern? Den, jenen oder diesen? Sehen Sie sich den hier mal an, der kann fünfmal die Nacht, selbst im Kopfstand.'

Ach Scheiße, Anni! Mit solchen sarkastischen Gedanken wird das nie was. Schau doch wenigstens mal, was für Typen sich für so etwas anbieten.

Sie stopfte sich das Kopfkissen hinter den Rücken und hob den Laptop auf ihren Schoß. Auf zur Hengstparade! Unter dem Schlagwort ‚Callboys' tat sich eine lange Latte von Links auf. Auch als sie die Region auf dreißig Kilometer von ihrem Standort einschränkte, waren es noch wahnsinnig viele. Wahllos begann sie, einen nach dem anderen anzuklicken. Bei manchen waren Bilder dabei, bei vielen nicht. Das ging ja gar nicht. Sie wollte schon wissen, was sie sich bestellte. Nach einer Stunde verlor sie mehr und mehr die Geduld, an jedem fand sie etwas auszusetzen. Zu dünn, zu dick, der Text zu ordinär oder das Gesicht schreckte sie ab. Aufgeben bedeutete allerdings, Jungfrau zu bleiben, also der nächste Link. Escorts? Was war da der Unterschied? Oh, die nannten sich Begleiter. Für alle Gelegenheiten. Das klang wenigstens nicht zu sehr nach ‚Miet mich zum Vögeln'. Die Preise waren auch gleich saftiger. Gib dem Kind einen anderen Namen und schon wirkt das Angebot stilvoller. Trotzdem konnte sie sich für keinen der Typen erwärmen. Sie nahm das Suchwort ‚Escorts', weil es angenehmer klang, und vergrößerte den Umkreis auf hundertfünfzig Kilometer. Da die Kerle gegen einen Aufpreis anscheinend bereit waren, auch weitere Anfahrtswege in Kauf zu nehmen, spielte die Entfernung keine so wichtige Rolle. Auf die paar Euros mehr kam es bei dieser Aktion dann auch nicht mehr an, wenn sie dadurch was Passendes fand.

Ein Link wirkte wie ein Wellnessangebot. ‚Mit uns werden Sie sich in jeder Situation wohlfühlen. Escorts der besonderen Klasse für die besondere Klasse'. Name der Webseite: High-Class-Escorts.

Die Aufmachung der Seite sah apart und edel aus. Auf dem oberen, transparenten Hintergrundbild war an den

Enden jeweils ein Torso in Smoking abgebildet. Uff, das war eventuell eine Klasse zu hochgegriffen für sie, aber umso spannender. Der Text der Startseite war unaufdringlich einschmeichelnd und doch schwebte ein gewisses prickelndes Versprechen darin mit. Der Verfasser dieses Textes wusste, wie man Frauen anlockte. Ihre Haut begann jedenfalls schon durch das reine Lesen zu kribbeln.

Fünfzehn mythische und fiktive Namen standen zur Auswahl. Apollon bedeutete vielleicht, dass der Kerl abging wie eine Rakete? Sie öffnete dessen Profil. Ups, da zeigte sich auf zwei Bildern in seiner Galerie schon etwas mehr Haut, wenn auch nur sein Brustkorb unter dem aufgeschlagenen Hemd. Ein süßes Gesicht hatte er auch. Uuund Bingo, er stand nur für männliche Dates zur Verfügung. Wieder ein Griff ins Klo. Dafür hatte sie echt ein Händchen. Hatte sie etwas übersehen? War das eine Escortseite für Schwule?

Sie ging zurück zur Startseite und wählte diesmal gleich den ersten Namen. Aramis. Neben einigen Gottheiten waren hier auch alle Musketiere vertreten. In diesem Fall wohl eher als Muskeltiere. Aramis im Smoking, mit lässig überschlagenem Bein in einem Ohrensessel und mit offenem Hemd posend, als hätte eine Dame gerade begonnen, es ihm auszuziehen. Ja, eine Frau. Nur für Ladys stand in seinem Exposé. Rrrr, geile Brust. Muskulös, aber nicht übertrieben und haarlos. So hatte sie Lukas' Brust in Erinnerung. Natürlich gab es auch hier wieder einen Wermutstropfen. Das Bild endete an seinem Kinn. Das war ja ebenfalls eine halbe Katze im Sack. Dazu noch schweineteuer. Sie bekam dicke Backen. Fünf. Hundert. Euro. Die. Stunde! Plus hundert Euro für den Anfahrtsweg. Würgel. Und das, ohne sein Gesicht vorher zu sehen?

Nächster Kandidat. Portos. Hühnerbrust, nein. Nächster. Schick, aber irgendwie nee. Wie wäre es mit einem Thor? War doch putzig, dass es hier einen gab, der sich so nannte, wie sie Lukas' Freund Phil. Hurga. Was für ein perfekt gestylter Body vom Hals bis zum Hosenbund. Etwas mehr

Muckis als Aramis und ein Tattoo bedeckte die linke Brust bis zur Taille hinunter. Sah aus wie ein Phönix, der sich aus seiner Asche erhob. Die Schwingen breiteten sich über Brust und Rücken aus, wie ein Foto seiner genialen Rückansicht zeigte. Leider hatte der Fotograf den Kopf dieses Kandidaten tief in den Schatten getaucht. Noch eine halbe Katze im Sack. Und genauso teuer wie Aramis.

Im Schnelldurchgang klickte sie sich durch die anderen Namen. Bei den meisten war kein Gesicht erkennbar. Shit. Gab es wirklich Interessentinnen, die sich für diese Preise ins Ungewisse stürzen wollten? Na ja, bei ihr hinterließen die nackten Bäuche von Aramis und Thor ja auch schon einen bleibenden Eindruck. Aber Scheiße, waren die alle miteinander teuer, wenn außer diesen beiden Speziellen die übrigen auch schon ab dreihundert die Stunde zu haben waren. Davon reizte sie aber keiner. Wie lange würde so ein Date dauern? Eine Stunde erschien ihr ein bisschen knapp. Schließlich wollte sie es genießen und nicht im Durchwinken entjungfert werden. Zwei Stunden erschienen ihr schon angebrachter.

Sie musste einen Schatten haben, auch nur mit dem Gedanken zu spielen, solch eine Summe von dem Geld für Pinos Versorgung in einen gesichtslosen Body investieren zu wollen. Aber ausgerechnet für diese beiden teuren Bodys konnte sie sich erwärmen. Gönn es dir, Anni. Ein letztes Highlight in deinem Leben!

Okay, bevor sie das alles wieder verwarf und als Jungfrau endete, wurde jetzt gebucht. Sie musste sich nur noch zwischen Aramis und Thor entscheiden. Aramis reizte sie am meisten. Vermutlich, weil dessen Brust so vertraut wie Lukas' aussah. Vielleicht könnte sie sich dann einreden, er wäre es, der es tat. Womöglich würde sie aber genau das blockieren. Also besser eine andere Brust. Thor. Bei dem Tattoo käme gar nicht erst die Fantasie von Lukas auf. Außerdem gab ihr das Tattoo das Gefühl, der Typ spiele nicht in einer Liga weit über ihr. Es machte ihn irgendwie berührbarer.

Jetzt wurde es problematisch. Sie sollte ein Gesundheitszeugnis mailen. Scheiße, so schnell bekam sie keins. Anni hüpfte vom Bett und zog einen Karton darunter hervor, in dem sich die Dokumente ihrer Eltern befanden. Ihre Mutter hatte von sich mal eins ausstellen lassen. Nach einigem Wühlen fand sie es. Durch einen Fehler in der damaligen Arztpraxis stand nur der Mädchenname ihrer Mutter darauf. Das passte wie Arsch auf Eimer zu dem alten E-Mail-Account, der schon einige Zeit vor der Hochzeit ihrer Eltern angelegt worden war. Anni hatte es nie für nötig befunden, sich einen eigenen zuzulegen. Das Datum des Gesundheitszeugnisses auf Mitte letzter Woche abzuändern, stellte auch kein Problem dar. War dem Kerlchen gegenüber zwar nicht ganz fair, aber durch die vielen aufwendigen Untersuchungen in den letzten Monaten wusste sie genau, dass sie keine ansteckenden Krankheiten hatte. Also einscannen, abspeichern.

Nun denn, Margarete Möller, dann nimm mal Kontakt zu dieser Hengstparade auf. Annis Finger begannen, beim Ausfüllen des Kontaktformulars zu zittern. Jetzt wurde es ernst. Sie bestellte sich einen Mann. Gooott, das kam ihr so surreal vor.

Mit welchem der Herren möchten Sie sich gern treffen: Thor
Terminwunsch: Morgen.
Dann war Freitag und sie konnte Samstag und Sonntag noch in der Erinnerung schwelgen.
Zeit: 20 Uhr
Dauer des Termins (Verlängerung kann persönlich abgesprochen werden): 2 Stunden
Ort: ---
Oha. Hier im Keller war das undenkbar. Aber es gab ein kleines Hotel mit schummriger Gaststätte, etwa dreißig Kilometer von hier. Ihre Kollegin vom Klamottenladen hatte sie mal zum Essen dorthin mitgenommen. Die Taxifahrt, Zimmer und Essen würde sie also auch noch ein Sümmchen kosten. Ein Cocktailkleid samt passenden

Schuhen nicht zu vergessen. Das konnte sie sich morgen Vormittag noch besorgen. Scheiße, diese Eskapade wurde immer teurer.

Ort: Gasthof zur Mühle in Hilter

Hoffentlich hatten die auch noch ein Zimmer frei.

Art der Begleitung: ----

Äh, ja. Sie konnte ja schlecht ‚Entjungferung' eintragen, zumal das Geburtsdatum sie als Mitte Vierzig auswies.

Art der Begleitung: Nette Unterhaltung beim Essen zu zweit mit delikatem Nachtisch.

Hoffentlich sorgte das nicht für Missverständnisse. Aber nein, der nächsten Frage nach wurden die ausgeschlossen. Oder nicht?

Besondere Wünsche/Vorlieben: Normale Praktiken.

Als würde sie sich damit auskennen. Schließlich sollte der Kerl sie in die Geheimnisse der Erotik einweihen. Aber das erschien ihr die beste Antwort zu sein.

Woran erkennt Sie Ihr Favorit: Blond, Kette mit Yin & Yang-Anhänger.

Die hatte sie von ihrer Mutter geerbt. Margarete hatte die Kette als Zeichen ihrer Liebe und Verbundenheit zu ihrem Mann bis zu ihrem Tod getragen. Für Anni lag etwas Magisches in diesem Schmuckstück. Es zu berühren, war, als berühre sie ihre Eltern. Noch nie hatte sie es angelegt. Wenn nicht dieses Wochenende, wann dann?

Sie beantwortete noch ein paar andere Fragen. Am Ende stand, sie solle das Gesundheitszeugnis als Anlage anfügen und etwas Geduld haben, bis die Terminverfügbarkeit geklärt war und sie eine Rückantwort erhielt.

Warten. Sie drehte jetzt schon vor Nervosität am Rad. Nach drei Stunden ohne Antwort war sie so durch den Wind, dass sie die Webseite wieder aufrief, um die Buchung zurückzunehmen. Da schwebte eine Eins über ihrem E-Mail-Check. Ihr Herz begann zu rasen. Der Zeigefinger zitterte, sodass aus dem Doppelklick gleich ein fünffacher wurde.

Liebe Margarete,

ich freue mich, Ihnen morgen begegnen und einen unterhaltsamen Abend bereiten zu dürfen.
Bitte senden Sie eine Schnellantwort, sollten Sie den Termin nicht einhalten können.

Hochachtungsvoll
Thor

Anni wurde schlecht. Sie hatte es getan. Sie hatte einen Mann für Sex gebucht. Einen wildfremden Kerl. Der Laptop flog ans Fußende ihres Bettes. Sie stürmte zu ihrer Tür hinaus und ins Badezimmer. Würgend beugte sie sich über die Toilette.

Fühlte sich das bescheuert an: Dazusitzen und auf einen wildfremden Kerl zu warten. Sie war eine halbe Stunde früher angekommen. In einer dunklen Ecke wollte sie den Typen hereinkommen sehen, statt auf ihn zugehen zu müssen, und dabei mit ihren zittrigen Beinen auf die Klappe zu fliegen. Eine dunkle Ecke war leider nicht für sie reserviert worden. Gleich der erste Tisch, in der Nähe des Tresens. Sie kam sich vor, wie auf dem Präsentierteller. Nur zwei weitere der zehn Tische waren besetzt. Einer von einem Seniorenpaar und der andere von einem jungen Pärchen, das auf der Tischdecke ständig die Finger ineinander verknotete.

Mit einem Glas Weinbrand-Cola hatte sie schon versucht, ihre Nervosität zu bekämpfen. Bisher erfolglos. Überdeutlich spürte sie, wie ihre Nackenhaare sich immer wieder aufrichteten. Sie hielt sich an ihrem zweiten Glas fest, das auch schon zur Hälfte geleert war. Mittlerweile zeigte die Uhr über dem Tresen fünf vor acht und sie musste sich gedanklich an ihrem Stuhl festnageln, um nicht panisch davonzurennen.

Der Schnapper der Eingangstür klackte laut. Alles in Anni verkrampfte sich. Wie ein verschrecktes Kaninchen fühlte sie sich auf den Durchgang zu dem kleinen, abgeteilten Eingangsbereich starren, ohne etwas dagegen tun zu können. Sie hörte die Tür ins Schloss fallen, ein dunkles Hüsteln. Ein großer, breitschultriger Mann wurde sichtbar, trat an den Tresen. Das dunkelblonde Haar fiel ihm gepflegt bis auf den Kragen der braunen Fliegerjacke. Lässig hatte er eine Hand in der vorderen Jeanstasche stecken. Als er sich ein wenig drehte, zeigte sich ein weißes Blusenhemd unter den Aufschlägen der Jacke, dessen Ausschnitt einen muskulösen Halsansatz preisgab. Der getrimmte Vollbart stand ihm gut, ließ ihn ein bisschen wie Barry Gibb von den Bee Gees aussehen. Sein Blick schweifte über sie und die anderen Gäste, bevor er sich wieder an den Wirt wandte. Was er sagte, konnte sie nicht verstehen.

Nach den Daten auf der Webseite musste er es sein. Zirka einsneunzig groß. Dreiunddreißig Jahre könnte auch hinkommen. Und der Körperform nach verbarg sich unter dem Hemd die bemuskelte nackte Brust, die sie auf dem Bild gesehen hatte. Er setzte sich an den Tresen, ein Bier wurde vor ihn gestellt. Was sollte sie jetzt machen? Musste sie auf ihn zugehen, ihn ansprechen? Könnte er es ihr nicht etwas leichter machen, indem er zu ihr kam? Anni holte tief Atem, der ihr fast im Hals steckenbleiben wollte, stützte die Hände auf der Tischplatte ab, um sich aufzuraffen.

Ein weiterer großer Kerl tauchte im Durchgang auf. Scheiße, was trieb ausgerechnet Lukas' Freund Phil hierher? Hoffentlich musste er nur mal auf den Topf und verschwand dann wieder. Vor seiner Nase würde sie bestimmt nicht fertigbringen, ihre Verabredung anzuquatschen. Es wäre ihr zu peinlich, wenn er merkte, dass sie und Lederjacke sich eigentlich total fremd waren und sie wirkte, wie ein einsames Seelchen auf Männerfang. Schon eine skurrile Fügung des Schicksals, dass ihr geistiger Thor und der Escort-Thor gleichzeitig auf den

Plan traten. Das hier brachte sie doch ohnehin schon an den Rand der Hysterie, weitere Stolpersteine brauchten wirklich nicht sein.

Phils Blick schweifte genauso über die Gäste, wie zuvor der von Lederjacke. Allerdings blieb Phils an ihr haften. Seine Stirn legte sich in Falten. Langsam kam er zu ihrem Tisch. Das hatte sie befürchtet. Und wenn er länger blieb, als für einen flüchtigen Gruß, suchte ihr Date vermutlich das Weite.

„Anni? Ich dachte erst, eine wunderschöne Fata Morgana vor mir zu haben. Du siehst bezaubernd aus." Er nahm ihre Hand und hauchte einen Kuss darauf.

Sie rang sich ein Lächeln ab. „Phil, welche Überraschung. Was treibt dich in diesen abgelegenen Winkel? Dazu noch in vermutlich seidenem Zwirn."

„War auf der Durchfahrt. Das Licht hat mich angelockt, wie eine Motte, um meinen Durst zu stillen."

Hörte sich an, als wolle er länger bleiben. Mist.

„Darf ich?", er deutete auf den Stuhl ihr gegenüber und setzte sich auch gleich, ohne ihre Zustimmung abzuwarten. Na prima.

„Und was führt dich hierher, Süße?"

„Eine Verabredung mit einem Freund." So viel konnte sie ruhig zugeben. Er wusste ja nicht, dass sie diesen Freund noch gar nicht kannte.

Er sah sich noch einmal um. „Ist er schon hier?"

„Nein. Phil, ich will nicht unhöflich sein, aber wenn er dich bei mir sieht, könnte er das missverstehen."

„Ach was. Ich werde es ihm erklären, Kleines. Meine Erziehung lässt nicht zu, dass ich eine Dame schutzlos alleinlasse."

Er winkte den Wirt heran. Der Abend drohte ein Desaster zu werden. War doch irgendwie klar gewesen, bei ihrer Pechsträhne. Sie stürzte den Rest aus ihrem Glas hinunter und bestellte sich ein neues mit, als Phil ein Wasser für sich orderte.

„Du siehst aus, als hättest du was Eleganteres vor, statt deine Zeit hier mit mir zu vertrödeln."

Er zuckte mit den Schultern. „Das kann warten."

Aber sie nicht, verdammig.

„Ich hab dich die letzten Tage gar nicht mehr in Lukas' Nähe gesehen, Süße. Habt ihr euch zerstritten?"

Warum musste er jetzt auch noch Lukas erwähnen? Das stach bestialisch in ihrer Brust. „Es gab nichts zu zerstreiten. Wir waren ja nie zusammen. Außerdem war ich gar nicht so oft in seiner Nähe."

„Aber es sah so aus, als würdet ihr euch sehr mögen und bald unzertrennlich sein. Deine Augen haben ihn förmlich angebetet. Und er hat mit einer seiner eisernen Regeln gebrochen, indem er dich in seinen Pool ließ. Was hat deine Meinung geändert, dass du mit einem anderen Kerl ausgehst?"

Wusste er gar nicht, dass Lukas schwul war? „Lukas will mich nicht", brach es ätzend weinerlich aus ihr heraus.

Schnell setzte sie ihr Glas an die Lippen, bevor sie noch weiteres pubertäres Geschwätz von sich geben konnte. Phils Finger schlossen sich sanft um ihr Handgelenk und hinderten sie, das Glas in einem Zug zu leeren. Und Mist, Lederjacke schaute gerade jetzt zu ihr herüber.

„Ist das heute ein Verzweiflungsdate, weil du Lukas nicht haben kannst?"

Sie entzog ihm ihr Handgelenk. „Das geht dich nichts an."

Scheiße, Lederjacke zückte seine Brieftasche. Vermutlich, um zu zahlen und zu verschwinden. Sie zog ihr Smartphone aus ihrem Täschchen. „Entschuldige, ich muss gerade eine dringende Message absetzen."

Phil lehnte sich zurück, stützte sich mit einem Ellenbogen auf dem Tisch ab und strich mit grübelndem Gesichtsausdruck über sein Kinn. Die Art, wie er sie dabei ansah, machte sie wieder fürchterlich nervös. Unter ihren zittrigen Fingern bekam sie nur schwer den Text in der Schnellantwort von Thors E-Mail zusammen.

‚*Hey Thor, bitte entschuldigen Sie die Verzögerung. Bitte warten Sie, bis ich meinen Bekannten los bin. LG Margarete*'

Sie schickte die Nachricht ab und ließ das Handy in ihre Tasche zurückfallen. In Phils Jackett erklang eine kurze, dezente Melodie. Anscheinend nur bei ihm. Lederjacke hielt noch ein bisschen Smalltalk mit dem Wirt, ohne sein Handy hervorzuholen, und ging dann einfach hinaus.

Ihr Blick flog zu Phils Gesicht, der sie mit einer stählernen Ruhe beobachtete. Die Erkenntnis kroch wie eine Schockwelle in Zeitlupe durch ihre Adern.

„Möchtest du etwas essen?", fragte er leise.

Wie ein Automat schüttelte sie den Kopf und spürte vor Anspannung ihren Nacken knirschen. Sie würde am ersten Bissen ersticken.

„Weiß Lukas, womit du dein Geld verdienst?", würgte sie heraus.

„Ich verdiene mein Geld auf andere Weise. Frauen gegen Entgelt auszuführen ist nur ein interessantes Hobby. Du scheinst einen erstaunlichen Jungbrunnen zu kennen. Soll ich dich mit Margarete ansprechen?"

Wieder schüttelte sie den Kopf und nahm einen kräftigen Schluck aus ihrem Glas. Phil war ein Callboy! Würde sie nicht schon sitzen, hätte es ihr spätestens jetzt die Beine weggehauen. Sollte sie das wirklich mit Lukas' Freund durchziehen? Er sah gut aus, keine Frage, aber er war eben der Freund von dem Kerl, nach dem ihr Herz schrie, der aber lieber mit Männern ins Bett sprang. Würde Phil ihm hiervon erzählen? Sie wollte nicht, dass Lukas mit einem mitleidigen Grinsen an sie zurückdachte. Aber wahrscheinlich war ihm sowieso scheißegal, was sie tat. Mehr Gelegenheiten als diese standen ihr nicht zur Verfügung. Sie hätte es mit ihrem Blind Date auch schlechter treffen können.

„Bist du etwa krank, dass du ein falsches Gesundheitszeugnis vorgelegt hast?"

„Nein. Durch einige ärztliche Untersuchungen in der letzten Zeit weiß ich, dass ich nichts Ansteckendes habe. Ein Zeugnis hätte ich nur nicht bis zu diesem Wochenende bekommen."

„Also ein sehr spontaner Entschluss. Anni ... was schwebt dir vor? Wie kann ich dir einen schönen Abend bereiten? Ich werde übrigens kein Geld von dir annehmen, sondern genießen, dich als wunderschöne Begleiterin zu haben."

Der hübsche Sack wusste doch, was sie in dem Formular eingetragen hatte. Wollte er ihr die Möglichkeit für einen diskreten Rückzieher geben? Oder entsprach sie nicht seinem Geschmack und er versuchte, sich selbst aus der Misere zu winden?

„Was hältst du davon, wenn wir hier ein stilvolles Dinner bei Kerzenschein zu uns nehmen und anschließend ins Theater nach Bielefeld fahren, Kleines?"

Mit dem Glasrand strich er über seine gut geformten Lippen, während er auf ihre Antwort wartete, dann nippte er an seinem Getränk und ließ sie keinen Moment aus den Augen.

„Was hältst du davon, wenn du mich entjungferst und in die intimen Geheimnisse zwischen Mann und Frau einweihst?"

Eines musste sie ihm lassen: Er wusste wie ein Gentleman zu verbergen, dass er sich gerade tierisch an seinem Wasser verschluckt hatte. Nur ein leises verkrampftes Schlucken und feuchtwerdende Augenwinkel verrieten ihn. Sein nächster Atemzug klang etwas japsend.

„Du nimmst mich auf den Arm, oder?"

„Nein. Und du kannst ruhig deinen vollen Preis berechnen. Schließlich hab ich das Geld dafür eingeplant."

„Wer von dir Geld dafür nimmt, müsste mit Reißzwecken gepudert sein. Ich nehme an, du hast auch ein Zimmer gebucht?"

Bestätigend nickte sie. „Ja, hier."

Er stand auf. „Entschuldige mich einen Moment, Kleines, ich muss erst einmal für Königstiger, dann kümmere ich mich um die Erfüllung deiner Wünsche."

10. Kapitel

Lukas
Termin nicht verfügbar.
Termin nicht verfügbar.
Termin nicht verfügbar.
Auch die Anfrage von Stammkundin Lilly an Aramis hatte er mit diesen drei Worten abgewehrt. Zur Zeit war ihm absolut nicht danach, mit Frauen zu schlafen, die ihn dafür bezahlten. Frauen, für die er nicht mehr empfand als Höflichkeit. Frauen, die nicht Anni waren.

Was für ein Scheiß Zufall, dass ausgerechnet sie ihm bei diesem blödsinnigen Date mit Bernie über den Weg gerannt war. Irgendwie schaffte sie es seitdem, auf seinen Hof zu kommen und sich um ihr Pony zu kümmern, ohne das er es merkte. Das zeigte deutlich, dass sie seinen Anblick nicht mehr ertragen konnte. So viel dazu, wie tolerant sie Homoerotik sah.

Scheiße, was machte er sich darum überhaupt noch einen Kopf? So erübrigte sich wenigstens, ihr eines Tages zu gestehen, dass er als Escort arbeitete und dann ihrer Staubwolke hinterherwinken konnte. Außerdem hatte sie ihn belogen, einen falschen Schein um sich errichtet und beibehalten, obwohl er extra für sie mit seinen Regeln brach. Das war ein Vertrauensbeweis gewesen, für den er als Gegenleistung zumindest Ehrlichkeit erwarten durfte.

Der Ärger, dass sie ihm und allen anderen hier das reiche Töchterlein nur vorgespielt hatte, brannte nicht mehr so heiß in seiner Brust, wie an den ersten zwei Tagen. Da war ihm danach gewesen, sie samt Pony umgehend vom Hof zu werfen. Man belog ihn nicht ohne Konsequenzen. Inzwischen konnte er damit umgehen, dass er den Entschluss mit Begründungen wie ‚ihre Stallmiete hat sie immer pünktlich gezahlt', hinausgezögert hatte. Mittlerweile konnte er akzeptieren, dass er sich trotz ihrer Lügen danach sehnte, sie wenigstens zu sehen. Und sei es nur von Weitem, was sich ausschloss, wenn er sie vom Hof warf.

Sein Smartphone meldete eine Nachricht. Die letzten Tage nervte ihn das gewaltig. Er sollte das verdammte Teil abschalten. Ein Maileingang für Aramis. Von Tom.

‚*Muss dich wiedersehen. Allein. Nur wir zwei. Heute noch.*‘

Lukas tippte die Antwort ein. ‚*Nein.*‘

Nach fünf Minuten ein neuer Maileingang.

‚*Fünfzigtausend.*‘

Lukas blähte überrascht die Wangen. Der Kerl hatte entschieden zu viel Geld oder einfach nur einen Schatten. Eher beides. Trotzdem flammte die Erinnerung an die genialen, ungewohnten Erschütterungen seines Körpers auf. Aber auch die an den Schmerz. Dank Bernie schaffte er, dieses Erlebnis als Erweiterung seines Horizonts abzuhaken. Eine weitere Variante von Sex, die ihm nicht ernsthaft etwas bedeutete. Vielleicht machte er das irgendwann mal wieder mit, wenn es sich aus der Situation heraus ergab, doch er nahm es nicht in Aramis' Angebot auf.

‚*Nein.*‘

‚*Scheiße Mann, ich brauche dich! Vor allem in mir! Signier mich, so oft und wo immer du willst! Hunderttausend!*‘

Er zweifelte nicht daran, dass Tom diesen Wahnsinnsbetrag wirklich zahlen würde. Ein Glucksen stieg ihm die Kehle hoch. Wer bettelte nun darum, wieder bestiegen zu werden?

‚*Nein.*‘

Es sprach keineswegs für seinen Geschäftssinn, dass er diese utopische Entlohnung ignorierte. Aber selbst diese Summe reizte ihn momentan nicht zum Sex ohne tiefere Gefühle. Anni. Er wollte Anni hier haben, ihr Lächeln sehen … oder wenigstens mit ihr streiten.

Er zog eines der kleinen neuen Kissen auf seinen Schoß und strich über die großen, roten Flügel des Marienkäfers. Sollte er Anni die vier Kissen bringen? Als Vorwand für einen Besuch? Lieber wäre ihm, sie käme her und freute sich über den Anblick. Ob sie sich sehen ließ, wenn er die Dinger an den Gartenzaun hängte? Sechzig Sekunden. Konnte man das nicht in sechzig Vergebungen von Anni wandeln? Damit wären seine Aktivitäten der letzten drei Monate wenigstens getilgt. Für den Rest musste er dann jeden dieser Glückskäfer auflesen, den er finden konnte.

Er warf das Smartphone auf den Tisch, drückte das Kissen an seine nackte Brust und lehnte sich zurück. Sein Blick schweifte durchs Wohnzimmer. Es war so leblos ohne Gesellschaft. Vater schlief bereits oben in seinem Zimmer, Peter zur halben Nachtwache im Sessel daneben. Sollte er sich dazusetzen, um wenigstens die Atemgeräusche vertrauter Menschen zu hören? Nein, er würde die beiden nur aufstören.

Zehn Minuten später stellte er den Korb mit der Katzenmutter und den Babys neben die Couch. Vielleicht war es ein bisschen lächerlich, dass er als erwachsener Kerl die Fellknäule hereinholte, um seine Einsamkeit zu vertreiben. Aber es war ja niemand da, den das zu Witzen auf seine Kosten reizen konnte. Bonnie schnurrte laut, ihre Babys krabbelten niedlich übereinander. Mit Zweien davon streckte er sich auf dem Sofa aus, ließ sie seine Haut erkunden und genoss den schwachen Trost ihrer weichen, lebhaften Gesellschaft. Was Anni wohl dazu sagen würde? Von ihr ließe er sich gern aufziehen.

Die Kätzchen ermüdeten schnell und rollten sich auf dem Kissen an seinem Hals zusammen. Aus der Tasche seiner Jogginghose zog er Annis Unterwäsche. Unerwartete Fundstücke aus seinem Trockner. Leider roch die schwarze Spitze nicht nach ihr, nur nach Chlor und einem Hauch seines Waschmittels. Auf seinem Bauch breitete er das schwarze Spitzenhöschen aus. Hauchzart strich der Stoff über ihn. Er sah noch genau vor sich, wie sie es trug, wie es ihren Hintern betont und welche Einblicke es beim Rückenschwimmen gewährt hatte. Schwarze Spitze auf Annis weißer Haut. Zwischen ihren Schenkeln. Von der

Kühle des Wassers hart aufgerichtete Brustwarzen, die durch den BH nach ihm schrien. Und über allem ihr süßes, verschmitztes Lächeln.

Besänftigend legte er eine Hand auf seinen anschwellenden Freund. Der musste sich ebenso damit abfinden, Anni nicht zu bekommen, wie sein Kopf. Die Eichel hatte sich unter dem losen Bündchen schon den Weg ans Licht gesucht, zeigte wie eine Kompassnadel auf Annis Höschen. Es war bescheuert, pure Selbstqual, aber er gab dem Bedürfnis nach, seine Spitze mit einem federleichten Darüberstreichen des Höschens zu reizen. Das war die einzige Nähe, die er noch zu Anni haben konnte.

Das Gefühl schoss ihm wie sinnliche Nadeln durch den Schwanz. Er stellte sich vor, Anni stecke noch in dem Stoff, riebe sich damit an ihm und sah genau vor sich, wie er ihn etwas zur Seite schob, um in sie einzudringen. Seine Hand übernahm den Part ihrer Enge. Er verlor sich in der Fantasie, Anni langsam zu stoßen. Es dauerte nicht lange, bis sich der Höhepunkt zusammenbraute. Er packte fester zu, rieb schneller, weil er es nicht mehr erwarten konnte, in seiner Fantasievorstellung zu kommen. Seine Hüften pumpten seiner Reibung entgegen.

Das Smartphone meldete mit plärrendem Hardrock einen privaten Anruf. Der Orgasmus blieb in seinen Eingeweiden stecken. Eine seichtere Melodie für eingehende Anrufe auszuwählen, kam ganz oben auf seine Prioritätenliste. Er zog den Hosenbund über sein unbefriedigt pulsierendes Stück Fleisch. Angenervt von sich und der Störung nahm er das Gespräch an. „Was gibt's?"

„Hab ich dich bei einem Date gestört? Du hechelst so."
„Nein, nur aus dem Schlaf gerissen."
„Du musst für mich einen Termin übernehmen, Lukas."
„Was? Wann?"
„Jetzt!"
„Vergiss es! Mir ist zur Zeit nicht nach Dates."
„Komm schon. Die Kundin ist hier und ich habe mir auf dem Parkplatz den Fuß gebrochen."

Scheiße.

„Es wird dir nicht schwerfallen. Bei der bezaubernden Dame schießt eine lustlose Latte von ganz alleine in die Höhe."

Schon möglich. Es bedurfte nicht viel, dass ein Schwanz ein Eigenleben begann, aber Kopf und Herz sehnten sich nach Anni. Momentan würde es ihn ankotzen, andere Frauen zu vögeln und die Kundinnen hatten eine motiviertere Einstellung verdient. Er musste sich erst wieder fangen.

„Wieso brichst du den Termin nicht einfach ab? Sie wird ja wohl verstehen, dass du mit einem gebrochenen Fuß nicht sonderlich unterhaltsam bist. Sie hat sich auf dich eingeschossen, da wird sie ein Ersatzmann kaum trösten."

„Du rettest ihr bestimmt den Abend. Ich bin sicher, wenn wir den Termin abbrechen, ruft sie umgehend einen anderen Escort-Service. Du würdest es echt bereuen, diese Kundin zu verlieren."

Im Moment war ihm egal, ob sie eine Kundin verloren. Aber wenn er sich irgendwann wieder eingekriegt hatte, bereute er das womöglich tatsächlich.

„Es dauert doch eine kleine Ewigkeit, bis ich mich in Schale geworfen habe und bei eurem Treffpunkt bin."

„Solange brauchst du gar nicht. Zieh dir einen schicken Zwirn an und komm rüber. Sind nur dreißig Kilometer von dir."

„Nur dreißig Kilometer? Hast du einen Hörfehler bei meinen Regeln?"

„Du hast mir die Buchung doch selbst weitergeleitet, Lukas!"

Verdammter Mist auch. Er war in der letzten Zeit nicht mit dem Kopf bei der Sache gewesen. Zu flüchtig hatte er über die Buchungswünsche gesehen und sie einfach an den jeweiligen Favoriten weitergeschickt. Die Jungs brauchten ihm dann nur noch mitteilen, ob sie zu- oder abgesagt hatten.

„Was hast du für einen Eindruck von ihr? Kommt man ohne Sex aus der Nummer raus?"
Einige Sekunden war es still am Handy. Nur Phils Atem war zu hören. Dafür, dass er einen gebrochenen Fuß hatte, war der übrigens recht ruhig. Müsste er nicht etwas stöhnen und jammern?
„Schon möglich", antwortete Phil schließlich. „Aber das wirst du kaum wollen."
Wollte er ganz gewiss. „Okay, lass dir noch eine halbe Stunde von ihr den Fuß oder was auch immer pusten, dann bin ich da und sehe zu, wie ich der Dame den Abend unverfänglich verschönern kann."
Er ließ sich den Treffpunkt sagen und machte, dass er in einen seiner schwarzen Anzüge kam. Sein Ärger über diesen unerwünschten Termin spiegelte sich darin weder, dass er sich beim Zuziehen des Krawattenknotens fast erwürgte.
Auf dem Parkplatz des Gasthofes ließ er das Handy seines Freundes einmal klingeln, damit der wusste, dass er da war. Mit dem Öffnen der Eingangstür zwang er sich zu einem entspannten, charmanten Lächeln. Als er aus dem kleinen Vorraum nach links in den Speisebereich schwenkte, beugte sich Phils breiter Rücken gerade zu seinem Date herunter. Zunächst sah Lukas im Näherkommen nur eine honigblonde Steckfrisur und eine zierliche Schulter mit breitem, schwarzen Träger. Als Phil sich jedoch aufrichtete und zu ihm umdrehte, glaubte er, im falschen Film zu sein. Er musste etwas an den Augen haben oder wie kam es sonst, dass er in jeder Frau plötzlich Anni sah. Sein Freund kam ihm entgegen. So viel zum gebrochenen Fuß. Er hatte geahnt, dass Phil sich nur aus diesem Termin stehlen wollte. Lukas schaute an ihm vorbei noch einmal auf seine Vision. Scheiße auch, es war Anni! Rattenscharf aufgeputzt. Was zur Hölle machte sie hier?
Phil blieb dicht vor ihm stehen. „Sie will entjungfert werden", flüsterte er ihm zu. „Nicht, dass ich nicht danach

lechzen würde, aber ich schätze, das möchtest du lieber selbst übernehmen."

„Ist sie etwa dein Date?"

„Ja."

„Sollte die Dame nicht Mitte vierzig sein?"

„Deine süße Maus hat geschummelt."

Ein kalter Schauer rieselte ihm über Nacken und Wirbelsäule.

„Phil, weiß sie, dass ich ein Escort bin?"

„Bis jetzt wohl noch nicht, wenn du es ihr nicht selbst erzählt hast. Da wir Freunde sind, ist dein Auftauchen hier entschuldigt. Sieh zu, was du daraus machst." Phil schob sich an ihm vorbei und verschwand hinter der Tür mit der Aufschrift ‚Toiletten'.

Anni sah ihm mit erschrocken aufgerissenen Augen entgegen. Er wählte den Stuhl ihr gegenüber. Vor ihr schimmerte dunkelbraune Flüssigkeit mit Eis in einem Glas. Ein Hauch von Weinbrand zog zu ihm herüber. Der Intensität nach mit Cola im Verhältnis eins zu eins gemischt. Unruhig drehten ihre zierlichen Finger das Glas hin und her. War es ihr erster Drink? Das Glas war noch voll. Er vermutete eher, dass sie schon mindestens einen intus hatte.

Sie bestellte sich einen Escort, um entjungfert zu werden? Sie war dreiundzwanzig, schön wie ein Porzellanpüppchen und hatte erzählt, ihre Lover wären keine Leuchten im Bett. Bisher schien alles, was sie von sich gab, gelogen zu sein. Was konnte man ihr überhaupt glauben? Ihr unberührter Zustand war vermutlich wahr, sonst hätte sie sich nicht einen Profi gebucht, von dessen Job sie nichts hielt. Obwohl unberührt ja auch relativ sein konnte, wenn ihre bisherigen Lover andere Praktiken genutzt hatten.

Eine mittlerweile vertraute Woge von Eifersucht rollte durch seine Adern, bei der Vorstellung, wie sich andere Kerle an ihr befriedigten.

Das hochgesteckte Haar betonte ihre schlanke Halslinie, lud dazu ein, die Lippen auf den Puls unter ihrem Ohr zu drücken. Der Ausschnitt ihres Kleides war aufreizend tief. Ein schwarz-durchsichtiger BH, der nur gerade eben ihre Brustwarzen bedecken konnte, blitzte bei jeder leichten Bewegung hervor. Ein bisschen zu ordinär für diese Gaststätte. Zweifellos hatte sie sich für ihre Begleitung heute Abend besonders schmackhaft machen wollen. Phil hatte recht, bei ihrem Anblick musste sich eine lustlose Latte in rasender Geschwindigkeit aufpumpen. Wahrscheinlich hatte er ihr die ganze Zeit mit dicker Hose gegenübergesessen. Lukas rechnete es ihm hoch an, dass er sich bezähmt und ihn angerufen hatte.

Mist, dass er sich Zuhause kurz vorher so hochgeschaukelt hatte. Der unbefriedigte Hormonausstoß ließ seine Mitte bei Annis glänzenden Lippen und lockenden Brüste am Rad drehen.

„Was machst du hier?", fragten beide, wie aus einem Mund.

Fahrig wischte sie gleich darauf mit einer Hand durch die Luft. „Blöde Frage. Phil hat dich hergerufen. Weiß bloß nicht, was er damit bezwecken will."

Sie sprach ein bisschen mit träger Zunge. Es war definitiv nicht ihr zweites Glas. Trank sie sich Mut an?

„Sollst du mich nach Hause bringen? Hat er dir erzählt, weshalb ich hier bin?"

„Anni, ich denke, es ist wirklich besser, wenn ich dich jetzt nach Hause fahre."

„Ich will aber nicht nach Hause! Und keiner von euch hat das Recht, mich zu bevormunden. Klar hat er dir erzählt, warum ich hier bin. Dann weißt du auch über ihn Bescheid."

Er zuckte nur die Achseln, was bei ihr ein Schnauben hervorrief. „Natürlich stört dich sein Job nicht. Du hast ja einen Faible für … für … Escorts. Hast du ihn schon öfter gebucht? Seid ihr deswegen Freunde?"

Es schien ihm angebracht, sie erst noch ein bisschen toben zu lassen, bis sie ihr Pulver verschossen hatte. Er hatte nicht das Gefühl, dass sie ihm im Augenblick zuhören mochte. Aber er schüttelte wenigstens verneinend den Kopf.

Wie schon geahnt, glaubte sie ihm nicht. „Klar hast du und ebenso klar ist mir mittlerweile auch, warum vor mir noch keine Frauen deine Bude betreten haben. Warum hast du mir neulich am Pool nicht einfach gesagt, dass du lieber Männer anfasst als mich? Ich wäre zwar enttäuscht gewesen, hätte es aber verstanden. Niemand kann was für seine Neigungen."

„Anni ..."

„Wie passt Bernie in dein Gefüge? Er ist nicht käuflich. Aber Scheiße, ja, zwei schöne Kerle wie ihr mussten ja irgendwann zueinanderfinden. Die einzigen beiden Typen, die mir gut gefallen, gehen lieber miteinander ins Bett, statt mit mir. Ich beneide euch umeinander."

„Du findest Homosexualität nicht ekelhaft?"

„Wieso? Nein. Ich finde nur ekelhaft, dass ich dich nicht auch reize. Mag bescheuert klingen, aber ich habe Bernie sehr gern und hätte ihn nicht als Rivalen um dein Interesse angesehen, wenn du so ein Beides-Dings wärst. Wie nennt man das noch?"

„Bisexuell."

„Ja, so ein Bi-Dings eben. Wegen ihm könnte ich nicht eifersüchtig sein. Verstehst du? Weil er ein Mann ist. Mit einer Frau könnte ich dich niemals teilen. Aber du bist ja nicht so ein Bi-Dings und ... und ..." Sie setzte ihr Glas an die Lippen, was ihren trunkenen Redefluss abwürgte.

Der war allerdings sehr aufschlussreich gewesen. Wenn es dazu kam, dass er ihr etwas beichten musste, war sein Sex mit einem Kerl also das kleinste bis gar kein Problem.

„Anni, stell das Getränk weg. Ich bringe dich jetzt nach Hause und morgen reden wir in Ruhe."

Trotzig funkelten ihre Augen ihn an. „Nein! Heute Abend ist mein Tag!"

Ihm blieb anscheinend nichts anderes übrig, als sie sich über die Schulter zu werfen, wenn sie weiter so zickig blieb. Phil kam von der Toilette, ging zum Tresen und zahlte seine Zeche. Dann verabschiedete er sich mit einem kleinen Nicken in Lukas' Richtung und strebte zum Ausgang. Anni sprang auf und stöckelte ihm schwankend hinterher. Verdammte Scheiße, war das Kleid kurz. Wollte sie Phil jetzt überzeugen, seinem Auftrag nachzukommen? Wenn der sich nicht gerade auf dem Klo einen heruntergeholt hatte, bestand die Gefahr, dass er sich kein zweites Mal herauswand und Anni vielleicht schon auf dem Parkplatz ihren Wunsch erfüllte. Sie entsprach genau dem Typ Frau, den Phil reihenweise mit Heißhunger jagte und erlegte. Eines seiner privaten Hobbys.

Der Gedanke an Phil in Anni bereitete ihm Übelkeit. Lukas sprang auf, um das zu verhindern, doch da kam Anni schon zurück, zerrte Phil an seiner Krawatte hinter sich her, wie einen störrischen Gaul. Erstaunlich, dass der sich das bieten ließ. Sein Freund war privat ein sehr dominanter, unerbittlicher Mann.

Anni zog den Stuhl links von ihrem Platz zurück und deutete darauf. „Setzen!"

Sie plumpste auf ihren eigenen Stuhl und genehmigte sich einen weiteren kräftigen Schluck. Verärgert sah sie zu Phil. „Weshalb willst du dich aus dem Staub machen und mich von Lukas nach Hause verfrachten lassen? Was stimmt an mir nicht, dass du nicht mit mir ins Bett willst?"

„Anni! Du bist betrunken", ermahnte Lukas sie leise.

„Bin ich nicht! Du bist überflüssig hier, Lukas. Heute gehört Phil mir."

Irritiert hob sich eine Braue seines Freundes. „Anni", setzte Phil besänftigend an. „Was du von mir möchtest, willst du doch in Wirklichkeit lieber mit Lukas tun."

„Ja, aber er kommt dafür ja nicht infrage, weil er nur auf Männer steht."

Überrascht schnellten nun beide Augenbrauen hoch, als er Lukas ansah. Phil lehnte sich zurück und verschränkte die Arme vor der Brust. Seine Wangen nahmen einen fahlen Farbton an. „Jetzt wirds interessant. Ist mir bisher was Wichtiges entgangen?"

Lukas winkte ab. „Ein Missverständnis."

„Was gibt es da Mistzuverstehen?", maulte Anni und nahm noch einen Schluck von ihrer harten Mischung.

Lukas hielt ihren Arm mit dem Glas fest. „Du sollst nichts mehr trinken. Und was du im Keller gesehen hast, war nur eine freundschaftliche Geste."

„Ich habe euch doch durch die Wand stöhnen gehört. Ach, Scheiße. Entschuldige. Phil sollte das wohl nicht wissen?" Betreten rieb sie sich die Stirn.

„Was du gehört hast, war nicht ich, Prinzessin. Ich habe nur zugesehen, weil ich etwas herausfinden wollte. Ich bin nicht schwul."

Auf Phils Gesicht zeigte sich ein erleichtertes, verstehendes Grinsen, bevor er sich Anni zuwandte. „Süße, ich versichere dir, Lukas kommt nur bei Frauen richtig in Schwung."

Innerlich wand Lukas sich unbehaglich. Phil wäre entsetzt, wenn er vom Verlauf seines letzten Dates erführe.

„Woher willst du das denn wissen?", grummelte sie. „Hältst du ihm dabei die Laterne?" Dann schaute sie nachdenklich von einem zum anderen.

Ahnte sie jetzt, dass sie im gleichen Gewerbe arbeiteten? Er fühlte sich noch nicht so weit, ihr sein Geschäft zu gestehen. Und in ihrer aufgebrachten Verfassung stürzte sie die Wahrheit bestimmt in ein nächstes Extrem.

Sie hob die linke Hand. „Stop. Eine Minute Auszeit, Jungs." Sie zog ihr Smartphone aus der Tasche und wischte konzentriert darauf herum.

Phil zupfte Lukas am Jackettsaum und beugte sich zu ihm herüber. „Gib mir unauffällig dein Smartphone."

„Wieso?", frage Lukas ebenso leise zurück.

„Gib es mir einfach. Schnell."

Lukas fischte es aus seiner Jackentasche. Noch in seiner Hand begann es, einen Maileingang für seinen Escort-

Service zu verkünden. Phil gab ein ertapptes Stöhnen von sich.

Mit zusammengekniffenen Lippen sah Anni ihn an, legte ihr Handy auf den Tisch und lehnte sich mit verschränkten Armen zurück. „Ging ja noch schneller, als ich dachte. Willst du nicht nachsehen, was für Praktiken ich bei Aramis eingetragen habe? Ich glaub's einfach nicht. Du bist eine männliche Nutte? Du vögelst Frauen für Geld?"

Beschwichtigend hob Lukas die Hände. „Leiser bitte, Anni. Und ja, so ist es eben."

Ihre Unterlippe begann zu zittern und ihre Augenwinkel füllten sich wässrig. Blinzelnd legte sie den Kopf kurz in den Nacken, bevor sie ihn wie ein verletztes Reh ansah.

„Ich habe mich in einen Prostituierten verknallt, ich fasse es nicht. Dass es so aussah, als wärst du schwul, hat mir ja schon den Boden unter den Füßen weggezogen. Aber diese Neuigkeit setzt mich richtig auf den Arsch. Wie viele Frauen arbeitest du an einem Tag ab? Drei? Vier? Oder mehr? Hätte ich dir Geld in den Slip stecken müssen, damit ich dich reize?"

Ihre Worte bohrten sich wie Nadeln in sein Fleisch.

„Vermutlich habt ihr beiden auch schon zusammen Frauen beglückt, dass Phil sich so gut mit deinen Vorlieben auskennt? Wie sieht es aus? Brauche ich fürs Entjungfertwerden besser zwei Kerle? Was ratet ihr mir als Profis?"

„Hör auf, Anni!", befahl Lukas.

Phil stand auf. „Ich bin raus aus diesem Abend. Ihr seid beide erwachsen und ineinander vernarrt. Sprecht euch aus oder streitet. Und dann vögelt endlich miteinander. Dann kommt alles in Ordnung."

In angespanntem Schweigen sahen sie zu, wie Phil das Lokal verließ. Ein leises Schniefen kam aus Annis Richtung. Lukas fühlte sich grottenschlecht. Vor so einem Moment hatte er immer Angst gehabt, dabei hatte er nicht mal eine Beziehung mit Anni. Aber sie erreichte etwas in ihm, das bisher nur seinen Familienmitgliedern vorbehalten war, etwas, das es unerträglich machte, dass sie schlecht von ihm dachte. Sie hatte sich in ihn verliebt? Ja, so musste er seine Gefühle für sie wohl auch definieren.

Sie zog die Nase hoch. „Okay, bleibst also nur du über."

Sie kramte in ihrer Tasche, brachte ein Bündel Geldscheine zum Vorschein und legte es vor ihm auf den Tisch. „Die Hälfte im Voraus. So steht es in den Vereinbarungen. Zähl nach, ich bescheiß dich nicht. Und dann lass uns nach oben ins Zimmer gehen."

Lukas nahm das Geld, angelte nach ihrer Tasche und steckte es wieder hinein. „Wir werden nicht auf das Zimmer gehen. Nicht, weil ich dich nicht will, und zwar ohne Bezahlung, sondern weil du aufgewühlt und betrunken bist. Ich bringe dich jetzt nach Hause."

„Und Tschüss, Lukas. Ich bleibe und rufe mir eben einen anderen Callboy her. Du weißt ja sicherlich, wie viele in dieser Region ihre Dienste anbieten. Ich bin sicher, einer davon kann mich dazwischenschieben."

Scheiße, Scheiße, Scheiße! Er ging zum Tresen und bestellte ein Wasser und noch einen Weinbrand-Cola. Eine Mischung zwei zu eins. Bei ihrem Alkoholpegel musste sie das endgültig aus den Schuhen hauen. Er zahlte schon mal die Rechnung, samt des Zimmers. Der Wirt musterte ihn wie einen Verbrecher. Lukas zog eine Visitenkarte von seinem Reitbetrieb aus dem Portmonee und gab sie ihm.

„Diese zarte Lady ist bei mir sicher aufgehoben. Kein Grund zur Sorge."

Er erhielt die Getränke und reichte Anni die alkoholische Mischung. „Stoß mit mir an, Prinzessin. Gönn mir den kleinen Abschiedstrunk mit dir. Auf unsere kurze, ehemals schöne Freundschaft. Kein familienfremder Mensch hat mir jemals so viel bedeutet, wie du."

„Beschissener Lügner!" Trotzdem stieß sie ihr Glas an seines. „Du trinkst ja nur Wasser."

„Ich muss auch noch fahren. Und was das Lügen angeht, Aschenbrödel, hast du mir einiges voraus. Wer im Glashaus

sitzt, sollte nicht mit Steinen werfen. Ich habe dir nur verschwiegen, was ich für ein Hauptgeschäft betreibe."
Sie leerte das Glas bis zur Hälfte. Wenn er sie richtig einschätzte, musste er sie nur noch ein paar Minuten davon abhalten, irgendeinen Callboy anzurufen.
„Hast du mich wirklich bis vor ein paar Minuten gern gehabt oder nur unterleibsgesteuert auf mein Aussehen und Geld reagiert?"
Sie gab ein Schnauben von sich. „Eingebildeter Affe. Leider war dein Aussehen wirklich der Auslöser für mein Interesse. Erstens schweben innere Werte nicht wie Reklametafeln über den Köpfen und zweitens habe ich danach gar nicht gesucht, sondern nach einem schönen Kerl für meine Entjungferung. Dass ich mich in dich verliebt habe, ist ein lästiger Nebeneffekt."
Er drehte ihre Hand auf dem weißen Tischtuch mit der Innenfläche nach oben und strich sanft über ihren Puls. „Ist von dem lästigen Nebeneffekt noch etwas übrig geblieben?"
Nach einigen Sekunden des Luftanhaltens entzog sie ihm die Hand. „Ich weiß nicht … ich bin durcheinander … ja, aber ich finde abstoßend, wofür du dich hergibst."
„Du wolltest mit so einem abstoßenden Geschöpf heute Abend ins Bett, Anni."
Ihre Schultern zuckten kurz. „Torschlusspanik. Ich hoffe, wenn der Typ mir nichts bedeutet, kann ich für zwei Stunden darüber hinwegsehen."
„Bist du jemals mit einem Mann intim gewesen, Prinzessin?" Vor Anspannung konnte er kaum atmen.
„Wär ich dann noch Jungfrau?! Blödmann. Ich war bisher zu wählerisch."
„Gewisse Praktiken bewahren die Jungfräulichkeit."
Ihr Blick versuchte, ihn zu erdolchen. „Du musst es ja wissen!"
Also war sie tatsächlich nocht total unerfahren. Sein Herz machte einen wahren Freudenhüpfer. „Lass uns nochmal

anstoßen, Anni, und über was Schöneres reden. Willst du wissen, wie es den Kätzchen geht?"

Sie begann, auf ihrem Stuhl zu schwanken. Ihr Kopf kippte kraftlos vornüber. Vorsichtshalber hielt er seine Hand auf der Tischplatte bereit, damit sie nicht zu hart aufschlug. Doch auf halbem Weg richtete sie sich wieder auf und sah ihn glasig an. „Weiß ich doch. Hab sie heute selbst gesehen."

Dann verkraftete ihr Bewusstsein den Alkohol nicht mehr. Lukas fing ihren Kopf vor der Tischplatte ab und legte ihn sanft darauf nieder. Er eilte um den Tisch herum, hängte sich ihr Täschchen über die Schulter und hob Anni auf seine Arme. Sie war leicht wie eine Feder.

Vorsichtig bugsierte er sie auf den Beifahrersitz seines Wagens und zog den Gurt um sie herum. Sie bekam das alles gar nicht mit, schlief in ihrem Alkoholrausch. Lukas strich mit den Lippen über ihre Stirn. „Kotz mir nicht ins Auto, Prinzessin."

Wie ein rohes Ei chauffierte er sie nach Hause. Auf dem Parkplatz vor ihrem Kellerloch brachte er den Wagen zum Halten. Ihr süßes, schlafendes Gesicht lag ihm zugewandt an dem Ledersitz. Ihr Mund war leicht geöffnet, der Ausschnitt ihres Kleides durch unruhige Bewegungen verrutscht. Er gab ihre rechte Brust frei, die nur noch von einem durchsichtigen schwarzen Hauch bedeckt wurde. Wenn er die Entjungferung nicht übernahm, würde es bald ein anderer tun. Vielleicht schon morgen. Nicht einmal durch den scharfen Ruck beim Anfahren wachte sie auf.

Dunkel und still starrten die Gebäude seines Hofes auf ihn herab. Von der alten Scheune kam ein dünnes Pfeifen, wo der Wind durch das Dachgebälk drang. Raschelnd trudelten ein paar trockene Blätter an seinen Schuhspitzen vorbei. Er verlagerte Annis Gewicht auf seinen Armen. Ihre Stirn ruhte an seinem Hals. Er sollte sie jetzt eigentlich in ihrem Kellerzimmer zudecken und verschwinden. Sollte ihr Zeit geben, zu entscheiden, ob sie mit seinem Geschäft zurechtkam und damit, dass er es selbst ausgeübt hatte. Doch wie würde sie diese Zeit nutzen? Sie gehörte zu ihm, war der Schlüssel zu seinem Glück. Scheiß was auf die Lügen. Er brauchte, wie sie sein Herz berührte, es heilte. Er konnte sie nicht kampflos ziehen lassen.

Im Zerschmelzen von inneren Widerständen bei Frauen war er Profi. Obwohl sie ihn buchten, scheuten viele zunächst die intime Nähe, bekamen Angst vor ihrer eigenen Courage, hinterfragten ihren Entschluss zu einem Professionellen. Hinterher konnten sie nicht genug von ihm bekommen. Hoffentlich versagte seine Wirkung nicht gerade bei Anni. Sie musste ein fester Bestandteil seines Lebens werden. Er brauchte sie, wie die Luft zum Atmen.

Unter seinen Sohlen knirschten Sandkörnchen auf dem Hofpflaster. Unnatürlich laut hallte das in der Stille wieder. Er kam sich vor wie Dracula, der seine Liebste in seinen Turm entführte, um sie für ewig an sich zu binden. Kein besonders anständiger Plan, aber er hatte auch keine anständige Vergangenheit vorzuweisen, die Annis Herz für ihn zugänglicher machte.

11. Kapitel

Lukas

Sie sah übernatürlich schön und zerbrechlich aus, als sie auf seinem blutroten Laken lag. Die erste Frau, die es berührte, vielleicht abgesehen von den Arbeiterinnen, die es hergestellt hatten. Vorsichtig befreite er ihr Haar von den Spangen, breitete es wie einen Fächer aus Honig auf dem schwarzen Kopfkissen aus. Es war so weich, so seidig und duftete nach Lavendel.

Millimeter für Millimeter strichen seine Fingerspitzen an der glatten Haut ihres Halses entlang, glitten über ihre Schultern und streiften die Träger des Kleides herab. Das dünne Jerseykleid bestach nicht gerade durch Stil, war vermutlich eine billige Schnellbeschaffung, die besser unter vier Augen blieb. Ohne etwas darunter. An seiner Bar im Billardzimmer zum Beispiel und bei einem Billardspiel. Hör auf, dich hochzuschaukeln, Lukas.

Mit einem tiefen Durchatmen versuchte er, sich zusammenzunehmen, bevor er das Vorderteil des Kleides herunterzog. Ihre Brüste in dem durchsichtigen BH wurden sichtbar. Dunkle Höfe, in deren Mitte ihre Knospen darauf warteten, zum Leben erweckt zu werden. Von ihm. Ihr Brustkorb hob und senkte sich unter ihren seichten Atemzügen. Helle, lockende Haut spannte über ihren Rippen, ihrem flachen Bauch. Sein Zeigefinger zeichnete eine imaginäre Linie hinab zum Bauchnabel, umkreiste ihn und fuhr weiter abwärts bis zum Rand ihres Höschens.

Leicht gebremst von ihrem Po auf dem Laken rutschte der Stoff des Kleides an ihren Oberschenkeln entlang, bis er es schließlich samt ihren Schuhen ganz abstreife. Sie trug ein Höschen, wie jenes, das er von ihr hatte.

Ohne den Blick von ihr lösen zu können, entledigte er sich der Krawatte und des Jacketts. Die Schuhe fielen wie von selbst von den Füßen, Hemd und Hose flogen zum Jackett auf den Sessel, die Strümpfe folgten. Seine Mitte war hart wie Stein, benetzte in Vorfreude seine Shorts.

Lukas' Puls hämmerte in der Brust. Wann hatte ihn eine Frau zum letzten Mal so tiefgründig aufgewühlt? Die ersten Dates als Teenager, ja. Dann der Unterricht mit Hanna, die ihm zeigte, was er als Escort alles beherrschen sollte. Aber all das war Lichtjahre her.

Langsam ließ er sich neben Anni nieder. Ihr schlafendes Gesicht war ihm zugewandt. Er wickelte sich eine honigfarbene Strähne um die Finger, hielt sie an seine Nase und inhalierte ihren Duft. Er vermied jede ruckartige Bewegung und zog die Bettdecke über sie beide, schob einen Arm unter Annis Brustkorb und drückte sich an sie. Ohne aufzuwachen, wälzte sie sich zu ihm herum, presste ihre Stirn an seine Halsbeuge. Ein Akt unschuldigen Vertrauens im Alkoholrausch. Ihr Atem streifte über seine Haut. Lukas wagte kaum, Luft zu holen. Diese intime Nähe zu Anni wob eine Wolke von Zufriedenheit um ihn. Beruhigend und aufregend zugleich. Sie war bei ihm. So sollte es für immer sein.

Er ertastete jeden ihrer Wirbel, ihr Steißbein und stieß auf die etwas rauere Oberfläche ihres Slips. Stramm füllte ihr kleiner Hintern das Gewebe. Er konnte nicht widerstehen, seine Handfläche immer wieder darübergleiten zu lassen. An den Fingerspitzen spürte er die Hitze ihrer Scham. Anni regte sich unruhig, öffnete unbewusst ihre Schenkel und drückte gegen sein überreiztes Glied.

Die Gier nach ihr trieb einen Schweißfilm auf seine Haut, flach sog er Luft in die Lungen. So wurde das nichts! Er würde verrückt werden, bevor sie ausgenüchtert aufwachte. Er machte, dass er aus dem Bett kam, ging ins Badezimmer und streifte sich die feuchte Shorts ab. Scheiße auch, so hart war er sich schon lange nicht mehr vorgekommen, es tat schon fast weh.

Er stieß die Tür zur Dusche auf, stützte sich mit den Händen an den Fliesen ab. Kaltes Wasser? Es würde auf seinem heißen Schwanz wohl verdampfen. Auf jeden Fall würde die Abkühlung nicht lange anhalten. Er ließ seiner

Fantasie freien Lauf, sah Anni in ihrer Unterwäsche vor sich posieren. Seine Hand begann langsam und fest zu arbeiten. Eigentlich konnte er als Profi recht lange durchhalten. Eigentlich. Bei Anni schaffte er es in seiner Fantasie nicht mal über das Lecken raus. Es kam ihm so heftig, dass ihm die Beine einknickten.
Wesentlich gelassener legte er sich kurz darauf wieder zu Anni und bettete sie in seine Arme.

Ein Rucken an der Bettdecke und ein spitzer Schrei weckten Lukas auf. In Sekundenbruchteilen sortierte sein Gehirn durch, dass in seinem Bett für gewöhnlich keine zweite Person lag, er nie bei einer Frau übernachtete … dass er Anni mit hierhergebracht hatte. Er drehte sich der Bewegung auf seiner Matratze zu. Anni saß mit angezogenen Knien am Kopfende, einen Großteil der Bettdecke um sich geschlungen. Aus großen Augen starrte sie ihn an.

„Du bist nackt", brachte sie krächzend hervor.
Er sah an sich entlang. Ja. Splitterfasernackt, inklusive Morgenlatte. Er hatte keinen Grund gesehen, sich nach dem Duschen Shorts anzuziehen. Er schlief immer nackt.
„Guten Morgen, Prinzessin. Hast du gut geschlafen?"
„Wieso bin ich hier? Hab ich es getan? Mit dir?"
Er zog eine Ecke des Bettzeugs über seine Blöße und setzte sich auf. Vielleicht entspannte sie sich, wenn ihr Blick nicht ständig an seinem guten Stück klebte.
„Wünschst du dir, dass wir es getan haben?"
Sie schluckte vernehmlich. „Nein. Ich finde den Gedanken zum Kotzen, dass du mir etwas reingeschoben hast, das schon in unzähligen anderen Frauen war."
Wäre ja auch zu einfach gewesen, wenn sie jetzt schon alle Bedenken über Bord geworfen hätte. „Bei Phil oder einem anderen Callboy wollte dich das gestern nicht stören."
„Bei denen sticht die Vorstellung ja auch nicht in meiner Brust."
„Dann hast du mich also immer noch gern?"

„Ja. Deswegen komme ich mit dieser Vorstellung auch nicht klar."

Er fühlte sich gerade wunderschön beschenkt. Sie hatte ihn noch gern, darauf musste sich doch Vergebung aufbauen lassen. „Du bist noch genauso unberührt wie gestern Abend. Ich mache mich nicht über wehrlose Frauen her, Anni. Ich wollte, dass du bei klarem Verstand bist, wenn du mit mir schläfst."

„Mann, wie überheblich, dass du davon ausgehst, dass ich nur neben dir aufwachen brauche, deinen Luxusbody sehe und nicht widerstehen kann, die Beine breitzumachen. Bei wie vielen Frauen hat das schon funktioniert? Hundert? Ich bin dann mal weg." Sie rutschte auf die Bettkante zu.

Lukas bekam sie an den Schultern zu fassen, drückte sie sanft aber bestimmt auf das Laken und stützte sich über ihr ab. „Du bist die erste Frau, die ich mit nach Hause genommen habe und die einzige, die ich in meinem Leben behalten will. Ich muss nicht selbst als Escort weiterarbeiten. Bisher hatte ich nur keinen Grund, damit aufzuhören. Du bist ein guter Grund. Gib uns eine Chance, lass Gras über meine Vergangenheit wachsen."

„Nicht selbst als Escort arbeiten? Moment. Bist du sogar der Chef von dem Vögelservice?"

„Ja."

Ihre Hände stemmten sich gegen seine Schultern. „Scheiße, auch noch ein Zuhälter. Das ist mir echt zu viel, Lukas. Lass mich weg."

Jetzt noch nicht. Erst musste sie ihm zuhören und von Angesicht zu Angesicht entscheiden, ob sie ihm sein Geschäft nicht vergeben konnte.

„Kein Zuhälter. Nur der Chef, der den Service verwaltet. Die Männer tun es alle, weil sie Spaß daran haben und stecken den Löwenanteil selbst ein. Wir sehen uns als Dienstleister für Momente des Glücks. Sieh mir in die Augen und sag, dass du meine Nähe unerträglich findest."

Ihre Lider flatterten, ihr Blick zuckte nur kurz zu seinen Augen, heftete sich dann auf sein Kinn.

„Anni?"
„Ich weiß nicht mehr, was ich finde. Ich ... ich muss nachdenken. Zuhause einen klaren Kopf bekommen."
„Das hier kann von jetzt an dein Zuhause sein. Mach es bunt und warm, mit Farben und Möbeln, die dir gefallen, mit deinem Lächeln und deinem Übermut."
Melancholie legte sich wie eine dunkele Wolke über ihre Züge. Lockend strich er mit den Lippen über ihren Mundwinkel. „Bitte, Anni, vergib mir den Weg, den ich eingeschlagen habe, um mein Familienerbe zu retten. Lass uns gemeinsam ein neues Leben beginnen."
Sie drehte den Kopf fort, Tränen sammelten sich in ihren Augenwinkeln. „Das geht nicht, Lukas."
„Doch ... doch, wenn du deinem Herzen einen kleinen Schubs gibst."
Mit sanftem Druck lenkte er ihr Gesicht zurück in seine Richtung und folgte mit der Zungenspitze den Konturen ihres Mundes. Sie setzte an, etwas zu erwidern, den steilen Falten zwischen ihren Brauen nach nichts Gutes. Er nutzte den Moment und erstickte jeden Widerspruch mit einem tiefen Kuss. Wenn Worte noch nicht überzeugten, musste Plan A das übernehmen.

Unter seinen verführerischen Zärtlichkeiten ging der Druck ihrer Hände an seinen Schultern in Streicheln über. Schauer rieselten über seine Haut, wo immer sie ihn berührte. Ihre Erwiderung war scheu, neugierig tastend, als lerne sie zum ersten Mal wirklich sinnliches Küssen kennen. Es fühlte sich wahnsinnig gut an, ihr Lehrmeister zu sein, zu spüren, dass noch keiner vor ihm sein Aschenbrödel zu wahrer Leidenschaft verführt hatte.

Wie sie seinen Mund erkundete, dem Rhythmus seiner Zunge folgte und selbst immer herausfordernder wurde, sandte heiße Wellen bis hinunter in seine Zehen. Die Melancholie in ihren Augen wandelte sich zu Hingabe, ihre Hand in seinem Nacken bat darum, dass es nicht enden möge. Bei anderen Frauen, die er erst überzeugen musste, hatte ihn die Wende von Spröde zu ‚hör bloß nicht auf' nur mit Selbstzufriedenheit erfüllt, bei Anni empfand er reines Glück.

Er legte einen Arm um ihre Taille, nagte sanft an ihrer Unterlippe und zog sie langsam in die Mitte des Bettes. In ihrem Blick glitzerte ein Cocktail aus Neugier, Unsicherheit und Erregung. Das Erste würde er stillen, das Zweite ihr nehmen und das Dritte forcieren, bis sie nichts mehr wollte, außer ihn. Er küsste eine feuchte Spur an ihrem Hals entlang, folgte ihrem Schlüsselbein und umschmeichelte ihren Brustansatz. Kleine Beben erschütterten ihren Leib. Je näher er ihren Knospen kam, umso heftiger begann Anni, zu atmen.

Die Rundungen ihrer Brüste fühlten sich an wie von Samt überzogen. Er streifte den Rand des BHs, entfernte sich wieder von ihren Nippeln, um Annis Spannung zu erhöhen und ließ seine Finger Taille, Hüfte und Schenkel erforschen. Unruhig begann sie sich unter ihm zu bewegen, strich fahrig durch seine Haare und über seine Schultern. Sie wollte mehr und wusste vermutlich nicht einmal, was genau. Mit dem Daumen erkundete er die zarte Haut an der Innenseite ihres Schenkels. Wie sie sich dabei öffnete, war eine unbewusste Reaktion. Er sparte den Mittelpunkt ihrer Lust noch aus und übte nur in kleinen Kreisen Druck auf ihren Venushügel aus.

Unter zartem Knabbern an ihren Lippen hakte er flüsternd nach, um die Stimmung nicht zu sabotieren: „Hast du dich dort schon mal selbst berührt, um dich zu befriedigen?"

Zaghaft schüttelte sie den Kopf, schlug die Lider nieder und bekam feuerrote Wangen. Diese Antwort fand er für ihr Alter noch erstaunlicher als ihre Jungfräulichkeit.

„Warst du nie neugierig, was passiert, wenn du dich dort streichelst?"

Wieder schüttelte sie ein bisschen den Kopf. „Ich hatte keinen Grund, das herausfinden zu wollen."

„Möchtest du jetzt wissen, was passiert, wenn ich dich dort streichle?"

Ihre Lider flatterten, ihr Blick wich seinem aus, aber sie nickte kaum merklich. Lukas unterdrückte den Impuls, vor Glück laut aufzuschreien. Er würde nicht nur der Erste sein, der in sie drang, sondern ihr auch den allerersten Höhepunkt ihres Lebens verschaffen.

„Ich nehme an, du hast auch noch nie einen Mann intim berührt."

„Doch."

Ihre Antwort überraschte ihn und ließ ihn vor Eifersucht zusammenzucken. „Wie hast du andere Männer berührt, ohne selbst schon angefasst worden zu sein? Haben sie dich überredet, ihnen einen zu blasen?"

Sie zwickte ihn in die Schulter. „Nein. Und es war nur ein Mann. Bernie. Ich hab mal seinen nackten Bauch gestreichelt, bevor er mir auf die Finger haute."

Erleichtert atmete er auf. Der Stachel der Eifersucht verzog sich wieder. Sie gehörte ihm, nur ihm. Kein anderer konnte ihn je damit zur Weißglut treiben, sich an ihr ausgetobt zu haben.

„Lukas? Die Frauen, die dich bezahlt haben, hast du die auch so geküsst wie m...?"

Er erstickte ihre Worte mit einem erobernden Kuss. Für diese Fragen war hier kein Platz. In ihrer Erwiderung spürte er die neuaufgeflammte Distanz. Forscher als zu Beginn strich er über ihre Formen und befreite eine Brust aus dem BH. In seiner Handfläche spürte er ihren Nippel anschwellen. Anni stöhnte leise an seinem Mund auf und bog sich ihm entgegen.

„Oh Gott ... Lukas", wisperte sie überwältigt.

Er konnte sich ein Schmunzeln nicht verkneifen. In ihrer Unschuld hatte sie keine Vorstellung davon, welche Wonnen noch auf sie warteten. Sanft zwirbelte und umschmeichelte er ihre Knospe, bis Anni erregt wimmerte. Dann wurde es Zeit, ihr zu zeigen, was wahre Ekstase auslöste. Feuchte Hitze empfing seine Hand an ihrer Scham durch das Höschen hindurch. Noch drückte er nur leicht dagegen, was sein Aschenbrödel schon zu flachem Hecheln reizte. Als er die Finger unter die Spitze und durch ihre Nässe gleiten ließ, bäumte sie ihm ihr Becken mit einem spitzen Aufschrei entgegen. Er gab ihren Mund frei, leckte eine Spur zu ihrer Brust, saugte an ihren Knospen und reizte ihre Klit, bis sie sich unbeherrscht unter ihm wand, dann drang er mit einem Finger in sie ein.

„Oh Gott ... Lukaasss!", schrie sie mitgerissen auf und begann sich heftig auf seinem Finger zu wiegen.

Er nahm einen Zweiten dazu, um sie zu weiten. Seine Härte pochte vor Ungeduld, in sie zu kommen, sie endgültig zu seiner Prinzessin zu machen. Die Gier danach brannte wie Feuer in seinen Adern.

„Was passiert mit mir ... was passiert mit mir?", stammelte sie fassungslos.

Ein klares Zeichen, dass sie auf ihren ersten Höhepunkt zudriftete. Lukas hörte auf, sie weiterzutreiben, streifte ihr schnell das Höschen ab und ließ auch seine ursprüngliche Absicht fallen, ihren Liebesnektar zu trinken. Das konnte er später immer noch. Sie stand schon zu kurz davor, zu kommen und er wollte sie dabei um sich spüren. Jetzt war sie so aufgelöst, dass ihr das erste Eindringen kaum Probleme bereiten dürfte. Rasch holte er ein Kondom aus seinem Vorratspack in seinem Nachttischchen und legte es griffbereit auf das Laken.

Ihre noch unschuldige Bereitschaft stellte seine Beherrschung auf eine harte Probe. Seine Anni. Sie so in Ekstase zu erleben, war wunderschön. Er spreizte ihre Schenkel und kniete sich dazwischen, öffnete ihre Scham weit für seine Augen. Ihr rieselnder Honig in dem rosigen, nach Erfüllung pulsierenden Fleisch ließ ihm das Wasser im Mund zusammenlaufen. Später.

Er schob sein dickes Kopfkissen unter ihr Becken und strich zart über ihre Klit, damit ihre Erregung nicht nachließ, dann versenkte er wieder zwei Finger in ihr, um sie zu dehnen. Von ihrem Sinnesrausch beherrscht, nahm Annis Unterleib den naturbestimmten Rhythmus auf. Ihre Hände krallten sich in das Laken, selbstvergessene Seufzer drangen aus ihrer Kehle. Hart aufgerichtet wippten ihre Nippel über der schwarzen Spitze. Gott, es kostete ihn fast unmenschliche Überwindung, sich nicht einfach in sie zu rammen und zu stoßen, bis sie beide Erlösung fanden.

Er führte seine Eichel durch ihre sämige Nässe, rieb damit in kleinen Schüben über ihre Klit und genoss, wie sich seine Lusttropfen mit ihrem Honig vermischten. Anni war in ihren Empfindungen so weggetreten, dass sie gar nicht bemerkte, was ihr kurz bevorstand. Genau so sollte es sein. Keine Zeit, um sich vielleicht vor Angst zu verspannen. Mit einem dritten Finger weitete er ihre Pforte noch ein wenig mehr, zog sie schließlich heraus und ersetzte sie nur erst durch seine weiche Spitze. Das Gefühl von Annis pulsierender Hitze darum setzte seinen Körper regelrecht in Brand, ließ Schweißperlen von seiner Stirn regnen.

In den Augen seiner Prinzessin las er die Wahrnehmung der Veränderung, aber mehr wie eine unbewusste Frage. Er zwirbelte ihre Lustperle, damit sie gar nicht beginnen konnte, darüber nachzudenken. Sofort verlor sie sich wieder in der Reizüberflutung, ruckte ihm nach Erfüllung suchend entgegen. Zentimeterweise schob er sich bis zu ihrem Hindernis vor und wieder zurück. Sein Blick streifte das Kondom. Scheiß was drauf. Anni hautnah zu spüren war das höchste aller Gefühle. Und wenn sie schwanger wurde, vergab sie ihm vielleicht noch eher, womit er sein Geld verdient hatte.

Die herausfordernden Zärtlichkeiten seiner Hände gaben ihr keinen Raum, an die Fülle in ihrem Paradies zu denken, dann stieß er sich mit einem harten Ruck durch ihr Häutchen. Sie riss die Augen auf, Panik zeigte sich darin. Er beugte sich über sie und bedeckte ihr Gesicht mit kleinen Küssen.

„Schscht … es tut gleich nicht mehr weh, Liebes."

Sie krallte sich in seine Schultern, drückte dagegen, weil sie ihn im ersten Impuls wieder loswerden wollte. Langsam begann er, sich in ihr zu bewegen. Es bedurfte nur weniger

Stöße, bis sie sich merklich entspannte und ihm schließlich noch etwas unbeholfen entgegenkam. Erst ließ er ihr Zeit, sich an seine Größe zu gewöhnen, doch mit jedem weiteren ihrer Seufzer zeigte er ihr intensiver, was es mit sich brachte, ihn in sich zu haben. Ihre Hände lösten sich von seinen Schultern und krallten sich stattdessen in seinen Hintern. Stechende Fingernägel befahlen ihm, schneller und härter zuzustoßen. Gurgelnde Laute wechselten sich mit lautem Stöhnen ab, vermischten sich mit seinem. Wellen der Ekstase zuckten durch seinen Körper, trieben ihn auf den Höhepunkt zu. Anni schrie ihre Empfindungen bei jedem Stoß ungehemmter hinaus. Er spürte, wie sie sich um ihn zusammenzog, den Atem anhielt. In dem Moment, als sie durch ihren Orgasmus erbebte, spürte auch er die berauschende Erschütterung. Glücklich genoss er jeden Schwall, den er in sie pumpte.

Während ihr Innerstes sämtliche Tropfen aus ihm molk, keuchte er an ihre zitternden Lippen: „Jetzt gehörst du mir, Prinzessin. Ganz und gar."

Er rollte sich mit ihr auf die Seite. Erschöpft kuschelte sie sich in seine Arme und schlief mit einem niedlichen Seufzer ein. Das alles hier fühlte sich so richtig an, so vollständig, als hätten sich verstreute Scherben gefunden und wieder zusammengefügt. Als hätten die beiden Teile eines Yin &Yang, wie sie es trug, zusammengefunden.

Mit einem Knurren erinnerte sein Magen daran, dass bereits Mittag war. André Margan würde auch bald auf der Matte stehen, um eine versehentliche Terminüberschneidung mit ihm zu besprechen. Vermutlich würde André auch die Gelegenheit nutzen, seinen Frust über die neuesten Eskapaden seiner Exfrau loszuwerden. Wenn er sich sonst auch gerne mit den Sorgen seiner Männer auseinandersetzte, heute wollte er nur ungern seine neue, glückliche Stimmung durch ein trübsinniges Thema dämpfen. Er hatte ohnehin Zweifel, dass sich die ganze vertrackte Trennungsgeschichte so verhielt, wie André sie sah. Irgendwas passte daran nicht zusammen. Schade, er und Jennifer waren ein tolles, immer vor Freude strahlendes Paar gewesen, bis das verwirrende, zerstörende Ereignis die Ehe beendete und André seinen Kummer in der Tätigkeit als Escort zu vergessen suchte.

Lukas fühlte noch einmal, ob er alle Bartstoppeln erwischt hatte und öffnete dann leise die Tür zu seinem Schlafzimmer. Anni war also auch endlich aufgewacht. Sie saß in seine Decke gewickelt am Kopfende des Bettes und hatte die Kätzchen entdeckt, die er vor seiner Dusche hochgebracht hatte. Bonnie lag zusammengerollt auf Annis Schoß, während die kleinen Racker tapsig auf seiner Prinzessin herumkletterten. Er legte sich quer auf das Fußende, um diesen süßen Anblick zu genießen. Annis Wangen wurden flammend rot. Sie senkte die Lider und kraulte Bonnie.

„Ähm, kannst du dir nicht wenigstens ein Handtuch um die Hüfte schlingen, Lukas?"

„Nein. Wir sind doch unter uns. Nach dem, was wir heute Morgen zusammen erlebt haben, sind Hemmungen überflüssig geworden, meinst du nicht?" Er schob seine Hand unter die Decke und streichelte ihren Fuß. „Wenn du duschen möchtest, im Badezimmer habe ich meine dezentesten Seifen für dich bereitgelegt."

„Ich hab schon geduscht, als du noch geschlafen hast. Bei dir ist nur alles so steril aufgeräumt, dass ich mich genötigt fühlte, meine Spuren zu beseitigen. Ziehst du dir bitte was über?"

Grinsend zwinkerte er ihr zu. „Nein. Gefällt dir mein Anblick nicht? Auf dem Heu warst du noch beleidigt, dass ich mich bedeckt hatte."

„Ich will nur nicht in Versuchung kommen, dich abzutatschen, wie ein Wunderwerk. Nackte Männer in einem Film zu sehen, ist was anderes, als einem leibhaftigen gegenüber zu sitzen. Weißt du nicht, dass Frauen alles anfassen müssen, was sie sehen?"

„Doch. Fass mich an, wenn du das gern möchtest."

„Überall?"

„Überall."

„Du grinst so mies selbstgefällig. Ich bin nicht die erste Jungfrau, die bei dir die Anatomie eines männlichen Körpers kennenlernen will. Die du entjungfert hast."

Die Heiterkeit verging ihm. Scheiße. Nein, war sie nicht. Für Deflorationen war er schon mehrere Male gebucht worden. Aber bei den anderen hatte er das professionell abgearbeitet. Es war ihm eher lästig gewesen, die Frauen erst behutsam in die Welt der Intimitäten einführen zu müssen.

„Was vor dir war, spielt keine Rolle mehr, Prinzessin."

„Also hab ich recht. Hast du ihnen dabei auch gesagt, dass sie jetzt dir gehören, oder schloss die Bezahlung Besitzansprüche aus?"

„Anni, bitte. Vor dir wollte ich gar keine Frau behalten. Sie waren Geschäft, niemals mehr. Die Idee zum Escort kam mir aus der Not heraus. Nach dem Unfalltod meiner Mutter und meines Bruders und dem darauf folgenden körperlichen Verfall meines Vaters suchte ich nach einem schnellen Weg, um ausreichend Geld zu verdienen, mit dem ich uns das vertraute Zuhause hier erhalten konnte. Ich wollte nicht, dass mein Vater in einem Heim dahinvegetiert und der Hof unter den Hammer kommt. Um mein vorbereitendes Studium zum Investmentbanker zu finanzieren, kellnerte ich damals nebenbei. Nach Feierabend führte mein Weg durch das Bahnhofsviertel, wo männliche und weibliche Stricher auf Kundschaft warteten. Eine schnelle Verdienstmöglichkeit, dachte ich mir. Aber zu diesem billigen Niveau konnte ich mich nicht überwinden. Für vielleicht zwanzig oder fünfzig Euro mit jedem mitgehen? Vor allem mit Männern? Das kam nicht in Frage. Doch das erinnerte mich daran, wie viele Frauen mir im Restaurant Geld zuzustecken versuchten, damit ich ihnen die Nacht versüße. Bis dahin hatte ich das immer abgelehnt und die Versuche nur amüsant gefunden, jetzt begann es, mich zu reizen. Aber wenn ich mich schon an sie verkaufte, wollte ich es auch nicht nur für fünfzig Euro tun. Das hätte niemals für unseren Unterhalt gereicht und ich fand mich auch mehr wert. Da ich nicht in einem Baumhaus aufgewachsen bin, waren mir Escortservices ein Begriff. Kurzentschlossen bewarb ich mich bei einem, dessen Internetauftritt meinen Ansprüchen an das Niveau entgegenkam."

Allein wie die Chefin des Unternehmens seine Qualitäten getestet hatte und ihn weiter darin ausbildete, was Frauen wollten, war die Bewerbung wert gewesen.

„Nach einem Jahr Übung habe ich mich in dem Geschäftszweig selbstständig gemacht, mein Studium beendet und mein Interesse für Investmentbanking genutzt, um meinen Verdienst anzulegen und zu vermehren. Dadurch konnte ich meinem Vater alles bieten, was er braucht, verstehst du? Und ich konnte seinen Traum verwirklichen, den Hof zu sanieren."

Anni schmiegte ihr nachdenkliches Gesicht in das Fell eines Kätzchens. „Kein heldenhafter, aber ein nützlicher Weg, Prinz Stacheldraht. Du hast es weit damit gebracht."

„Was nutzt Heldentum, wenn man dabei alles, was einem noch wichtig ist, zerbrechen sieht. Außerdem finde ich diese Dienstleistungen nach wie vor nicht verwerflicher als das reihenweise Abschleppen von Frauen für One-Night-Stands, wie viele Typen es handhaben. Deshalb sah ich bisher auch noch keinen Grund, damit aufzuhören. Obwohl ich es finanziell nicht mehr nötig habe."

Anni setzte die Katzen vorsichtig zur Seite, schob die Bettdecke fort und kam zu ihm gekrabbelt. Vor ihm setzte sie sich auf die Knie. „In deinem Job hast du sicher noch mehr Varianten kennengelernt, als das, was du mit mir gemacht hast?"

„Das ist doch nicht wichtig, Anni. Oder hat es dir nicht gefallen?"

„Doch. Aber ich will wissen, was dir besonders viel Spaß macht und wie sich andere Varianten anfühlen. Zeigst du mir das an diesem Wochenende?"

Er nahm ihre Hand und drückte einen Kuss in die Innenfläche. „Dafür haben wir doch den Rest unseres Lebens Zeit, Liebes."

„Dieses Wochenende schon."

„Weshalb so eilig? Kannst du mir meinen Job immer noch nicht vergeben?"

Scheiße, sie durfte ihn nicht verlassen. Was musste er noch tun, damit sie bei ihm bleiben wollte?

„Den hab ich dir schon vergeben. Ich will nur schnell alles kennenlernen, weil ... weil du mich nicht langweilig finden sollst, bei der ganzen Abwechslung, die du bisher hattest."

Der Gedanke schien sie tatsächlich zu belasten. Sie sah todunglücklich aus. „Du wirst mich niemals langweilen."

Unzufrieden schnalzte sie mit der Zunge. Anscheinend glaubte sie ihm nicht. Er kniete sich vor ihr auf das Laken und legte ihre Hand auf seine Brust. „Komm, lern meinen Körper kennen. Das ist der Anfang von allem."

Federleicht begann sie, über seine Haut zu streichen, ertastete jeden Muskel, jeden Knochen. Auch sein Gesicht ließ sie nicht aus. Als sie seine Lippen nachfuhr, küsste er ihre Fingerkuppen und nagte zart daran. Bewunderung ließ ihre Miene ätherisch schön aussehen, bei seinem Knabbern zeigte sie ihr süßes Lächeln. Schon seit Ewigkeiten hatte er Streicheln nicht mehr so intensiv wahrgenommen, war es ihm dermaßen bis ins Innerste gefahren. Sie umkreiste seine Brustwarzen, tippte sie vorsichtig an. Der Reiz ließ ihn zusammenzucken, schickte ein Rieseln über seinen Rücken. Je mehr sie sich verhärteten, desto herausfordernder streichelte Anni sie. Plötzlich beugte sie sich vor und glitt mit ihrer Zunge darüber. Wie ein Feuerstrahl fuhr es durch seinen Leib. Ein leises Stöhnen drang ihm aus der Kehle. Er richtete sich auf, damit sie ihn bequemer erkunden konnte, und stützte sich leicht an ihren Schultern ab. Ihr saugendes Umschmeicheln bewirkte endgültig, dass sein Schwanz wieder in Wallung geriet. Das entging seiner kleinen Maus natürlich nicht. Ihre erste zarte Berührung daran ließ ihn das Atmen vergessen, noch mehr, als sie ihn abtastete, die Hoden erkundete und schließlich die Vorhaut zurückstreifte. In ihrer zierlichen Hand schwoll er steinhart an.

Seine Muskulatur begann vor Erregung zu vibrieren, der Puls drohte, ihm die Adern zu sprengen. Ihm war gar nicht bewusst gewesen, dass er die Augen geschlossen hatte. Als er sie öffnete, war Annis Gesicht dicht vor seinem. Sie sah ihn an, wie ein Kind, das einen Schatz entdeckt hatte. Er wollte ihr wertvollster Schatz sein, bedeckte ihre Züge mit vielen winzigen Küssen und eroberte schließlich ihren Mund. Das zarte Befühlen seines guten Stückes machte ihn so irre, dass es ihn nach mehr verlangte. Er umschloss ihre Hand mit seiner und führte sie mit dem nötigen Druck auf und ab. Zum Küssen bekam er nicht mehr genug Luft. Er lehnte seine Stirn an Annis. Wenn sie nicht bald aufhörte, ihn zu massieren, mussten sie sich erst wieder eine Zeitlang gedulden, bis er einsatzbereit war. Seine Prinzessin hatte eine verheerende Wirkung auf seine übliche Ausdauer.

„Ich will in dich, Süße. Ich muss in dich, sonst werde ich verrückt", brachte er heiser heraus.

„Nein. Ich will sehen, wie es dir kommt. Aus dir kommt."

„Du willst mich in den Wahnsinn treiben."

„Wenn ich das kann. Fühlt es sich für dich denn so an, wie dein Streicheln bei mir?"

Er musste erst schlucken, um sich überhaupt vernünftig artikulieren zu können. „Ich denke schon ... dass man es vergleichen kann."

Sie erhöhte das Tempo. Zischend saugte er die Luft durch die Zahnreihen. Der Druck seiner eigenen Hand war nicht mehr nötig, die brauchte er nun, um sich an Annis Schultern festzuhalten. Durch seinen Körper jagten solch heiße Schauer, dass es ihm die Kraft raubte. „Sag mir ... was du für mich ... fühlst, Anni."

Er spürte, wie seine Lippen an ihren zitterten, wie Tränen sie benetzten. Seine Tränen. „Aber nur ... was du ehrlich empfindest."

„Ich liebe dich, Lukas Garner", hauchte sie in seinen Mund.

„Oh Gott, Anni ... ich ... ich." Die Kontrolle über seinen Unterleib entglitt ihm. Seine Arschbacken krampften sich zusammen, hoben sein Becken und der Samen katapultierte sich hinaus. Unter dem Rauschen in seinen Ohren hörte er sich aufschreien. Schwach war ihm bewusst, dass er sich zu fest in Annis Schultern krallte, doch er konnte den Griff nicht lockern, solange sie weiter rieb und Schwall um Schwall aus ihm lockte.

„Du siehst wunderschön aus, wenn du kommst", flüsterte Anni an seiner feuchten Schläfe.

Die Spannung in seinem Becken löste sich auf. Noch immer hielt sie ihn fest, ihre Hand sämig überflutet. Er legte sich hin, um wieder zu Kräften zu kommen, und zog seine Prinzessin mit sich.

„Was sieht daran wunderschön aus?"

„Wie sich die Empfindungen auf deinem Gesicht widerspiegeln, dich mitreißen. Animalisch schön."

Sich selbst hatte er noch nie so wahrgenommen. „Wolltest du das sehen? Wie mir die Gesichtszüge entgleisen, du kleiner Frechdachs?"

„Und wie es aus dir strömt. Der Anblick fasziniert mich."

Auflachend verwob er seine Beine mit ihren. „Wie kommt es, dass du als Jungfrau schon eine Vorliebe für solche Ferkeleien hattest? Gibt es in deiner Wand ein Guckloch zu Bernies Zimmer?"

„Nein, ich hab eine DVD. Aber in natura geht das viel mehr unter die Haut. Vor allem, wenn du der Hauptakteur bist. Bei den Filmen hab ich nie verstanden, warum die überhaupt stöhnen."

Er wäre am liebsten aufgesprungen und hätte sich wie Tarzan auf die Brust getrommelt, so kindisch glücklich fühlte er sich, Anni gefallen zu haben.

12. Kapitel

Anni

Lukas hielt sie im Schlaf umklammert, wie einen rettenden Felsen in stürmischer See. Unter seinem Gewicht konnte sie nur flach atmen, aber das war egal. Jeder Millimeter Abstand zwischen ihnen wäre einer zuviel. Sie strich durch sein strubbeliges Haar auf ihrem Brustbein, über seinen Nacken, Schultern und Rücken. Er fühlte sich so wahnsinnig gut an, in jeder Beziehung. Ihr Herz schrie danach, mehr Zeit mit ihm zu haben, mit ihm alt zu werden, aber das Schicksal schiss darauf, was ihr Herz wollte. Oder seines.

Ihr kam es noch immer wie ein Wunder vor, das ausgerechnet er ihr erster Mann und erotischer Lehrmeister geworden war, dass ihre Träumereien von und mit ihm Realität geworden waren. Es machte sie immer noch etwas fassungslos, dass er sein Vermögen mit Callboydiensten erlangt hatte. Und sie durfte gar nicht daran denken, wie viele Frauen ihn aufgrund dessen schon so schön in sich gespürt, und wie sie jetzt im Arm gehalten hatten. Machte es wirklich einen Unterschied, dass er sch im Gegensatz zu vielen anderen Männern dafür bezahlen ließ? Nein. Die einen taten es für eine Erfolgsquote zum angeben, andere um häufig Druck abzulassen, er eben für Geld, das ihm und seinem Vater das Zuhause bewahrte. Seine Beweggründe mit vielen Frauen zu schlafen, waren wesentlich ehrenwerter.

Ob sie ihm so viel bedeutete, dass es ihm wehtat, wenn er feststellte, dass sie fort war? Oder würde es nur seinen Stolz verletzen, den er schon bald mit einer anderen tröstete? Vielleicht sollte sie Letzteres für ihn hoffen. Verletzter Stolz schmerzte nicht so, wie eine verlorene Liebe. Aber der Gedanke, leicht austauschbar zu sein, hatte einen bitteren Beigeschmack. Den musste sie allerdings nicht lange ertragen. Lukas hätte länger zu leiden, wenn das Ende ihrer kurzen Beziehung ihn tief traf. Zumindest ein bisschen verliebt musste er in sie sein. Womöglich war es auch nur anfängliche Euphorie in einer frischen Beziehung, aber es war so süß, wie er ihnen Mahlzeiten zubereitete, stets darauf achtete, dass sie genug aß und Obststückchen nur in Herzform servierte. Und er lächelte ständig wunderschön. Zu seinem Besten sollte sie ihn richtig verärgern. Mit viel Wut im Bauch steckte er die Trennung bestimmt besser weg.

In drei Stunden fuhr ihr Zug nach Heidelberg. Einchecken ins Universitätsklinikum, Voruntersuchungen. Am folgenden Morgen war ihr Operationstermin. Wenn sie nicht hinging, konnte sie ihr Leben maximal um einige Monate verlängern, dann war ihr Tod unabwendbar. Monate, die einen Abschied nur noch schwerer machen würden. Bei der Operation bestand eine winzige Chance, dass sie das gut überstand, eine Zukunft bekam. Wenn sie Lukas dazu brachte, sie zu hassen, wäre das leider eine Zukunft ohne ihn.

Aber darüber brauchte sie sich eigentlich nicht den Kopf zerbrechen. Ihre Wünsche wurden in der obersten Etage nur selten erhört. Dass sie hier bei Lukas lag, war ein in Erfüllung gegangener, für den sie solange dankbar sein würde, wie sie atmete. Darauf zu hoffen, dass man ihr auch noch zugestand, die Operation gut zu überstehen, war sinnlos. Ihre Mutter hatte auch gewünscht, gebetet und gehofft – und verloren. Dieses Wochenende mit Lukas musste sie wohl als ihre sinnliche Henkersmahlzeit sehen.

Sie hatte es nicht über sich gebracht, ihm von der bevorstehenden Operation zu erzählen. Diese wenigen schönen Stunden sollten nicht von traurigen Schatten begleitet werden. Und sie schämte sich kein bisschen, ihn angelogen zu haben, als er mit einem Arm voller robuster Klamotten aus ihrem Kellerzimmer wiederkam, damit sie sich zwischen ihren erotischen Lehrstunden auch um Pino kümmern konnte.

‚Was ist das für ein Termin auf deinem Spiegel?', hatte er gefragt. Natürlich war der seinen aufmerksamen

Adleraugen nicht entgangen. ‚Ein Ganzkörperwaxing', hatte sie gelogen. Das jungenhafte Strahlen auf seinem Gesicht war die Lüge wert gewesen.

Für heute hatte er geplant, alles, was ihr wichtig war, aus dem Kellerzimmer hierher zu holen, weil sie die schäbige Unterkunft nicht mehr benötigte. Das tat sie ja wirklich nicht, nur aus einem ganz anderen Grund, als er glaubte.

Sie biss sich auf die Unterlippe, um die Tränen zurückzuhalten, und vergrub ihre Finger in seinen Haaren. So sehr sie sich auch an jede Sekunde in seiner Nähe klammerte, ihre Zeit war abgelaufen, sie musste los. Der Weg nach Hause, wo die Papiere für die Klinik lagen, dauerte zu Fuß auch ein Weilchen und schließlich war da noch die Taxifahrt zum Bahnhof.

Vorsichtig rutschte sie unter seinem Körper hervor. Brummelnd rollte er sich etwas zur Seite, wachte aber nicht auf. Ihr Wissensdurst in Sachen Sex hatte seine Energiereserven bis zum Letzten gefordert. Na ja, und die zerdrückte Tablette des Schlafmittels aus dem Medikamentensortiment seines Vaters tat auch ihr Werk. Zum Glück war er bei seinem letzten Glas Wein schon zu erschöpft gewesen, um die winzigen Krümel darin zu bemerken. Feigling, der sie war, hatte sie eine direkte Auseinandersetzung vermeiden und sichergehen wollen, dass er fest schlief, wenn sie ging.

In der Küche schrieb sie ihm einen Brief. Wie formulierte man die Hoffnung auf ein liebenswertes Gedenken, wenn man im gleichen Zug den Liebsten in Rage bringen musste? Das eine schloss das andere aus.

Ihre Füße schienen aus Blei zu bestehen, als sie in den Flur trat. Ihr Blick fiel auf die bunten Sofakissen im Wohnzimmer. Er hatte ihr nicht verraten, wann er die vier mit den Marienkäferbildern gekauft hatte. Sie waren schon da gewesen, als sie am Samstagmittag diesen Raum betrat. Dass der Kauf der Hoffnung entsprungen war, ihr damit eine Freude zu machen, wenn sie ihn eines Tages doch wieder besuchte, hatte er jedoch gestanden. Sie drückte eines der Kissen an ihre Brust und ließ ihre Tränen hineinsickern. Egal, was die im Krankenhaus sagen würden, dieses letzte Verbindungsstück zu Lukas nahm sie mit bis auf den Operationstisch.

Lukas
„Anni?!"
Wo, zum Kuckuck, trieb sie sich herum? War sie ihn etwa schon leid, dass sie bereits ohne ihn aufstand? Das Badezimmer war verwaist, ihre Stallklamotten weg. Zog sie heute schon die Gesellschaft ihres Ponys vor? Die letzten beiden Tage war sie erst nach dem gemeinsamen Mittagessen in den Stall gegangen.

Komm runter, Lukas. Sie bereitet uns sicher das Frühstück zu, wie gestern. Beeil dich lieber, damit sie das schwere Tablett heute nicht auch selbst hochträgt.

Er verzichtete darauf, sich für den kurzen Moment, bis sie wieder im Bett lagen, etwas überzuziehen, sprang über jede zweite Stufe zum Erdgeschoss hinunter und stürmte in die Küche. Kein Duft nach Kaffee und Toast. Stille. Mit einem mulmigen Gefühl im Magen stützte er die Hände in die Hüften und sah sich um. Die Wanduhr gab ein leises Klacken von sich. Fünfzehn Uhr? Scheiße, hatte er heute lange geschlafen!

Ein weißes Blatt Papier, halb unter die Kaffeemaschine geschoben, lockte seinen Blick an. Etwas in ihm sträubte sich dagegen, dem Papier näherzukommen und doch zog es ihn unweigerlich an. In seinem Nacken bildete sich Gänsehaut, sträubte ihm die Haare und begann, über seinen gesamten Körper zu kriechen. Mit jedem Schritt wurde die blaue Spur des Kugelschreibers deutlicher. Die Unterschrift der Verfasserin sprang ihn geradezu an:

Anni.

Das konnte doch nichts Gutes bedeuten? Knapp einen halben Meter von dem Blatt entfernt blieb er stehen. Kalte Schauer brachten seine Glieder zum Vibrieren. Lukas schloss die Augen, hoffte, dass er sich nur in falsche Empfindungen hineinsteigerte und atmete tief durch. Er überwand die letzte Distanz, streckte die Hand nach dem eng beschriebenen Papier aus und zog es unter der Kaffeemaschine hervor.

Hey Lukas,
entschuldige, dass ich dir kein Frühstück vorbereitet habe, aber weil ich so früh gegangen bin, wäre der Kaffee inzwischen bitter und der Toast labberig geworden.
Danke, dass du mich in die Geheimnisse der Erotik eingeweiht hast. Es war wunderschön, in deinen Armen zu liegen und dich in mir zu spüren.
Ich bin nun für eine lange Zeit auf Reisen und störe somit deine Geschäftsinteressen und Regeln nicht mehr. Tut mir leid, wenn du dich jetzt gekränkt fühlst, aber eine Zukunft hat es für uns nie gegeben. Ich wollte es dir nur nicht eher sagen, um das schöne Wochenende nicht zu zerstören.
In deinem Briefkasten liegt ein Umschlag mit zwölftausend Euro. Vielleicht findest du meine folgende Bitte nach diesem unerwarteten Abschied unverschämt. Trotzdem appelliere ich an dein gutes Herz, Pino nicht unter deinem Ärger über mich leiden zu lassen. Das Geld sollte seine Unkosten in deinem Stall decken. Er braucht ja nicht viel und hat auch nicht mehr viele Jahre vor sich. Pass bitte gut auf ihn auf. Du bist der Einzige, den er außer mir mag. Wenn dir das total gegen den Strich geht, sag Bernie Bescheid. Er kümmert sich dann (hoffentlich).

Leb wohl, Prinz Stacheldraht

Anni

Das Blut in seinen Adern schien die Temperatur rasend schnell von eiskalt zu kochend heiß zu wechseln. Dabei stach es in seiner Brust, als würde ein Brotmesser darin umgedreht. Das war's jetzt? Nicht einmal ein ‚In Liebe, Anni'?

Steif, wie eine Marionette, fühlte er sich auf die Eckbank sinken. Seine Finger mit dem Papier begannen zu krampfen. Abgestandener Kaffee und liebevolle Zeilen, die eine baldige Wiederkehr versprachen, wären ihm lieber gewesen, als das hier und das bittere Aufstoßen von Galle. Die einzige Frau, die je sein Herz tief berührt hatte, mit der er sich schon ein gemeinsames Leben ausgemalt hatte, gab ihm schriftlich einen Klaps auf die Schulter für seine gute Leistung im Bett, und schob ihr verdammtes Pony zu ihm ab, um sich auf irgendeiner langen Reise ohne ihn und Verpflichtungen zu vergnügen. Großartig! Großartig!! Er zerknüllte den Brief und feuerte ihn in die entfernteste Ecke der Küche.

Warum hatte sie ihm nichts von ihrer bevorstehenden Reise erzählt? Warum nicht ehrlich gesagt, dass sie nur von ihm gefickt werden wollte, bis sie abhaute? Nein, stattdessen log sie ihn beim Vögeln auch noch mit ‚Ich liebe dich' an. Weil sie fürchtete, dass er sie sonst samt Pony vom Hof jagte, wenn sie ihm nicht zuflüsterte, was er hören wollte? Hätten sie nicht wie vernünftige Menschen darüber reden können? Aber klar, warum einen Prostituierten in Zukunftspläne einweihen? Geld mit der erwarteten Gegenleistung aufs Auge drücken, reichte doch für einen Rotlichtcharakter. Sie konnte sich ihr Geld und ihr Pony sonst wohin stecken!

Unter seinem Fußtritt flog ein Stuhl bis zum Herd, dann rannte er hinauf ins Schlafzimmer, um sich anzuziehen. Anni war doch bestimmt noch in ihrem Kellerloch beim Packen für die Reise. Fertige Koffer waren nicht zu sehen gewesen, als er Klamotten für sie dort zusammengesucht hatte. Er würde ihr klar und deutlich sagen, was sie ihn konnte.

Eine halbe Stunde später stellte er fest, dass niemand in den Kellerzimmern war oder ihm aufmachen wollte. Er nahm Ersteres an, weil es hinter den Fenstern keine Geräusche gab. Bernies Roller stand auch nicht auf dem Parkplatz. Kein bisschen ruhiger machte Lukas auf dem Absatz kehrt. Abends würde er Bernie entweder hier oder in der Kneipe in Bielefeld antreffen. Und wenn es sein musste, prügelte er aus ihm heraus, wo Anni war und was er ihr von ihm ausrichten sollte.

Bis dreiundzwanzig Uhr musste Lukas sich gedulden. Er hatte aufgehört, zu zählen, wie oft er auf die Klingeln von Anni und Bernie sowie an ihre Kellerfenster gehämmert hatte. Den ganzen Tag war er zwischen seinem Hof und hier herumgetigert, war versucht gewesen, sich zu betrinken, weil er sich vor Anni mit dem Preisgeben seiner Gefühle bestimmt nur lächerlich gemacht hatte. Und weil jedes Wort die Wahrheit gewesen war und seine Glücksgefühle jetzt nur noch aus brennenden Schmerzen bestanden.

Wenigstens stand Bernies Roller nun auf dem Parkplatz. Obwohl Lukas schon ahnte, dass es vergeblich sein würde, drückte er zunächst auf Annis Klingelknopf. Natürlich rührte sich nichts. Bernies kam als Nächster dran. Mit erschreckend dunklen Schatten unter den Augen machte der ihm schließlich auf.

„Wo ist Anni, Bernie? Wenn ihr glaubt, ihr könnt mir einfach den Gaul aufs Auge drücken, habt ihr euch geschnitten. Sieh zu, wo du den Zossen unterbringst, bei mir ist nicht!" Er patschte Bernie den Umschlag mit dem Geld vor den Bauch.

Zögerlich hielt Bernie ihn fest und sah Lukas ziemlich gequält an. Recht so. Anni und Bernie waren bestimmt engere Freunde, als er selbst ihr jemals gewesen sein durfte, also sollte Bernie sich auch um ihr Pony kümmern.

„Hat sie dir nicht erzählt, dass sie schon abgereist ist?"

„Doch, darüber hat sie mich freundlicherweise schriftlich in Kenntnis gesetzt. Aber wenn ihr glaubt, ich bin so bescheuert, mich um ihren Gaul zu kümmern, könnt ihr euch das abschminken."

Zu Lukas' Verblüffung wurden Bernies Augen feucht. Dessen Finger zitterten sogar, als er die ersten rollenden Tränen abwischte. Wenn er ihn gerade in einer Phase von Liebeskummer erwischt hatte, tat es ihm leid, aber jetzt wurde erst mal sein eigener Kummer geklärt.

„Sie hat darauf vertraut, dass Pino bei dir in guten Händen ist, Lukas. Allein das Wissen darum hat ihr den Abschied etwas leichter gemacht. Ist Anni dir so scheißegal, dass du ihr diesen Wunsch nicht erfüllen willst? Es kostet dich doch nicht mal was."

„Bis vor wenigen Stunden war sie mir eben nicht scheißegal. Jetzt schon. Ich lasse mir nicht auch noch eine rote Pappnase aufsetzen, dafür, dass sie mich nicht von Anfang an eingeweiht hat."

Eiskalte Wut schlug ihm aus Bernies nassen Augen entgegen. „Gott, bist du ein gefühlloser Arsch, Lukas! Wegen deinem verletzten Stolz darf sie jetzt ruhig verrecken? Dann behalt Pino wenigstens so lange auf dem Hof, bis ich von Anni zurückkomme und weiß, ob sie sich bald wieder selbst um ihn kümmern kann, oder ob ich ihn an deiner Stelle erbe."

„Verrecken? Erben? Was redest du da für Scheiße? Das sind bescheuerte Floskeln!"

Bernie stemmte die Hände in die Hüften und wirkte, als könne er sich nur so noch für ein paar Sekunden zusammenreißen, bevor er ihm an den Kragen ging. Sollte er nur. Eine Keilerei käme Lukas gerade recht.

„Hältst du ihre Operation etwa für ein stumpfes Pflasteraufkleben? Ihre Mutter ist genau dabei gestorben, Mann!"

Lukas spürte, wie ihm das Blut aus dem Kopf wich. „Operation? Was für eine Operation? Anni schrieb, sie würde für längere Zeit verreisen."

„Sie hat dir nicht erzählt, dass sie ein Meningeom, einen Tumor in der Hirnhaut hat, der morgen früh entfernt werden soll?"

„N ... nein!" Lukas fischte den zerknüllten Brief aus seinem Jackett, gab ihn Bernie und versuchte, sich nicht auf der Stelle zu übergeben. In einigen Stunden schon konnte Anni tot sein. Warum hatte sie ihn in dem Glauben lassen wollen, sie wäre nur abgehauen?

Bernie schnalzte mit der Zunge, gab ihm den Brief zurück und beantwortete die unausgesprochene Frage mit seinen Worten. „Sie hat mir heute Morgen erzählt, dass die letzten beiden Tage mit dir die glücklichsten seit dem Tod ihrer Eltern waren. Dass du sogar eine feste Beziehung mit ihr beabsichtigt hast und sie wünschte, ihr bliebe mehr Zeit mit dir. Diese Zeilen sollten dir ihr Verschwinden wohl etwas verdaulicher gestalten. Willst du Pino jetzt immer noch loswerden?"

Benommen schüttelte Lukas den Kopf. „Nein. Wenn sie das tatsächlich nicht übersteht, ist er das Einzige, was mir von ihr bleibt."

Hoffentlich war das Schicksal nicht so grausam, dass ihm nur die Obhut der Pferde von den Frauen, die er am meisten liebte, bleiben sollte. Dass er nur durch die beiden Tiere seiner Mutter und Anni nahe bleiben konnte.

„Kann auch sein ..." Bernie räusperte sich, weil seine Stimme nur noch in ein Krächzen überging. „Kann auch sein, dass sie es überlebt, aber als Pflegefall endet."

Lukas' Faust krallte sich in Bernies Shirt und zog daran, bis sich ihre Nasenspitzen fast berührten. „Dann werde ich mit ihr die besten Ärzte der Welt abklappern, bis ich pleite bin. Und wenn das nicht geholfen hat, werde ich sie pflegen, bis wir gemeinsam an Altersschwäche eingehen. Ich überlasse mein Baby nicht Fremden, die sie nur lieblos abarbeiten. Aber das alles wird nicht nötig sein, weil die Operation gut ausgeht! Wir können uns doch nicht nur für eine so beschissen kurze Zeit gefunden haben. Und jetzt sag mir, in welchem Krankenhaus sie ist!"

„Universitätsklinikum Heidelberg. Nimmst du mich mit? Dann brauche ich nachher nicht den Zug nehmen. Ich wollte sie ja begleiten, aber sie hat das strikt abgelehnt, wollte auf der Fahrt allein sein, um den Abschied nicht in die Länge zu ziehen."

Lukas ließ ihn los und Bernie rückte sein Shirt wieder zurecht.

„Wenn du innerhalb von einer Minute das Nötigste einpacken kannst, ja. Was ich benötige, hole ich mir an einer Tankstelle."

„Wir brauchen uns nicht solchen Stress zu machen. Nachts lassen sie uns sowieso nicht zu ihr ins Krankenhaus."

„Eine Minute! Ich will in ihrer Nähe sein und wenn ich dafür auf dem Parkplatz schlafen muss!"

Anni

Ein warmes Streichen auf ihrem Handrücken durchdrang ihren schwammigen Geist, der lieber wieder in den Schlaf abgleiten wollte. Schlaf? Oder war das die schwebende Reise in die Unendlichkeit zu ihren Eltern? Hielten sie schon ihre Hand, um mit ihr gemeinsam weiterzugehen? Warum konnte sie die beiden nicht auch sehen?

Eine angenehme, vertraute Duftnote umwehte sie. Männlich. Es war nicht die ihres Vaters, aber eine, die sie genauso sehr liebte. Lukas. Lukas? Er durfte sie auf dieser Reise nicht begleiten. Er musste doch glücklich werden und sein Leben leben! Nein, nicht Lukas. Das durfte nicht sein. Andere Männer benutzten sicherlich das gleiche Aftershave. Wer auch immer der arme Tropf war, er musste von nun an auf seine irdischen Freuden verzichten, wie sie.

Atem strich über ihre Wange und Stoppeln, bevor sie sich sanft geküsst fühlte. Hmm, vielleicht sollten sich wenigstens im Himmel alle liebhaben, aber sie wollte nicht von Fremden geküsst werden. Das konnte ja heiter werden. Gab's hier eine Spülküche, in die man für Zickigkeit verbannt wurde, oder ging's dann gleich ab in den heißen Keller?

„Hey, Prinzessin", glaubte sie, Lukas' Stimme raunen zu hören. „Wie fühlst du dich?"

„Beschissen …" Mann, pappte ihre Zunge im Mund fest. Das war ein verdammt körperliches Gefühl. Wieso gab's in diesem Zustand denn so etwas noch? „Beschissen, wenn du auch hier bist."

Sie hörte ein enttäuschtes Aufkeuchen. Die Stoppeln verschwanden von ihrer Wange.

„Hattest du einen Autounfall oder warum bist du auch tot?"

„Äh … nein."

Ein erleichtert klingendes Lachen folgte den Worten. „Liebes, schaffst du, die Augen zu öffnen?"

„Hab ich doch auf."

„Hast du nicht. Sieh mich an, mein Herz. Ich bin so lebendig wie du. Und du solltest ein sehr gutes Argument parat haben, falls du meinen Heiratsantrag gleich ablehnst."

Heiratsantrag? Lebendig? Mist, war das schwer, sich auf die Augenlider zu konzentrieren. Das weiße Wabbeln dahinter hatte sie glauben lassen, in den Wolken zu schweben. Es war ihr so selbstverständlich gewesen, tot zu sein. Erst jetzt wurde ihr bewusst, dass es neben Lukas' Duft intensiv nach Desinfektionsmittel roch und ein Tropf oder etwas ähnliches leise blubberte.

Es kam ihr vor, als hingen Bleigewichte an ihren Lidern, doch mit jedem Millimeter, die sie diese Dinger aufzwang, nahm Lukas mehr Form an.

„Mit dem weißen Haarnetz siehst du aus wie Witwe Bolte, Prinz Stacheldraht."

Seine blauen Augen funkelten amüsiert. „Ich finde, es passt zu deinem weißen Turban. Wenn du mich in diesem Dresscode heiratest, empfinde ich das als unschätzbaren Liebesbeweis."

Sie tastete mit ihren Fingern über den Verband um ihren Kopf. Scheiße, jetzt fiel es ihr wieder ein. Darunter war fast die Hälfte ihres Schädels kahlrasiert. Die übrigen Haare waren nur noch zirka zwei Zentimeter lang, weil sie den ganzen Abend damit verbracht hatte, sie abzuschneiden. Und jetzt sah ihr Herzensmann sie in dem Zustand. Tränen schossen ihr in die Augen.

„Ich sehe bestimmt gruselig aus."

„Ja, meine kleine Lügnerin. Aber nicht so gruselig, als wenn dir eine lange Nase gewachsen wäre, wie Pinocchio. Wirst du in Zukunft aufhören, mich anzulügen?"

„Mal sehen. Wieso bist du hier und warum hast du mich nach dem Brief nicht abgehakt?"

„Weil ich dich liebe und du einen ganz wunderbaren Kellerfreund hast."

„Du hast mir am Wochenende nicht ein mal gesagt, dass du mich sogar liebst. Ist ja auch ein bisschen kitschig für einen erfahrenen Mann, wie dich. Aber vielleicht hätte ich dir dann von dieser Operation erzählt, damit du auf die Trennung vorbereitet bist."

„Ich mag Kitsch, wenn er mit dir zusammenhängt. Bis die Ärzte mir sagten, dass du über den Berg bist, habe ich jede Sekunde bedauert, es dir nicht wenigstens einmal gesagt zu haben."

Er hob ihre Hand an seine Lippen und sie spürte die warme Feuchtigkeit von Tränen auf ihrer Haut.

„Anni, als du mir beim ... im Bett sagtest, dass du mich liebst, warst du wenigstens damit ehrlich? Gott, ich brauche dich und werde irre, wenn ich nicht sicher sein kann, dass du bei mir bleibst."

Mit der Kuppe ihres Zeigefingers fuhr sie zärtlich die Konturen seines zitternden Mundes nach. Unfassbar, dass dieser schöne Mann, der zwischen so vielen Frauen wählen könnte, ausgerechnet sie liebte. Sie würde am liebsten die Welt umarmen, weil sie nicht nur die Operation überstanden hatte, sondern auch noch Lukas als Geschenk dazu erhielt.

„Jedes Mal, wenn ich es sagte, habe ich dir mein Herz zu Füßen gelegt und gehofft, dass es dir von mir mehr bedeutet, als von den anderen Frauen."

„Bei den anderen hat es nur meiner Eitelkeit geschmeichelt. Aber bei dir habe ich mich wie im siebten Himmel gefühlt. Innerlich habe ich mein Glück in die Welt hinausgeschrien."

„Äußerlich auch, wie mir jetzt klar wird. Getarnt mit deinem Höhepunkt."

„Freche Maus."

Fasziniert beobachtete sie, wie er mehrmals tief Luft holte, den Mund öffnete, um etwas zu sagen, und ihn wieder schloss.

„Ich werde dich ab jetzt Karpfen nennen, wenn du nicht endlich ausspuckst, was dir auf dem Herzen liegt, Lukas."

Sein Puls hämmerte, dass sie es sogar an seinen Lippen spürte. Nach und nach küsste er jeden ihrer Finger und sah ihr dabei fest in die Augen.

„Baby ... Anni ... machst du mich zum glücklichsten Mann der Welt, indem du Königin Stacheldraht wirst und unser Reich mit bunten Kissen und vielen kleinen Prinzen und Prinzessinen verwüstest?"

Wow, es überraschte sie doch, dass er sich dermaßen fest an sie binden wollte. Klar hatte er eben schon von einem Heiratantrag gefaselt, aber das war ihr mehr wie Scherzen vorgekommen. Sie strich über den Marienkäfer auf dem Kissen, das man ihr glücklicherweise gelassen hatte.

„Sechzig Jahre. Weißt du noch?"

„Ja, Süße."

„Glaubst du nach allem, was du schon erlebt hast, fest daran, dass ich dir in der Zeit nicht zu langweilig werde? Ich könnte dich niemals mit anderen Frauen teilen. Auch nicht rein geschäftlich."

Ihre Augen fingen an, unter Tränen zu brennen, und sie spürte, wie ihr Kinn unkontrolliert zu beben begann. Mühsam brachte sie heraus: „Ich möchte in deinen Armen ein Zuhause haben, aus dem ich nicht wieder vertrieben werde. Selbst, wenn wir uns dann nur eine Matratze unter einer Brücke leisten können oder in einem Kellerloch."

Vorsichtig küsste Lukas ihre Stirn, ihre Nasenspitze und ihre Tränen von den Wangen. Sie hörte ihn unterdrückt schniefen.

„Nichts und niemand kann dich aus meinen Armen vertreiben. In dir habe ich alles gefunden, was ich brauche, wonach ich mich sehne. Und für ein heiles Dach über unseren Köpfen und für volle Teller reicht mein Vermögen schon bis an unser Lebensende. Auch wenn dir nicht gefallen mag, wodurch es sich aufgebaut hat."

Das konnte sie ignorieren, weil seine echten Gefühle für sie, und dass sie ihn uneingeschränkt lieben durfte, viel mehr zählten.

„Dann gib schon mal eine Großbestellung für Energiedrinks und Nervennahrung auf. Die nächsten sechzig Jahre fordern dein Stehvermögen. Für mich und unsere kleinen Stacheldrähte."

Ria Wolf

Ich wurde 1964 geboren und lebe am Fuße des beschaulichen Teutoburger Waldes. Seit ich lesen kann, liebe ich es, mich von Geschichten mitreißen zu lassen. Damit hat mich auch die Faszination gepackt, selbst Charaktere zu entwerfen und turbulente Handlungen durchleben zu lassen. Im Laufe der Jahre habe ich viele Romane einfach für mich selbst geschrieben, wovon seit 2014, ermutigt durch einen Verlag, nun einige dieser Babys, sowie auch neue Romanideen, veröffentlicht werden.
Ich hoffe, meinen Lesern bereiten die Geschichten so viel Vergnügen, wie mir das Kreieren und Schreiben.

Weitere Bücher der Autorin:

Keltische Nächte
Ria Wolf

Als es Ellen Bruckner nach einem Sturz in die Trave wieder an Land schafft, findet sie sich in einer ihr völlig fremden Welt wieder. Sie wähnt sich im Koma und erlebt einen schrecklich realen Albtraum, in dem sie sich im Jahre 1235 in Lübeck befindet.
Bald schon wird sie des Teufels bezichtigt und ihr Kampfsporthobby zu einer Überlebensfrage.
Der geächtete Däne Mikael Ranulfson nimmt die merkwürdige, aber wunderschöne junge Frau in Not bei sich und seiner Truppe auf. Sie fasziniert und bezaubert ihn gleichermaßen. Er möchte nicht nur ihre Kampfkunst erlernen, sondern sie beschützen und in seinem Leben behalten.
Doch Niedertracht und Verrat sowie mächtige Feinde lauern, und gemeinsam müssen Ellen und Mikael nicht nur für ihre Liebe, sondern auch für ihr Schicksal kämpfen.

ISBN Buch: 978-3-86443-399-3
ISBN eBook-PDF: 978-3-86443-400-6
ISBN eBook-epub: 978-3-86443-401-3

Der Chauffeur - Ein Bodyguard für die Liebe
Ria Wolf

Jason Connors, Inhaber eines erfolgreichen Security Unternehmens, hat sein Business und sein Leben im Griff. Er mag keine Überraschungen, gilt als penibel und diszipliniert. Um einem Freund einen Gefallen zu tun, übernimmt er vorübergehend einen Job als Chauffeur bei der erfolgreichen Liebesromanautorin Lenara Larkmann. Als er feststellt, dass es sich bei seiner Klientin nicht um ein verwöhntes Luxusweibchen handelt, sondern um eine charmante, zurückhaltende und bodenständige Frau, muss er feststellen, dass sie ihm emotional, als auch beruflich, sehr gefährlich werden könnte. Aber nichts kann seine Professionalität ins Wanken bringen - oder vielleicht doch?

ISBN Buch: 9783864435843
ISBN eBook-PDF: 9783864435850
ISBN eBook-epub: 9783864435867

www.ingramcontent.com/pod-product-compliance
Lightning Source LLC
LaVergne TN
LVHW041806060526
838201LV00046B/1142